反思「死亡」

《三言》的死亡故事與主題研究

金明求——

著

目次

第一章　緒論

第一節　以死亡為主題的構想

人生實由兩大部分構成：一為生存與生活；二為死亡與消解。現實中的人往往囿於當下的生活，僅關注眼前人生，而忽略人生的另一面——死亡。人們內心深處有種懼怕死的心理，諱言死亡，不願思考死亡；甚至從某種拒斥死亡的心理衍生出極力忘卻死的人生操作。但死亡是人類的宿命，每一個人必會在某一時刻、某一個情況下，面對他人和自我的死亡。人生的本質之一，就是面對自我的死亡而探索其價值意義。但在這一共同本質呈現的過程中，卻有著各種類型和形式的死亡。每一種死亡方式或類型，以及每一類對於特定死亡類型的體驗與思考，都不可避免地涉及到人們對於生命、存在的考慮與反思。在人類文化的發生過程裡，種種反顧與深思，是人類文化形成的主要部分，而在人類文化的演變、轉型過程中，又成為人類價值的核心內涵。

對「生」，人們想得多，體驗、企盼也多；對於「死」，人們則是既不思想，也不願談論，更萬分害怕它突然降臨。但「死」這種實際存在的現象，無論人們願意與否，思索與否，都必然在某時某刻出現。實際上，「死」是源於「生」的。萬物若不「生」，又何能有「死」？反之，萬物若不「死」，又怎能有接續的「新生」？「生」與「死」的狀態是如此不同，而其聯繫又是如此緊密，真是難以預測。人們對「死」的問題努力不懈地思索，從而形成廣博深密的死亡觀念，又由此觀念衍生出各類圍繞死亡進行的活動、制度和操作，共同組成死亡觀。

人們往往帶著哀傷的溫情與惜別的淚珠，看到他人、自我必死的命運，和大自然的永恆形成鮮明對比，眼見人的生命竟如此無能、脆弱。我們留下的許多未竟之事，留下了許多成就，對於人生的疑問尚未得到解答，就不得不面對死亡。雖然生命存在生與死的矛盾，誰也不能消除它、迴避它，只能努力以各種方式，以人的意志與思考來理解、抵制，並超越它。各種有關的意識形態、文化價

值都因此被用來對付這存在的兩種矛盾。人們努力尋求一種高於死亡的存在與精神，企圖把被死亡割裂的生活和經驗，組合成一個有機的整體。這就決定了人們對於自我世界和經驗世界的觀念與態度。這就驅使著人們去建立各種文化價值秩序，以幫助、加深人們對於死亡的把握與認知。

　　人類的生命活動與精神生活既需要對死亡的哲理沈思，也需要對死亡作出文學表達。雖然研究死亡的哲理性比其他學問更深入，直接談論死亡的奧妙感、神祕感也較為濃厚，但從人生的生命歷程而言，死亡的現象是具體、凸顯的，就是生活中經常體現的普遍經驗。以「哲學的角度」來研究死亡，可以達到理論上的深刻性，但不像文學那樣能貼切地、逼真地接近死亡而進行思考。從前研究論著較偏重於從哲學的角度來考察，並採用宗教學、醫學、社會學、心理學、人類學、歷史學、文化人類學等，由此切入而仔細探究死亡的真面貌，如E・雲格爾《死論》、鄭小江編《中國死亡文化大觀》、段德智《死亡哲學》、Robert Kastenbaum著・劉震鐘、鄧博仁譯《死亡心理學》、傅偉勳《死亡的尊嚴與生命的尊嚴》、袁陽《生死事大——生死智慧與中國文化》、黃應全《死亡與解脫》、康韻梅《中國古代死亡觀之探究》[1]等。但從文學作品為對象，進一步深入探討死亡思考的著作著實不多。從某種意義上可說，「文學」，比任何學問更生動地表達了人們對死亡難以言喻的複雜心理，而提供對人生意義進行深沉思考的機會。文學作品的死亡主題，突破以偏重生命為主的有限局面，對深入地了解「人與死亡」，應有些幫助。

第二節　以中國古典小說為思考起點

　　文學作品的死亡主題，根源於人類死亡的真實性存在。中國文學的死亡主題傳統，既受制於此，但同時又豐富了中華民族根深蒂固的死亡觀與死亡態度。以中國文學而言，比較古老的死亡主題在神話傳說上表現得不少。許多學

---

[1] E・雲格爾著・林克譯，《死論》（香港：三聯書店，1995年）；鄭小江編，《中國死亡文化大觀》（南昌：百花洲文藝出版社，1995年）；段德智，《死亡哲學》（湖北：湖北人民出版社，1996年）；Robert Kastenbaum著・劉震鐘、鄧博仁譯，《死亡心理學》（臺北：五南圖書出版公司，1996年）；傅偉勳，《死亡的尊嚴與生命的尊嚴》（臺北：正中書局，1995年）；袁陽，《生死事大——生死智慧與中國文化》（北京：東方出版社，1996年）；黃應全，《死亡與解脫》（北京：作家出版社，1997年）；康韻梅，《中國古代死亡觀之探究》（臺北：國立臺灣大學出版委員會，1994年）。

者在進行神話傳說的研究時，融合了複雜的人文思想，並從各種不同的角度深入探討。但在中國文學的神話故事裡，透過對「長生不死」的想像來突破原始死亡觀，進而對死亡的態度有所超越。「長生不死」仍然是人類追求人生幸福之終極目的。如此願望呈現在《山海經》許多「不死之國」中，而塑造出一個可永生不死的理想境地[2]。而且在「長生不死」思想的基礎下，由死亡而到再生的過渡，往往經過形體的改變來實現生命意志的恆久性[3]。這些不死的神話資料能表達出死亡不是靈魂的滅亡，而是另一種形式的再生。其中所產生的死亡觀高度呈現外在世界的迫切需求，成為人們孜孜矻矻去追尋一個理想世界的不休動力。

　　至於文學中的詩歌，雖然未必能如神話一般，直接表現死亡與再生的觀念，或像思想家那樣，對死亡主題深入討論。但詩人以敏銳的感受來看穿當時世局的紛亂不吉，親友逝世之痛，自己的坎坷不遇或逐漸衰老的心情，則直接透視死亡本質與生命的哀傷。其中以屈原的詩歌所表現的死亡主題最具特色。〈離騷〉一詩，上天入地的豐富想像、奇麗的語言以及一詠三嘆的抒情方式，可以表達死亡與精神的高尚性：「亦余心之所善兮，雖九死其猶未悔」、「寧溘死以流亡兮，余不忍為此態也」、「伏清白以死直兮，因前聖之所厚」、「阽余身而危

---

[2]　《山海經》中記載了許多想像的理想國，這些地方可以滿足人們對生命不死的盼望，如有表現在數字上不可預測的「長壽者」，以及死而可以化生的「變化者」，更有甚多明白表示不死的「不死民」、「不死國」、「不死藥」、「不死山」、「不死樹」。例如，「不死民在其東，其為人黑色，壽，不死。一曰在穿匈國東。」（〈海外南經〉）；「開明北有視肉、珠樹、文玉樹、玗琪樹、不死樹。」（〈海內西經〉）；「有不死之國，阿姓，甘木是食。」（〈大荒南經〉）；「流沙之東，黑水之間，有山名不死之山。」（〈海內經〉）；「犬封國曰犬戎國，狀如犬。有一女子，方跪進杯食。有文馬，縞身朱鬣，目若黃金，名曰吉量，乘之壽千歲。」（〈海內北經〉）；「白民之國在龍魚北，白身被髮。有乘黃，其狀如狐，其背上有角，乘之壽二千歲。」（〈海外西經〉）；「大荒之中，有山名曰大荒之山，日月所入。有人焉三面，是顓頊之子，三面一臂，三面之人不死，是謂大荒之野。」（〈大荒西經〉）《山海經》裡所描寫的「不死民」、「不死之國」、「乘之壽二千歲」、「三面之人不死」等，都蘊涵了一種無盡的生命觀，意欲突破死亡的局限而產生對長生的期望，亦撫慰人們對有限生命的惋惜。

[3]　從中國古代神話總集《山海經》來看，許多神話人物死亡以後變成其他物體。例如，盤古死後化身為萬物，女娃在東海溺死後轉化成一隻勞苦填海的小鳥精衛。傳說中的人物后羿，到達崑崙西王母拿到不死藥，而后羿妻嫦娥偷吃了藥而奔月變成月精（蟾蜍）。夸父和太陽競賽，路中渴死，而手中的枯杖化為桃林等。神話中的英雄人物在面對死亡是無可奈何的，但他們生命意志決不可被消滅，反而更積極、猛烈地表現出來。對於變形神話、死與再生、生死循環等部分，前人已有精彩的研究成果，可以參考樂蘅軍，〈中國原始變形神話試探〉，《中外文學》，2卷8-9期，1974年1-2月；王孝廉，《神話與傳說》（臺北：時報文化出版公司，1991年）頁91-125；葉舒憲，《中國神話哲學》（北京：中國社會科學出版社，1993年）頁107-141。

死兮，攬余初其猶未悔」，這是悲憤而深沉的情感表達。曹植、陸游、文天祥等
詩人也對死亡有深刻的思考，對生命存在著迫切的關照[4]。

　　中國古典小說上表現的死亡主題也相當豐富。作品裡各個人物之間相互影
響之下，人物對死亡的思考就會細膩地表現出來。例如〈霍小玉傳〉的霍小玉與
李益，在社會上許多因素干擾和限制他們的愛情，結果霍小玉含恨而死。霍小玉
面對死亡時，將她對於對李益的愛恨，剎那間一湧而出。在《水滸傳》結尾中，
魯智深自己面對死亡時所表現出的獨特態度，也引人注意。魯智深跟著宋江去打
方臘，但當他看到梁山人馬損兵折將，損失慘重的情景，便謝絕還俗為官。有一
天夜晚，魯智深被錢塘江潮信的響聲驚醒，他忽然想起師父智真長老的四句偈
語，才覺悟生死解脫的道理[5]，「咦！錢塘江上潮信來，今日方知我是我。」魯
智深體悟死亡的藝術性不在於「佛門坐化」的死亡形式，而在於他鄙薄世俗的功
名利祿之後，坦然無懼的面對死亡。林黛玉之死在《紅樓夢》全書中，可視為最
精彩動人的篇章之一。黛玉之死，把賈寶玉、林黛玉之間愛與死的關係推向哀怨
沉痛的高潮。一方面是賈寶玉不知被騙婚，但聽見娶了黛玉為妻，稱心滿意，所
以病身很快就「頓覺健旺起來」。一方面是林黛玉聽到寶玉與寶釵結婚的消息，
數年的心病，就「一時急怒而迷惑了本性」，吐下一口血。賈寶玉因為得到林
黛玉而心滿意足，精神開朗，身體康復；而林黛玉則因失去賈寶玉而徹底絕望崩
潰，吐血焚詩稿，急速走向死亡。

　　儘管霍小玉的「含恨而死」，魯智深的「覺悟生死」，林黛玉的「哀怨之
死」等，他們在死亡的形式、態度以及主題都不相同，但他們的死亡在全篇主題
思想上具有不可忽略的重要因素。他們的死亡不只是單獨角色的身亡，同時也和
作品裡其他人物直接或間接地聯繫著。死亡的結果只是單獨出現在單一時空下的
特定角色身上，可是引導死亡的種種因素卻和在作品中所構成的人物、環境、思
想具有密切關係。小說作品不僅攸關一人從生到死的歷程，而是透過不同性格的
人物在同一時間、空間上互相連結與影響。

　　在小說作品中，每一個人物對死亡的思考與行為複雜多樣，而且透過死亡
所表現的主題更各不相同。中國古典小說裡表達出的死亡主題可說特別豐富深
奧，許多人物也在小說的時空中活躍而生動地走向死亡。作品人物的性格各色

---

[4]　參考張三夕，《死亡之思》（臺北：洪葉文化事業有限公司，1996年），頁208-222。

[5]　參考張三夕，《死亡之思》（臺北：洪葉文化事業有限公司，1996年），頁196。

各樣，而引起他們對死亡的思想、行為，以及超越方式各自不同，但他們對死亡的種種思考影射著現實人們對死亡的各種思索與想像。雖然不像詩人與學者那樣以文雅晦澀的語詞來表達對死亡的關照，但小說人物在曲折的情節進行中，以不同的角色、不同層次的思考、不同面向的死亡態度，來呈現多層面與多視角的觀點；因此我們透過他們的思考與行為，可看出總體的死亡本質與生命價值。小說人物的死亡觀，可說是透過對死亡深入的思考，來表露人物充滿生命意志的生活，因此有助於人們了解人生的本質、人生的經歷。小說中的死亡故事，以小說人物為媒介，引發人們去體會生死之事的思索，以小說對死亡的處理，比詩詞歌賦等其他文類對死亡的關照，有更為細膩的情節與結構，更為生動的場景與人物，是值得研究材料。

第三節　以《三言》為研究對象

小說從唐代開始就發展出一種「說話」的藝術。「說話」的文學，就是講故事，較接近通俗文學。說話人必須十分注意聽者的反應，才能掌握接受者聽故事時曲折的情緒變化。宋朝時，這種「說話」的藝術更為風行，甚至有專門為皇帝表演的「說話」人登場，除了口頭說給皇帝聽以外，還要整理說話的材料成文。「說話」的內容分為幾種，「講史」（講述歷史，以曾發生的戰爭為材料敷衍成長篇的歷史故事）、「小說」（講述世態人情悲歡離合等短篇故事）、「講經」（是關於佛教的宗教故事）[6]。當初話本的內容比較簡單、粗略，但歷來許多話本小說的作者不斷擴充資料，再加上文人的加工與潤色，便成為一種具有獨特體裁、生動人物的小說。到了馮夢龍（1574-1646），在話本小說的基礎進行編輯加工而成書，就是《三言》。《三言》是《喻世明言》、《警世通言》、《醒世恆言》的合稱。各四十卷，共一百二十篇，《喻世明言》通稱《古今小說》[7]。

《三言》出版是在明代後期，即從神宗萬曆元年（1573）到至思宗崇禎

---

[6]　參見繆咏禾，《馮夢龍和三言》（臺北：萬卷樓圖書有限公司，1993年），頁19-20。
[7]　《古今小說》約刊於泰昌元年到天啟四年（1620～1624）之間，初名為「全像古今小說」，但因問世後，受到歡迎，便將古今小說變為「三言」的總稱，而把古今小說初刻更名為《喻世明言》，二刻稱《警世通言》，三刻為《醒世恆言》。為避免名稱混淆，本論文統以《喻世明言》稱之。

17年（1644）止，政治局面、社會環境、經濟情況都產生了前所未有的巨大動盪和激烈變化[8]。在思想方面，從傳統的抑制人性而「重理」的藝術觀念轉換為由人性的覺醒出發，轉而重視「情」的局面。「重情」，是人們對藝術的情感有了更深刻的認識，對情感在藝術中的地位、作用、意義有了更深入的理解。當時袁宏道、湯顯祖、馮夢龍等文人受到李贄「童心說」思想的影響，主張「情」是文藝創作的動力與基礎。尤其是馮夢龍的「情教觀」對人類社會的種種愛情、人性本質的重新審視，而且將「情」與「生死」即與人間存在的問題相連。馮夢龍在《情史類略》中有言:「人，生死於情者也;情，不死生於人也。人生，而情能生之;人死，而情又能生之。即令形不復生，而情終不死。」[9]這種觀念再進一步推衍為「情」可以決定生命是否值得繼續存在之意義。雖然他對「情」的觀念較偏重在「男女愛情」的方面，但了解人性的基本特質來看，把「情」的因素在「慾」中超拔出來，超越有限生命的性質，仍是值得肯定的。

《三言》故事囊括的題材、人物、思想內容非常廣闊，每一篇的人物、主題思想、社會背景、文化程度都不同。《三言》一百二十篇故事的題材都涉及當時社會生活的各個方面，如男女愛情、行俠仗義、發跡變泰、揭露官僚的罪惡、複雜的訴訟案件、文人雅士的風流逸事，還有許多寫神仙、靈怪、妖異的作品。若拿「煙粉」、「靈怪」、「公案」、「神仙」等古代小說的名目來看[10]，各種名目幾乎是齊全的。這些豐富廣闊的題材，反映了當時社會各階層和各方面複雜多樣的文化型態。

小說作品的人物性格而言，十分活躍、生動，而且沒有固定的人物性格，

---

[8] 明代後期由傳統社會以手工業作為家庭副業，並與農業生產緊密結合在一起，由此轉變到生產型態，導致社會分工和工商業的發展。工商業的發展和金銀財富的大量積累，為人們追求生活享樂提供了物質基礎。由於商業經濟的繁榮，商人在社會生活中的作用與地位日益提高。所以文學作品應反映出這樣的社會風向與背景。但到明代後期社會風尚也為之轉變，統治者除了大肆兼併土地和派遣礦稅監，加緊對農民和工商業者的搜刮，政治方面公然賄賂，貪邪無恥，腐敗成風，社會經濟方面富益富，貧益貧的極烈的現象。可以參考馬美信，《晚明文學新探》（臺北:聖環圖書有限公司，1994年），頁3-33。

[9] 參見馮夢龍，《情史類略·情靈》（湖南:岳麓書社，1984年），頁310。

[10] 宋羅燁《醉翁談錄》是一本記載古代「說話」技藝和「說話」資料的專書。書首〈舌耕敘引〉下的〈小說引子〉和〈小說開闢〉兩篇，對於小說一家講說的技術和資料的分類，記述尤為詳細。〈小說開闢〉把小說題材分為八個門類，並且舉出了一百零八篇話本作為實例，如靈怪類:16種，煙粉類:16種，傳奇類:18種，公案類:16種，朴刀類:11種，桿棒類:11種，神仙類:10種，妖術類:9種。參考（宋）羅燁，《醉翁談錄》（臺北:世界書局，1972年）。

甚至連同一個人物的性格，都會在不同的情況之下產生巨大變化。他們的生活基礎不是像王侯將相那樣，與一般百姓刻意遠離，只偏重於奢侈的生活環境；而是以一般庶民生活為基礎，鮮活強烈地吸引讀者，更接近一些民俗信仰、民間生活風俗畫面。若仔細觀察《三言》每一篇中的人物，看起來似乎只是在一寸紙面上活躍，其實在無限的時間、空間上生動地活著。在死亡故事中，人物的心理與行為都集中於對生與死的關照與實踐，因此每一篇無不是對生死的焦慮與掙扎表現出不斷的衝突，而且小說對人物處理死亡的方式、態度著墨得非常濃厚。

　　小說作品雖以虛構和假設的情節為主要內容，但在人們生命與死亡觀念為基礎的前提，往往呈現人對於活著與死亡的掙扎、衝突，並投射在永恆的生命理想故事裡，若以正面活著的角度來探究人生本質的意義，可能會變得非常複雜、模糊，而且掌握得不大明確；反而從人生本質的反面，即死亡的角度來觀察，關注以「生者在世」為主的觀念所忽略或放棄的部分，更值得再次思索和研究。透過死亡角度能看清《三言》人物在面對死亡時的心理變化、死亡的預備、對死亡的思考、超越死亡困惑等，能深入了解人生的本源——生與死。有些作品內容比較偏重於生命快樂以及其相關顯示，有些作品則較著重於人生悲哀、挫折、哀傷，然而作品裡一定含有兩種不同的人生故事與意涵，就是生命與死亡。

　　《三言》作品中的人物可說是虛構人物，但這些人物在充滿生命意志的世界中描繪出生與死的真實情景。雖為小說創造年代距離今日已相當久遠，但了解人們的死亡意識而追求圓滿的理想生活，並未因時空而拉長距離。若以《三言》的死亡主題來著手深入考察人生的死亡涵意，會了解更多人們過往迴避而不敢面對生命的另一部分，這就是我們理解人生本質時值得切入的面向。《三言》人物的死亡意識並非一味走向「悲劇性」，它反而以獨特的死亡方式來超越生與死的焦慮，從死亡恐懼解脫，最後邁向生命理想的國度。雖然每個人物面對死亡的態度、意識和行為不同，但他們對死亡的關懷、困惑、意念等表現，實際上比生命的思考更為深入豐富。

第四節　採用外緣與內在的兩面考察方式

　　至於探究「死亡故事」的模式上，雖然可以應用許多人文學科的材料，以便於從多種角度觀察死亡觀念。但本書的寫作主要是以文學角度為基礎，把關於

死亡的情節作為線索，深入探討《三言》的死亡主題內涵。

　　探究小說的死亡故事，能從兩個面向考察：一是文學作品的外緣研究，一是文學作品的內在研究。外緣研究著重於作品的外在關係探究，如社會文化環境，觀念形成的歷史流傳與整個文學的形式發展與變化程序等；內在研究是把焦點聚焦在作品本身，注重作品的形式與內容。本書擬從外緣研究為基礎，仔細考察作品的內在涵義，主要以小說人物面對「死亡」的種種思考與處事為研究對象，從理解「人」的立場，藉此研究釐清文學作品在建構人物、思考生命時的深邃思辨歷程，及其蘊含的豐富內涵。

一、外緣研究

　　外緣研究首先爬梳中國古代歷來各種關於死亡文化的思考。中華民族在「生」與「死」的綿延更迭中，創造出一套獨特的死亡觀，衍生出紛紜繁雜的死亡實踐，並由此產生了富有民族特性的死亡形式、喪葬制度、祭祀儀式、葬式、葬法等[11]。中國的死亡文化由這樣複雜多樣的文化共同組構，形成廣大深遠的影響。若能先了解中國的死亡文化，奠定死亡觀的基礎，以此研究《三言》的死亡故事時，更能深入多方面思考「死亡」議題。

　　本文另一部分則展開社會、文化道德價值觀方面之探究。社會、文化變遷會造成文學變動，由此去探討此一時期文化社會環境下所產生的價值觀念，從而反映它與小說主題思想內涵之間的關係。同時，對文學環境加以深入研究，分析當時的時代環境、文學思潮與小說寫作。這兩方面的探討，有助於我們從側面了解作者的創作、編輯環境與作品的表現方向，也助於讀者正確認識作品的社會意義與藝術成果。

　　文學離不開社會文化，更直接說，文學是一種社會產品。文學與社會的密切連動，還表現在社會上的各種「活動」，即「生存與生活」、「死亡與消解」，而「生活」大致上是一種社會真實，所以文學永遠不會與外界隔絕。雖然寫作的對象、時空往往是假設的，但作者以虛構來表達的對象、時空，卻與社會情況與背景密切關聯[12]。屬於「通俗小說」的《三言》尤其如此。研究《三言》

---

[11] 關於中國古代死亡文化的具體例子，可以參考鄭小江編，《中國死亡文化大觀》（南昌：百花洲文藝出版社，1995年）。

[12] 參見劉介民，《比較文學方法論》（臺北：時報文化公司，1990年），頁459。

的「死亡故事」時，需要對一般大眾生活的政治、社會、文化背景有足夠認識。
本書將透過當時社會各種文化現象來觀察人們對「死亡」的思考，那麼此一背景
研究更不容忽視。但礙於本書篇幅限制，並考量到篇章內容的有機完整，不能獨
立分章一一詳述，對於這一部分的闡述與資料皆列於內文註解、引文解釋、參考
文獻等，便於有條理的呈現本書的問題論述及建立有效的參照系。

二、內在研究

1. 文學中之「死亡」呈現

　　一般人以為「死亡」是一種非常顯而易見的事，但事實上，「死亡」是人
生中最難解釋的現象之一。因為死亡現象有其特異之處，就是談論死亡的任何人
都沒有親身經歷過，而一旦親身經歷死亡時，自己卻也已經不能對死亡說出什
麼。但無論如何，人們都希望得到關於死亡的答案，而且人們已經從不同領域上
作出了各種各樣的解釋。如法律、醫學、人類學、社會學、哲學等對「死亡」探
討的涵義與範圍全然不同，針對此一常見現象，按照各種文化、學問獨特的特徵
作深入研究，闡發不同立場與見解[13]。研究文學上的「死亡」時，應從文學作品
中的線索為對象來貫穿整體作品的主題意識，再觀察作品的創作時代、文化環
境，才算完整接觸到其中的「死亡觀」。研究小說作品的「死亡故事」時，首先
不得不對「死亡概念」下定義，這就是死亡故事研究方法中的第一步，屬於基礎
階段。「死亡觀念」的定義可以歸納於三個面向，就是「肉體的死亡」、「心理
的死亡」、「舊我的死亡」：

---

[13] 不同領域對死亡的含義與範圍，可以參考以下研究資料：約翰・鮑克著・商戈令譯，《死亡的意義》
　　（臺北：正中書局，1994年）；E・雲格爾著・林克爾譯，《死論》（香港：三聯書店，1995年）；肯內
　　斯・克拉瑪著・方蕙玲譯，《宗教的死亡哲學》（臺北：東大圖書有限公司，1997年）；傅偉勳，《死
　　亡的尊嚴與生命的尊嚴》（臺北：正中書局，1995年）；段德智，《死亡哲學》（湖北：湖北人民出
　　版社，1996年）；Robert Kastenbaum著・劉震鐘、鄧博仁譯，《死亡心理學》（臺北：五南圖書出版公
　　司，1996年）；楊鴻台，《死亡社會學》（上海：上海社會科學出版社，1997年）；AⅡ・拉夫林著・
　　成都科技翻譯研究會譯，《面對死亡》（成都：內蒙古出版社，1997年）；路易斯・波伊曼著・陳瑞
　　麟等譯，《今生今世——生命的神聖、品質和意義》（臺北：桂冠圖書有限公司，1997年）。

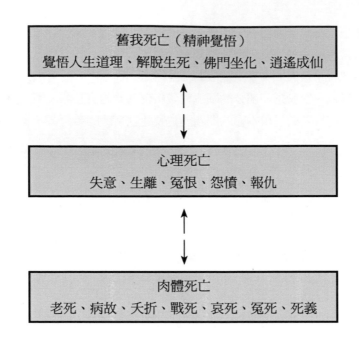

　　肉體的死亡──所有基本的、肉體的功能，無法避免終止。《三言》作品中偏重肉體即身體死亡的現象最多，幾乎所有作品裡皆出現，比如老死、病故、夭折、自殺、戰死、猝死、思念哀愁而死、冤死、死義、遭處決等死亡方式與類型。但筆者研究並不是偏重於外部的「死亡」類型，而是研究作品裡各個人物的死亡關照，並從肉體死亡進一步探討人物對於死亡的恐懼、生死掙扎、死亡困惑，以及對於生的執著。透過具體的死亡現象進而研究死亡的內在涵意。

　　心理的死亡──死亡不只是生物上的，同時包含當一個人的生命歷程中，其人格與創造力受到威脅時，生命意志受到嚴重傷害，人生的價值觀被徹底破壞，或思想受到引導而產生大轉換等現象。《三言》中可以看到幾種心理死亡的面貌。經過心理死亡後，直接導引到毀滅生命的現象較多，即自盡、失意、生離、冤恨、報仇等。人物在心理受到強烈的衝擊之下，或受到嚴重的傷害時，他的生命意志已產生無可回復的傷痕，而直接導致身體的死亡。另外，也有心理在遭受嚴重創傷後，思想觀念經過大幅轉換，反而獲得生命意志，這就是對人生本質肯定的特徵。

　　舊我的死亡──或說精神的覺悟、精神的死亡，這是一種過程，透過死亡（身體、心理死亡），讓一個人體驗人生的道理或覺悟，從而由死亡的畏懼、煎

熬中得到解脫，並獲得心理上的新生。因為舊有的自我死了，而產生新的自我。精神覺悟使一個人的態度，不但轉化為趨向生命，並且能夠面對死亡，甚至於超越死亡。所以對於死亡能沒有困惑，也沒有對生命的執著。這一切的變化，關鍵在於舊我的死亡促使個人自覺與再生。這也可以和心理死亡相比較，心理死亡具有兩種面貌：一方面思想有著轉換，進入肯定人生的境界，屬於正面提昇的層面；另一方面，則是失意、自棄而引導出肉體死亡的反面層面。但舊我的死亡相較於心理的死亡，顯得更具體、更強烈，繼而超越生死的掙扎與焦慮。雖然心理死亡也有脫離現實苦痛的意向，卻沒有像舊我死亡那樣強烈地要求解脫生死困擾之情況。《三言》作品中，在現實生活上出現覺悟的情形，也有藉宗教思想影響，引導出覺醒的情形，如佛門坐化、逍遙成仙等。總而言之，肉體的死亡，只有對生死的掙扎，而沒有具體的超然現象；心理的死亡則要超越死亡，但以有限的形式進行否定的方式。但舊我的死亡是人們透過無限的努力面對生死焦慮，以不斷增進，來解脫對於死亡的畏懼和困惑，而達到超越生死的理想境界。

其次，小說作品的「死亡」概念可分為作者（敘述者）之死亡觀和作品人物之死亡觀。作者之死亡觀需詳知作品創作年代、作者姓名年齡、社會背景與經歷、文學風格與特徵，才能掌握其死亡觀念。這屬於作者透過作品情節、人物、主題而呈現出的死亡觀。《三言》為馮夢龍所編的話本小說集，大部分的作品是已流傳的作品加以潤色、加工、修整而完成，且作品中出現的敘述者大多作用著重於調整情節進行的緩急與場面轉換，明確呈現對死亡的態度與思考的，實為不多，因而難以捉摸作者的死亡觀。

作品人物之死亡觀，比作者（敘述者）的死亡觀更複雜。《三言》的每篇作品登場的人物是數十人，也扮演著各種不同的角色[14]。研究小說作品時該注意觀察角色的安排：主要人物與次要人物，或是說主角與配角。探討小說作品中的「死亡故事」，應該認定「死亡主體」的問題。「死亡主體」重點在於誰要呈現出死亡的悲歡與超越？就是作品人物透過自己面臨死亡，或者執行處罰惡人，亦者見到他人之死亡，呈現出死亡背景、死亡形式、處理死亡、死亡概念等。一般

---

[14]　《三言》作品具有豐富的人物形象，若從小說作品的人物形象來看，每個都十分生動活躍，不會顯得制式呆板，甚至連同一個人物的性格，都會在不同的情況之下產生變化。他們的生活基礎不是像王侯將相那樣與老百姓刻意的遠離，只偏於奢侈的生活環境；而是生動地以一般市民生活為基礎，以民俗信仰、民間生活風俗畫面，強烈地吸引讀者。《三言》中每一篇的人物看起來似乎只是活躍在一寸紙面上，但若仔細觀察其實是在無限的時間、空間上栩栩如生地活著。

來講，觀察的焦點集中在主角的身上，但主角以外的人物中，也不乏對死亡深入關照，而且若這些人的死亡觀對全篇的死亡主題有很大的影響力的話，他們就變成無可忽視的關鍵人物。另有作品中的主角或配角上沒有具體的死亡事蹟，但小說全篇情節與結構上有某一段涉及死亡的深入階段，也應列入死亡主體範圍，如〈李汧公窮邸遇俠客〉（醒30）中的義俠、〈眾名姬春風弔柳七〉（喻12）中的陳師師、趙香香、徐冬冬、〈陳可常端陽仙化〉（警7）中的郡王、〈楊謙之客舫遇俠僧〉（喻19）中的俠僧等，在作品中不是主要人物，而且他沒有像主角或其他配角那樣明確顯現出死亡的關照與實踐，但仔細觀察他們的死亡態度時，可以發現在全篇的死亡主題占有相當重要的地位。

2. 死亡主題思想的分類

　　死亡觀念的三項內容與死亡主體的認定，較偏重於死亡本意與小說人物的部分，但死亡主題思想的分類較接近於作品內容。死亡主題思想是以死亡角度來考察的方式，與一般小說主題思想的角度，有一點差別。但若以深入考察人生本質的大主題而言，是互相溝通的。人生當中面對死亡的情形相當複雜，而且小說作品中的肉體、心理、舊我的死亡也有各式各樣的表現與涵義。小說作品的情節是基於人生故事的縮影，複雜而細膩的瑣事，通過事件、人物、主題來逼真描繪人們實際生活的多層面向。小說人物在作者設定的時空上，和實際人們一樣活躍，也生動的追求理想，這些特徵在《三言》也不例外。《三言》所表現出的死亡主題內容以重義、友情、愛恨、離別、覺悟、省察等幾個部分較為凸顯，並且這些內容對全篇的思想主題影響力也較強。本書大概可分為幾個主要部分考究：「義與死」、「愛與死」、「貞節與死」、「冤枉與死」、「超越死亡」等。每項死亡主題，再加上細膩的分別，進行深入探討，如「義與死」的死亡主題之下再細分為「報仇行俠」、「盡忠報國」、「知遇之恩」、「生死之交」；「愛與死」主題也可細分為「死而求愛」、「非愛冤死」、「生死恩情」、「生離死別」等。以上幾個分類以外會有其他死亡主題思想：如古代詩歌中往往出現「人生虛無」、「回歸自然」的思想；歷史故事中常見的「志士之死」、「國家敗亡」主題；倫理道德故事中經常表揚「以生制死」、「殺身成仁」觀念；相較於前述，市井話本小說中常有的「不遇與死」、「財物與死」等，雖為古典文學中經常出現的死亡主題，但就《三言》作品而言，這些呈現的狀況並不多，其影響力也較微弱，其所表現的內容與涵義也並不明確。在《三言》作品中的死亡主

題在前幾項主題方面描寫得十分清楚，並突出其中意義。以上的分類，對於了解《三言》的死亡故事與主題思想，具有不可忽略的重要性，且提供我們更深入考察作品內涵的機會。

第五節　《三言》的刊刻及研究概況

本書從《三言》的死亡故事裡藉由人物來透視其「死亡思考」，亦明確指出《三言》為研究範圍。所謂《三言》是指《喻世明言》、《警世通言》、《醒世恆言》之合稱，此合稱之出現甚早，就是在葉敬池本《醒世恆言》（這是現存最早的刻本）其中隴西可一居士在序中有言：「吾不知視此『三言』者，得失何如也？」（《醒世恆言·序》）這三本小說集乃馮夢龍（1574-1646）以「茂苑野史」、「隴西君」、「可一居士」之別號所編輯者，其出版順序也正如前列，以《喻世明言》為最早（1620-1623），其下《警世通言》（1624），《醒世恆言》最晚（1627）。

《三言》在明末曾盛極一時，流傳甚廣，但進入清代後，一方面由於清政府小說禁毀政令的壓制[15]，另一方面也書商迎合讀者大眾的口味，擅加刪削，模仿濫造[16]，以致這些書版本頗為雜亂、殘缺，完整的版本在中國地區已難以尋

---

[15] 清代，中國小說有了長足的發展，被禁的小說也很多。清初中央政府發命令嚴禁「淫詞小說」，「凡坊肆市賣一應小說淫詞《水滸傳》，嚴查禁絕，將板與書，一併盡行銷毀。」（〈禁止小說淫詞〉，《元明清散帶禁毀小說戲曲史料》）明代崇禎十五年（1642）曾由朝廷頒佈過嚴禁小說《水滸傳》的法令，是將它做為鼓動農民起義的邪說書禁止的。清王朝建國以後，為了鞏固加強思想統治，以「正人心，厚風俗」為理由將禁止「小說淫詞」做為國家基本法律而固定下來。但清初，包括《水滸傳》只限幾個小說作品而已，被禁毀小說的標準也相當模糊。康熙五十三年（1714）頒佈了一項重要禁令：「凡坊肆市賣一應小說淫詞，在內交與八旗都統、都察院、順天府，在外交與督撫，轉行所屬文武官弁，嚴查禁絕，將板與書，一并盡行銷毀。如乃行造作刻印者，係官革職，軍民杖一百，流三千里，市賣這杖一百，徒三年。該管官不行查出者，初次罰俸六個月，二次罰俸一年，三次降一極調用。」（《大清聖祖仁皇帝實錄》卷二五八）此向禁令於雍正二年（1724，〈雍正二年禁市賣淫辭小說〉）、乾隆三年（1738，〈乾隆三年禁淫小說〉）、嘉慶七年（1802，〈嘉慶七年十月禁燬小說〉）、道光十四年（1834，〈道光十四年二月禁燬傳奇演義板書〉）均作為定例重新頒佈施行，然而收效甚微。當時統治者禁書的重點是那些具有反清意識的政治性的書籍，對小說淫詞的禁毀因無具體措施和專門機構以認真執行，以致淫書仍然在社會上廣為流行，其勢有增無減。參考王利器輯錄，《元明清三代禁毀小說戲曲史料（增訂本）》（上海：上海古籍出版社，1981年）。

[16] 參考王昕，《話本小說的歷史與敘事》（北京：中華書局，2002年），頁316-317。

獲。1950年代中期，李田意在日本蒐集有關中國小說材料時，才陸續將趨近完整的本子輯校出來，經楊家駱所主持的世界書局刊行後，其全貌才重新為人所熟知。以後楊家駱進一步校勘後，由鼎文書局出版。此本雖為重新排印，但仍保留原刻本的版框、頁碼、版心書名，和版框上原有的評語，以及卷名前（上魚尾下面）、各面行數、各行字數，標點符號但圈不點，亦不劃分段落。原刻所用的誤字、俗體字、古體字等都已改成正體字，有關較露骨的男女性愛描繪，全部照原刻本內容保留。但再出版時，版面大加變革，改以新式板面排印（尤其是《喻世明言》）。此排印本乃就注釋本重印，但並沒有說明注釋者為誰，而且刪除目錄、書影、圖片，而正文劃分段落，加上新式標點，並已去除保留的舊本版式。較為露骨的性事描繪也都刪削，甚至連描繪性事相當含蓄的詩詞也一併刪除，但就取捨的標準來看，其實寬嚴不一，顯示刪除原文時，全憑興之所至。筆者深入對照目前可見的《三言》刊本，本書所用的刊本有鑒於各刊本利弊的研究成果基礎，進行校誤，加上正確的標點、劃分段落，一般坊本所刪文字，悉加補足的三民書局出版本：

《喻世明言》乃據王古魯就日本內閣文庫藏本鈔錄，而以尊經閣藏本校定，四十卷[17]。

《警世通言》則據嚴敦易注鈔日本名古屋蓬左文庫所藏（明）金陵兼善堂本，四十卷[18]。

《醒世恆言》則是日本內閣文庫所藏（明）金閶葉敬池刊本，四十卷[19]。

這些版本大體而言，應是目前所存最接近原本，最完整可靠的版本。

由於《三言》有這些版本與流傳上的諸多問題，因此早期（1930年代開始）的研究多著力於作者、版本及小說寫作時代的考訂，或進一步追溯小說故

---

[17] 《喻世明言》的版本有三種：一為明昌啟間天許齋初刻本，四十卷，藏於日本內閣文庫；尊經閣所藏為天許齋覆刻本。二為衍慶堂本，題《喻世明言》廿四卷。（封面端署「重刻增補古今小說」），也藏於日本內閣文庫。三為大連圖書館據映雪齋鈔本，題「七才子書」，僅十四篇。廿四卷本《喻世明言》乃殘缺不完，書頁勉強湊和之本。

[18] 《警世通言》首有天啟甲子（四年）豫章無礙居士序。本書傳世的版本也有三種：一、金陵兼善堂本警世通言四十卷四十篇（日本蓬左文庫及倉石武四郎各藏一部）。二、衍慶堂二刻增補警世通言四十卷四十篇（大連圖書館藏）。三、三桂堂王振華刊本警世通言四十卷四十篇，今所見者缺三十七以下四卷，僅三十六卷（北京圖書館等藏）。

[19] 《醒世恆言》是《三言》中流傳最廣，也最為人所知的書。首有天啟丁卯（七年）隴西可一居士序。本書的版本有：一、（明）金閶葉敬池刊本（日本內閣文庫藏）。二、（明）金閶葉敬溪刊（大連圖書館藏）。二者皆為天啟年間的原刊本，足四十篇。三、衍慶堂刊本四十卷本及三十九卷本。

事的源流[20]。但因為其間仍問題重重，隨新資料的發現，相關的考證與新觀點依然不斷有人提出，如李田意、潘壽康、孫楷第、柳存仁、譚正璧、韓南（P・Hanan）、馬幼垣、胡萬川等人仍多所著力於此工作[21]。本書的寫作也正建立於此種考證基礎上，進一步深入考察《三言》的死亡故事內涵。

　　為了理解《三言》的研究概況，可先追溯話本小說研究情況，自民國以來的陸續發現及刊刻印行，使得其原貌大致重現於世。有1915年繆荃蓀發現的《京本通俗小說》殘卷[22]、1928年在日本發現內閣文庫所藏的《清平山堂話本》[23]等，《三言》也陸續重現，於是話本小說在1921年以來被學者們注意並加以研

---

[20] 如容肇祖〈明馮夢龍的生平及其著述〉與〈明馮夢龍的生平及其著述續考〉、孫楷第的〈三言二拍源流考〉與〈小說旁證〉、趙景深〈醒世恆言的來源和影響〉與〈喻世明言的來源和影響〉，可以算是件緣性考證中的奠基之作，而後胡士瑩的《話本小說概論》與譚嘉定的《三言兩拍資料》則是在此基礎上更進一步的研究成果，這些考證對《三言》歷史背景的確有極重要的貢獻，也為後來的研究奠下基礎。

[21] 參考（明）馮夢龍編，李田意蒐集編校，《古今小說》（臺北：世界書局，1958年）、《醒世恆言》（臺北：世界書局，1959年）；潘壽康，《話本與小說》（臺北：黎明文化事業公司，1973年）；孫楷第，《日本東京所見中國小說書目——附大連圖書館所見中國小說書目》（臺北：鳳凰出版社，1974年）、《中國通俗小說書目》（臺北：鳳凰出版社，1974年）、《俗講說話與白話小說》（臺北：河洛圖書出版社，1978年）；柳存仁，《倫敦所見中國小說書目提要》（臺北：鳳凰出版社，1974年）；王秋桂編，《韓南中國古典小說論集》（臺北：聯經出版事業公司，1979年）；譚正璧，《三言兩拍資料（上下）》（臺北：里仁書局，1981年）；那宗訓，《京本通俗小說通論及其他》（臺北：文史哲出版社，1985年）；譚正璧著・譚尋補正，《話本與古劇（重訂本）》（上海：上海古籍出版社，1985年）；胡萬川，《話本與才子佳人小說之研究》（臺北：大安出版社，1994年）；Patrick D. Hanan著・王青平・曾虹譯，《中國短篇小說》（臺北：國立編譯館，1997年）；馬幼垣，《中國小說史論集稿》（臺北：時報文化出版公司，1987年）。

[22] 《京本通俗小說》，是1915年繆荃蓀「發現」後刊印的，共收宋人話本9篇，但傳摹的作品是第十卷至第十六卷共7篇，即〈碾玉觀音〉、〈菩薩蠻〉、〈西山一窟鬼〉、〈志誠張主管〉、〈拗相公〉、〈錯斬崔寧〉、〈馮玉梅團圓〉。對這本書的真偽，歷來爭議不斷。綜括研究成果而言，《京本通俗小說》可能是《三言》中的宋人作品輯出後偽造的。雖然它是一本偽書，而這9篇具體作品卻是宋人作品。當然，在這些作品流傳過程中，可能也經過了元、明人的加工和修改。有關此書的真偽方面爭議可以參考蘇興，〈《京本通俗小說》辨疑〉，《文物》，1978年第3期；馬幼垣、馬泰來，〈京本通俗小說各篇的年代及其真偽問題〉，《清華學報》第5卷第1期（收錄於馬幼垣，《中國小說史論集稿》，臺北：時報文化出版公司，1987年3月再版）；胡萬川，〈京本通俗小說的新發現〉，《中華文化復興月刊》第10卷第10期，1977年10月（收錄於胡萬川，《話本與才子佳人小說之研究》，臺北：大安出版社，1994年）；徐朔方，〈關於《京本通俗小說》〉，《小說考信編》（上海：上海古籍出版社，1997年），頁410-411等。

[23] 《清平山堂話本》，明洪楩編刊。原書分《雨窗集》、《長燈集》、《隨航集》、《欹枕集》、《解閒集》、《醒夢集》六集，每集上下兩卷，每卷五篇，總名「六十家小說」。《清平山堂話本》這個書名是近人馬廉在刊印時加的，《清平山堂話本》匯集宋、元、明三代的作品，洪楩編輯時沒有任意修改，其中誤文奪字之處固然不少，但基本上仍保留了嘉靖時代留存話本的面貌，現存的29篇作品（含五篇殘缺，後又發現殘文兩篇）亦保留著早期話本的文體特徵。

究。各種作品、各種層面的研究工作在不同國度及地區廣泛地進行，但研究成果有相近、接續，甚至有對立的意見也是在所難免，皆不足為奇。

早期研究話本（宋元明話本）的學者較專注於話本小說的社會背景、家數認定、體例形制、歷史源流、篇目版本等考定方面，再則考察話本篇章的著作年代、刊刻年代，如鄭振鐸〈明清二代的平話集〉中，介紹話本的特徵，分述明清刊印的話本故事中，可能的原始著作年代[24]；孫楷第的〈中國短篇白話小說的發展與藝術上的特點〉介紹自唐至明三個不同階段的中國白話短篇小說，並且述說其藝術上的特點[25]。後來對話本的研究，有樂蘅軍的《宋代話本研究》[26]，將宋話本從整個話本體系中提出來專門討論：李本耀的《宋元明話本研究》研究的範圍雖然包括宋元明三個朝代的作品，但其研究的重點仍以宋話本為主，從其論述的篇幅中以宋話本占多數可看出，其宋話本研究方面多半承襲前人研究[27]。

另外胡士瑩的《話本小說概論》[28]，詳細介紹了話本小說的歷史與系統、故事篇章的內容與年代的考證，資料收集齊全，論述詳實而週到。此書除了詳細引徵前人既有見解，亦不乏著者自己整理統合的獨到之處，使得此書在話本小說，乃至於傳統古典小說發展的討論上，儼然成為不可或缺的重要參考著作。在前人詳實考證、仔細推論的研究之下，話本已十分清晰的呈現在世人面前。但此書亦有未盡之處：在此要提出的是關於擬作的認定與篇數問題；對「話本」一詞的意義，無疑是認同「說話人底本」的看法[29]。由於《話本小說概論》對前人的研究加以整理，又經過著者的統合歸納並提出較為客觀的意見，許多工作在沒有更新的資料出現前，都可以說成為定論。因此除了少數討論尚有疑點之外，原則上關於話本小說的外部背景，此書足堪稱相當完整的著作。這部分由於背景知識、資料掌握的限制，大體是國內學者獨擅的局面，但國外學者未受先入為主的觀念影響，有充分客觀自由的觀照，亦往往能提供新的創見。

---

[24]   參考鄭振鐸，〈明清二代的平話集〉，《中國文學研究新編》（臺北：明倫出版社，1971年）。

[25]   參考孫楷第，〈中國短篇白話小說的發展與藝術上的特點〉，《俗講說話與白話小說》（臺北：河洛圖書出版社，1978年）。

[26]   參考樂蘅軍，《宋代話本研究》（臺北：國立臺灣大學出版委員會，1969年）。

[27]   參考李本耀，《宋元明話本研究》，《師大國文研究所集刊》第18期，1974年6月。（國立台灣師範大學國文研究所碩士論文，1973年5月）。

[28]   參考胡士瑩，《話本小說概論》（北京：中華書局，1982年）。

[29]   對於這方面頗受爭議，可參考金求求，《虛實空間的移轉與流動——宋元話本小說的空間探討》（臺北：大安出版社，2004年），頁20-22。

　　至於國外研究中國古典小說的概況，則由於具體資料的隔絕或未見，及研究風氣未啟，正如里維（Andre Levy）於〈法國漢學界研究中國古典小說的過去與現在〉（*A Survey of French Studies on Chinese Classical Fiction: Past and Present*）所指出，早期有關中國小說的研究多由外行（amateurs）所為，然至1950年代以後開始有所轉變，中國小說逐漸受到重視並加以系統研究[30]。有關話本小說研究，西方學者發表專題論文雖開始於1930年代末，但至1960和1970年代發表的新論著才較多，且有一些專著單行本出版，其中有關《三言》、《二拍》與《今古奇觀》的研究著作較多，而且他們的研究範圍非常廣泛，包括作者評介、作品的社會背景、發展源流、故事考證、藝術分析以及與世界名著的比較等等。例如，夏志清（Hsia, G. T.）著《中國古代短篇小說中的社會與個人（Society and Self in the Chinese Short Story）》（載於《凱尼恩評論（*Kenyon Review*）》第24期，夏，1962年），此文深入分析了《三言》中的作品，認為《三言》是中國明代白話短篇小說最偉大的成就[31]；韓南（Patrick D. Hanan）著〈蔣興哥重會珍珠衫與杜十娘怒沉百寶箱撰述考（*The Making of The Pearl-Sewn Shirt and The Courtesan's Jewel Box*）〉（載於《哈佛亞洲研究學報》第33期，1973年〔譯文收錄於《韓南中國古典小說論集》〕），此文對《三言》中〈蔣興哥重會珍珠衫〉與〈杜十娘怒沉百寶箱〉作了比較分析，並考證兩篇作品的來源[32]；韓南著《中國短篇小說：時代背景、作者、成書時期探研（*The Chinese Short Story: Studies in Dating, Authorship, and the Formarive Period*）》（哈佛大學出版社，1973年〔臺灣國立編譯館中譯出版，1997年〕）在早期話本小說中，進行全面性的研究，並指出短篇小說與其他傳統類別小說作品的不同之處[33]；西里爾・伯奇（Cyril Birch）著〈馮夢龍與古今小說（*Feng Meng-lung and the Ku-*

---

[30] 參考Andre Levy，〈法國漢學界研究中國古典小說的過去與現在（*A Survey of French Studies on Chinese Classical Fiction: Past and Present*）〉，靜宜文理學院中國古典小說研究中心編，《中國古典小說研究專集3》（臺北：聯經出版事業公司，1981年）；胡萬川，〈雷威安教授和他的中國古典小說研究〉，靜宜文理學院中國古典小說研究中心編，《中國古典小說研究專集6》（臺北：聯經出版事業公司，1983年）。

[31] 參考夏志清，《中國古典小說導論》（安徽：安徽文藝出版社，1994年）。

[32] 參考韓南著・吳璧婉譯，〈蔣興哥重會珍珠衫與杜十娘怒沉百寶箱撰述考〉，王秋桂編，《韓南中國古典小說論集》（臺北：聯經出版事業公司，1979年），頁97-127。

[33] 參考Patrick D. Hanan著・王青平、曾虹譯，《中國短篇小說》（臺北：國立編譯館，1997年）；中國古典小說研究中心編輯室，〈韓南教授（Prof. P. D. Hanan）的中國古典小說研究〉，靜宜文理學院中國古典小說研究中心編，《中國古典小說研究專集2》（臺北：聯經出版事業公司，1980年）。

chin hsiao-shuo）〉，（載《東方與非洲研究學院學報（*Bulletin of the School of Oriental and African Studies*）》第18期，1956年），此文著重探討馮夢龍與《古今小說》所收四十篇作品之關係，考證其中摻入的馮夢龍本人的作品；約翰‧L 畢曉普（John L. Bishop）著《中國白話短篇小說：《三言》探研（*The Colloquial Short Story in China: A Study of the San-yen Collections*）》（哈佛大學出版社，1956年），此書著重分析《三言》的敘事技巧並考證《三言》故事的資料來源，書中附錄譯文四篇[34]。雖然所受的資料較偏重於形式、作者、背景等方面的限制，但仍提出許多值得考慮的問題，亦足為思辨參考之助。

綜觀話本小說的研究，大部分的討論圍於範圍太狹，往往以單篇為主來探討其中的技巧，或從源流、篇目、版本等考訂話本篇章的著作、刊刻年代，大致仍採用傳統理論中含義不廣、重視版本形式、歷史源流的方式做研究。雖然如此，這些研究工作亦自有其既定的價值，事實上各集刊、叢刊中所收錄的關於探討話本（含明話本）小說藝術特色的單篇論文或研究專著，都給予筆者在撰述本書時從中獲得不少啟發。

近年來的話本小說研究，已漸趨從新的觀點加以探討，例如李騰淵的《話本小說之世界觀研究》就以宋元話本小說和《三言》故事為研究對象，從世界觀的角度（人類對所屬世界的觀點）研究話本：咸恩仙的《話本小說果報觀研究》則是以晚明擬話本小說中的果報觀意識進行話本的研究。而在《三言》方面的話本研究，從杜奕英的《短篇話本小說的文學論》到王淑均的《三言主題研究》、咸恩仙的《三言愛情故事研究》、崔桓的《三言題材研究》、柳之青的《三言人物研究》等，亦可看出《三言》話本小說研究的新趨勢[35]。以上論著皆已有精要不凡的成就，因此想要涉足《三言》的研究，只有另闢蹊徑一途。

---

[34] 參考王麗娜編，《中國古典小說戲曲名著在國外》（上海：學林出版社，1988年），頁166-209；史婉德，〈現在美國漢學界研究中國小說的概況〉，靜宜文理學院中國古典小說研究中心編，《中國古典小說研究專集1》（臺北：聯經出版事業公司，1979年）。

[35] 參考杜奕英，《短篇話本小說的文學論》，東海大學中國文學研究所碩士論文，1978年4月；王淑均，《三言主題研究》，私立輔仁大學中國文學研究所碩士論文，1979年5月；咸恩仙，《三言愛情故事研究》，私立輔仁大學中國文學研究所碩士論文，1983年5月；崔桓，《三言題材研究》，國立臺灣大學中國文學研究所碩士論文，1985年5月；李騰淵，《話本小說之世界觀研究》，私立輔仁大學中國文學研究所碩士論文，1985年5月；柳之青，《三言人物研究》，國立台灣師範大學國文研究所碩士論文，1991年5月；劉恆興，《話本小說敘事技巧析論》，國立中山大學中國文學所碩士論文，1994年6月。

第二章　義與死——捨生取義的人格理想

　　常人出於本能大都是畏懼死亡的，因為死亡意味著人的自我生命不可逆轉地永遠消逝。在中國的傳統思想中，重生怕死的傾向非常明顯。儒家思想中不談論死、迴避死，實際上表現出畏懼死亡的心態；道家思想中的「生死如一」、「長生不死」，同樣也以不同表現方式來超越對於死亡的畏懼。但人們對死亡的畏懼不是恆常不變的，在特定的時代氛圍和社會環境之下，或在一定的政治思想與道德倫理規範下，人們往往一反常態，勇敢地表現出對死亡無所畏懼的精神風貌與英勇氣概，如「殺身成仁」、「盡忠報國」、「朝聞夕死」等，就「捨生取義」的主要思想來鼓舞不少志士仁人，甘願為了某種道德觀念與政治理想而自我犧牲，又如「士為知己者死」之類的道德信念，也激勵過許多「捨生取義」之士，以「視死如歸」為志向，而幫助他人。

　　在中國傳統的死亡觀念中，先秦的墨子比較重視「義與死」的命題，究竟應該服從怎樣的準則才有著偉大的價值。人生本身就有著社會性，使個人的生存與發展都具有超越個體的性質，「義」的觀念要求人們為群體、社會做出某種貢獻與犧牲，在必要時則需要付出生命[1]，墨子的死亡價值論，實際上使最無價值之「死」透過「義」的橋梁，而到達最高價值的彼岸，而且把死轉換成光榮、偉大之事，人們樂於接受勇於投入的歸宿。此處的關鍵在於人們要有一種崇高的理想，用信念的力量支撐自己迎向險惡的現實，並熱誠地將個人微薄的能力貢獻給「利天下生民」的事業，即使死亡很快降臨，只要做到了「義」，那也可欣喜而安心[2]。《墨子·貴義》記載：「子墨子自魯即齊，過故人。謂子墨子曰：『今天下莫為義，子獨自苦而為義。子不若已。』子墨子曰：『今有人於此，有子十人。一人耕而九人處，則耕者不可以不益急矣。何故？則食者眾而耕者寡也。今天下莫為義，則子如勸我者也，何故止我？』」[3]天下人「莫為義」，已就應該

---

[1]　參見鄭小江編，《中國死亡文化大觀》（南昌：百花洲文藝出版社，1995年），頁49-52。

[2]　墨子認為人們既應該積極有為地處理「生」的問題，也要積極有為地對待「死」。墨子特別重視人們生前應該為「興天下之利，除天下之害」，必要時要為此而慷慨赴死。也就是說，某種當為的準則「義」之價值要高於生命存在價值。因此，人們應孩也必須為這種「萬事莫貴於義」的準則樂於去放棄生命。《墨子·兼愛下》。

[3]　參見孫詒讓，《墨子閒詁》卷12，《諸子集成》（北京：中華書局，1996年），頁265。

更努力於推行「義」，這是一種宏闊的救世胸襟與獨行的雄偉氣魄。墨子提倡的「義」，雖然較為重視群體與社會利益觀念，但其對「義」的價值肯定卻已經超過生命。世人都盼望「活」，但若為了某種理想、信念或原則，人們卻應該勇於赴死。這樣的赴「死」，比苟且偷生地「活」，價值意義更大。生命的一次性使其對個人而言，無比珍貴，在可能失去生命的威脅下，人們甚至可以放棄最誘惑人的物質欲望。許多人可以為「一言」而無懼赴死，這就說明在某種應該做的準則之下，「義」高於生命的價值，在這種準則面前，死亡是人們樂意選擇的對象。

　　在歷史事件或現實生活中，往往出現不畏死亡，甚至於樂意選擇死亡的人與事。依照具體情況不同，而產生表現形式的差異，如死亡主體的身分、家庭、經歷、思想背景等不同，面臨死亡處境時所反應的方式、賦予死亡的價值也有所不同，因此導致了「勇於死亡」的文學主題在意蘊與形象上的一些差異，但皆能貫穿「捨生取義」的道德理想，在面對死亡時自然顯現克服恐懼的氣概。在《三言》作品中以實踐「捨生取義」呈現出死亡觀念的具體行動，尤其反映在「行俠仗義」、「忠烈孝義」、「生死之交」的主題思想中較為明顯。所以本書大致擬從這三個方面來深入探討人物在實踐「捨生取義」觀念背後所凸顯的死亡思考。

第一節　行俠仗義

　　《三言》中以行俠仗義為主題的作品相當多，例如〈趙太祖千里送京娘〉（警21）、〈李汧公窮邸遇俠客〉（醒30）、〈鄭節使立功神臂弓〉（醒31）、〈史弘肇龍虎君臣會〉（喻15）、〈楊謙之客舫遇俠僧〉（喻19）、〈臨安里錢婆留發跡〉（喻21）、〈宋四公大鬧禁魂張〉（喻36）、〈汪信之一死救全家〉（喻39）等。若不只是從狹義的「武俠」意涵，而從「俠」之廣義角度來看，所包含的作品可能比上例更多。在中國古典作品中，有關「俠」的作品不知其數，而且對文學主題與內容影響也非常深遠。其中大部分的作品與死亡有密切關係，或雖然沒有直接的死亡事件及觀點，但涉及生死關卡及其相關意義的作品也不在少數。因為「俠義」就某些關鍵性的情節上，往往牽涉「生死」抉擇，所以中國古代文學中，有關「俠義」的作品可以聯想到「拔刀相助」、「重義赴死」的模式。這就是「俠義」與「俠客」、「義俠」、「義士」、「俠士」相連，令人聯

想到急人之難而不顧生死的高雅人格，俠風義行做為一個重要的參考座標，在遂「死亡」面前呈顯出其價值與意義。

在「俠義」觀念變遷中，用「武藝」的手段實現「俠義」的觀念直到清代以後才出現[4]，而且影響也不輕，但原來的「俠義」觀念不只是全部直接以「報恩仇」為主的通俗性主題，也有以「義士」形式表現而具有豐富內涵者。其實「俠」的根源並非單一，古代的「俠」觀念相當複雜，而且依照每個時代的傳統與文化而有不同。在先秦典籍中，明確地提出「俠」的觀念，是戰國法家的《韓非子》。《韓非子》中的「俠」，基本上具有四個特點：一、「以武犯禁」（《韓非子・五蠹》），擁有足以違抗君權的私人武力；二、「聚徒屬、立節操」（《韓非子・五蠹》），以顯其名，以個人的道德價值觀來樹立名聲而吸引徒眾；三、「棄官寵交」、「肆意陳欲」（《韓非子・八說》），將私人交誼置於國家安全之上；四、「離於四勇」（《韓非子・人主》），以暴力手段解決問題[5]。這四個特色彼此之間有聯繫性質。「俠」的原義，受到傳統君主專制觀念影響，在古人心目中，大抵近於橫行鄉里，以個人恩怨為是非的豪強。而司馬遷《史記・游俠列傳》曰：「其言必信，其行必果，已諾必誠，不愛其軀，赴士之阨困。」[6]則其重然諾，濟阨困的作風，令人欽佩。以後「遊俠」、「少俠」、「劍俠」、「義俠」等俠的觀念雖有變化[7]，與《韓非子》中「俠」的定義稍有出入，但基本相差不多。往後俠的觀念變化中有獨特的性質，就是「俠」的價值觀念上加「義」的觀念而成為「俠義」的道德觀念。自從唐代李德裕將「俠」與「義」結合在一起，「義非俠不立，俠非義不成」（〈豪俠論〉），「俠」便成

4　「俠客既被儒家化，成為儒家正義的象徵，則俠客的特殊能力──『武』，自然就變成執行正義的利器了。清代俠義小說中的『武藝』，無論是如《兒女英雄傳》、《施公案》、《彭公案》、《三俠五義》中的俠客，拳腳刀鎗、飛標暗器，皆平僕紮實；或如《七劍十三俠》、《仙俠五花劍》的劍仙，神行隱身、飛劍御風，充滿了類似唐代劍俠的神妙詭異，都強調了武藝必須用之於正途，……清代義俠與唐代劍俠的不同，也於此可見。不僅如此，武和俠更進一步結合，《七劍十三俠》中，海鷗子強調『武藝實是修仙之一道』，必須『鋤惡扶良，救人危急』，才能鍊成，將道教習道首生之術與武藝合論，有俠才能武，武與俠就緊密難分了。」參見林保淳，〈從游俠、少俠、劍俠到義俠──中國古代俠義觀念的演變〉，淡江大學中文系編，《俠與中國文化》（臺北：學生書局，1993年），頁123-124。

5　參見林保淳，〈從游俠、少俠、劍俠到義俠──中國古代俠義觀念的演變〉，淡江大學中文系編，《俠與中國文化》（臺北：學生書局，1993年），頁92-94。

6　「今游俠，其行雖不軌於正義，然其言必信，其行必果，已諾必誠，不愛其軀，赴士之阨困，既已存亡死生矣，而不矜其能，羞伐其德，蓋亦有足多者焉。」見司馬遷，《史記・游俠列傳》卷64。

7　參見林保淳，〈從游俠、少俠、劍俠到義俠──中國古代俠義觀念的演變〉，淡江大學中文系編，《俠與中國文化》（臺北：學生書局，1993年），頁91-130。

了擁有高尚品德的代表。但「義」的內涵難於確定，它在各家學說與思想宗教裡，都自成其理論看法，難以一言斷定。但從生命與死亡哲學的角度而言，義就可謂精神生命的發揚，以勇赴死亡的行為作為準則。

「義」的意義為正義，一切按規律，可以做才做，不能做就不做。所謂生命乃身體的生命，義則屬於精神生命[8]，所以孔子最重視義利之分，來分別小人、君子，孟子更勸人「捨生取義」，以義高於生命。由俠的基本觀念來說，俠的行事，盡可不受世俗規條所限制，但其所要達到的目的，卻應該以「義」為制約。「俠」雖然挾其勇力而橫行鄉里，但有了義的制約，就不能縱慾快樂了。所以「義」是「俠」具體的行為準則，「義」是發揚「行俠」的精神生命。

《三言》作品裡直接表現出的行俠仗義觀念，往往襯托不畏死亡且勇於面對死亡，以實現自我信念的態度。雖然《三言》中，所有以「俠義」為主題的作品，不一定都以死亡實踐來表明「俠義」精神，但皆是透過死亡來呈現「俠義」之內涵十分明顯。

一、堅持俠義不動情愛
——〈趙太祖千里送京娘〉（警21）

〈趙太祖千里送京娘〉（警21）的趙匡胤是以「俠義」來襯托死亡觀的人物中，較具俠義精神的人物之一[9]。小說敘述趙匡胤發揮俠義精神把京娘千里送回家的故事。趙匡胤仕周為殿前都點校。任俠使氣，路見不平，拔刀相助，因曾殺許多地方豪霸，而逃難罪於天涯，後來在太原遇到了叔父趙景清而留居清油觀。一日到街坊游玩，聽一婦女哭泣，詢問後知道女子名趙京娘，被盜賊劫掠到此。趙匡胤見義勇為，親自送她回家。一路上，二人以兄妹相稱，歷盡艱險。京娘感謝救命之恩，欲嫁給趙匡胤，但趙匡胤斷然拒絕，京娘由此更敬重趙匡胤。當京娘回到蒲州的家後，京娘父母、哥哥都疑心趙匡胤與京娘有染，定要把京娘嫁給他，使趙匡胤拂袖而去。趙匡胤走後，京娘自縊而死。趙匡胤為宋太祖後，

[8]　參見羅光，《生命哲學》（臺北：學生書局，1985年），頁252-254。
[9]　馬幼垣在〈話本小說裏的俠〉一文中認為：「中國的俠最引人入勝之處，是一個人有不凡的武功（不論其外形如何），已及熟練的赤手相搏技巧，路見不平，拔刀相助，絲毫不猶豫，奮不顧身，甚至慷解私囊以助。在〈趙太祖千里送京娘〉（警21）故事裏，尚未發跡前的宋太祖趙匡胤（927～976）就是這樣的一個人物。」可以參考馬幼垣，〈話本小說裏的俠〉，《中國小說史集稿》（臺北：時報文化出版公司，1987年），頁105-107。

派人尋訪，才知京娘已死，嗟嘆不已，乃封其為「貞義夫人」。

　　趙匡胤千里送京娘的行為是從堅持「俠義」精神出發。他的行為標準從實踐「義」的開始到結束，其男女之情已被趙匡胤限定在兄妹關係，所以更不容許京娘因報恩的許身來破壞「行俠」、「仗義」的意念。那麼趙匡胤的俠義死亡觀如何？在小說中的對話可助我們理解作者的想法：

> 公子道：「救人須救徹。俺不遠千里親自送你回去。」……景清道：「賢侄，此事斷然不可。那強人勢大，官司禁捕他不得。你今日救了小娘子，典守者難辭其責。再來問我要人，教我如何對付？須當連累於我。」公子笑道：「大膽天下去得，小心寸步難行。俺趙某一生見義必為，萬夫不懼。那響馬雖狠，敢比得潞州王慶？他須也有兩個耳朵，曉得俺趙某名字。既然你們出家人怕事，俺留個記號在此，你們好回復那響馬。」……公子道：「強人若再來時，只說趙某打開殿門搶去了。冤各有頭，債各有主。要來尋俺時，教他打蒲州一路來。」景清道：「此去蒲州千里之路，路上盜賊生發，獨馬單身，尚且難走，況有小娘子牽絆？凡事宜三思而行！」公子笑道：「漢末三國時，關雲長獨行千里，五關斬六將，護著兩位皇嫂，直到古城與劉皇叔相會，這纔是大丈夫所為。今日一位小娘子救他不得，趙某還做甚麼人？此去倘然冤家狹路相逢，教他雙雙受死。」

　　趙匡胤與他的叔父趙景清對解救京娘而送她回家的看法，抱持著不同的態度，趙景清因為那強人勢力強大，放走京娘怕連累於他而反對；但趙匡胤堅定地主張送京娘回家，而且堅持「救人須救徹」、「一生見義必為」的信念。他很直接地表現出對行義堅定的信念，但對死亡的想法卻很模糊。但實行俠義之時，從對自我堅持重義信念和處罰不義之人的行事中，能透視他以義來作為判斷死亡價值的觀念。雖然對自己堅持重義輕死而的信念與處罰不義之人不容人情的激烈手段，即自己的內在省察和處罰不義之人的強烈意志，在表面上有鮮明的對比，顯見其內在實踐重義信念趨近於犧牲自我生命而勇於赴死的價值觀。

　　趙匡胤在京娘回到家的路中，到汾州介休縣而投宿時，小二哥勸他說：「只好白白裏送京娘與他做壓寨夫人，還要貼他個利市。」趙匡胤就，「照小二面一拳打去。小二口吐鮮血，手掩著臉，急走去了。」京娘勸他自制，他卻說：「怕他則甚？」在他行義的過程中即便碰到生命威脅，也毫無畏懼，而慷慨地直

赴行事，且對不義之人，以激烈手段來處置。他把京娘送家的路中，處罰著地滾周進、滿天飛張廣兒，以「一刀砍來」、「舉棒望腦後劈下，打做個肉食巴。」他在脫險滿天飛張廣兒威脅之下，首先把京娘託給庶民家，然後找滿天飛張廣兒執行對惡行的處罰。若將京娘送到家的任務是發自對自我堅持俠義信念而出，那麼處罰著地滾周進、滿天飛張廣兒要的行事，就是對不義之人執行懲罰來表現強烈意志的具體表現。他眼裏舉凡不義之行為就不能寬恕，不管自己生命安危，不懼死亡威脅，直接懲罰惡行的盜賊。

他內心的「義」觀念非常堅固，若情愛與行義不能兩立之時，就慷慨地選擇行義而放棄情愛。所以京娘要許身給他的時候，他卻發怒拒絕道：「趙某是頂天立地的男子，一生正直，並無邪佞，你把我看做施恩望報的小輩，假公濟私的奸人，是何道理？你若邪心不息，俺即今撒開雙手，不管閒事，怪不得我有始無終了。」他們回到京娘家時，當京娘的父兄提出他與京娘成親之事，便生氣而罵道：「俺為義氣而來，反把此言來污辱我。俺若貪女色時，路上也就成親了，何必千里相送。你這般不識好歹的，枉費俺一片熱心。」而將桌子掀翻，往門外一直便走。為了京娘送回家，克服種種困難的威脅，維持千里一樣的決心堅持實行的俠義行為，將被京娘與京娘的父兄逼迫而受到限制，所以他要堅定地否決。

對自己內在重義輕生的態度，與對不義之人強烈地執行處決的方式，就以行俠仗義形成了獨特的俠義死亡觀。雖然作品直接表達的死亡觀念並不清楚，不過在趙匡胤的「行俠行為」、「重義輕生」的觀念與處事中將他的死亡思考襯托出來。

人面對自己與他人的死亡，自然產生對死亡的深入思考[10]，趙匡胤則透過處罰不義之人的行事過程，表達出生命價值、死亡意義全部依托在「成功名」、「平不平」、「報恩仇」的俠義面向上[11]，即「以俠義為生，以俠義為死。」他

---

[10] 他人的生命與自我的死亡具有密切相關，這已經作為對人的生命之一種基本規定。人的生命是一種貫穿於一切個體之中共同存在，這同樣是對它的一種基本規定。人是群體之人，只在人們之中才成為人。人的死亡觀不只是限於自己死亡降臨的瞬間，也擴充於他人死亡的現實，或死亡處理上，因為人本來是在群體中才認定為人而共存的理由。個人的死亡種種沒有給充分地思考死亡的時間，但直接或間接接觸他人的死亡、處理他人的死亡現實中，給自己充分地思考死亡的機會。所以自己和他人的死亡現實都有深入地思考死亡的餘地。

[11] 陳平原認為：「只不過隨著時代的變遷及小說藝術的發展，俠客所執掌的『正義』內涵大不相同。大致而言，武俠小說中的行俠主題，經歷了『平不平』、『立功名』、『報恩仇』三個階段。三個階段很難絕然分開，只是呈現一種逐漸推移的勢態；且即使後一個主題一起，前一個主題也並沒有消失。」參見陳平原，《千古文人俠客夢——武俠小說類型研究》（臺北：麥田出版社，1995年），頁157-158。

的死亡觀在行俠仗義的實踐上不能改變，直接貫穿死亡意義等於行義的模式，就是墨子所云：「有義則生，無義則死。」（《墨子・天志上》）全部依靠「重義精神」，以義來判斷生死存亡的標準，來呈現人對於生死的價值選擇。他的死亡意義在實現「義」的理想道德，也在實踐義的行為，與處罰不義的面貌上。他為了重義的實現，可以通過犧牲而獲得邁向死亡的勇氣，這就是行義比生命或任何價值更優先的「俠義死亡觀」。

二、以孝義為基礎呈現行俠精神
──〈萬秀娘仇報山亭兒〉（警37）

趙匡胤的俠義死亡觀是從貫徹始終堅持行俠仗義的精神，以重義為價值判斷的準則，而〈萬秀娘仇報山亭兒〉（警37）的尹宗，在行俠仗義的行為中「孝義」觀念卻占得相當重要的位置。趙匡胤之行俠仗義特徵，是以「成功名」意向來實現重義觀念[12]，而尹宗的俠義精神則以孝義為基礎來呈現俠義死亡觀的高雅品德。

故事的情節是山東襄陽萬員外，開一個茶坊，請陶鐵僧為博士。陶鐵僧因偷盜店中零錢被解僱，而懷恨於心。一日，聽說萬員外女秀娘新寡回娘家，便勾通十條龍苗忠、大字焦吉攔劫。搶奪財物，殺了秀娘之兄與僕人。苗忠要秀娘作妾，焦吉則提議斬草除根，他不聽，反而將秀娘賣給別人。秀娘知道真相後正想自盡時，卻被大漢尹宗救下，帶秀娘送回家。半路上，遇到苗忠、焦吉二人，尹宗被殺。萬員外不見了女兒，懸賞尋找。有一專賣山亭兒（玩具）的合哥，在焦古莊上看到了秀娘，向官府報告。於是官府派兵擒苗忠、焦吉、陶鐵僧三人。

尹宗在搭救萬秀娘之前，只是個以偷物奉養母親而實踐孝義的人物，但他的思想裡隱隱充滿著俠義精神。在秀娘知道被苗忠賣給別人而正要自盡時，及時被他救下。尹宗向秀娘自我介紹時，就呈現出他具有十分重視孝義與俠義的個性：

> 我姓尹名宗，我家中有八十歲的老母，我尋常孝順，人都叫孝義尹宗。當

---

[12] 趙匡胤俠義精神中較具有「成功名」的特徵，就是「成熟的極富事業心的人物」的性格強烈。參考馬幼垣，〈話本小說裏的俠〉，《中國小說史集稿》（臺北：時報文化出版公司，1987年），頁113-114。

初來這裏，指望偷些個物事，賣來養這八十歲底老娘，今日卻撞撞著你，
也是「路見不平，拔刀相助」，救你出去。卻無他事，不得慌。

　　他「路見不平，拔刀相助」，不想以施恩要求代價為前提救活秀娘，而且
他帶秀娘回家途中碰到惡漢，也奮不顧身對抗盜賊。他行俠仗義的精神在對母
親盡孝的態度和路見不平拔刀相助的性格上，更明顯地表現出來。帶秀娘回去
看母親的時候，她就「不問事由，揎起一條柱杖，看著尹宗落夾背便打。」但
尹宗僅只「喫了三四柱杖，未敢說與娘道。」直到秀娘說出真相，婆婆才了解
情況事由。後來尹宗得到母親的允許把秀娘送回家，這也十分能表達出「盡孝
父母」、「救人須救徹」的孝義、俠義精神。他母親擔心路中發生不義之事，
把自己背心給兒子告誡他慎重行事[13]。路中秀娘要許身給尹宗，但尹宗卻頑強拒
絕了。

　　　萬秀娘移步下床，款款地搖覺尹宗道：「哥哥，有三二句話與哥哥說。妾
　　　荷得哥哥相救，別無答謝，有少事拜覆，未知尊意如何？」尹宗見說，拿
　　　起朴刀在手，道：「妳不可胡亂。」萬秀娘心裏道：「我若到家中，正嫁
　　　與他。尹宗定不肯胡亂做些個。」得這尹宗卻是大孝之人，依娘言語，不
　　　肯胡行。

　　「孝義」在行俠仗義的觀念上，成為加強行俠觀念的主要原動力。孝義在
整個行俠仗義的行事上非但不是衝突，反而使俠義觀念更為突出。他不但是以孝
義奉養母親的大孝人物，亦是不顧生命危險實行捨生取義的行俠人物。所以他碰
撞苗忠、大字焦吉而被殺死，鬼魂仍要「附體」[14]在秀娘身上，罵他們的盜賊行

13　「尹宗便問娘道：『我如今送他歸去，不知如何？』婆婆問道：『你而今怎地送他歸去？』尹宗道：
　　『路上一似姊妹，解房時便說是哥哥妹妹。』婆婆道：『且待我教你。』即時走入房裏，去取出一件物
　　事。婆婆提出一領千補百衲舊紅衲背心，披在萬秀娘身上，指了尹宗道：『你見件衲背心，便似見娘一
　　般，路上且不得胡亂生事，淫污這婦女。』」（〈萬秀娘仇報山亭兒〉）
14　鬼魂的附身現象在作品中有著相當特別的意義，並可分為「附身異體」、「附身同體」的兩種現象。
　　「附身異體」是鬼魂投進其他人物身體與精神，亦掌握其人的理性思考、具體行動。「附身同體」是
　　鬼魂在已死去的屍體上附身的情形，呈現克服死亡而實現意願的強烈意志。有關「附身」方面的定義
　　與內容，已在〈靈魂附身現象──台灣本土的壓力與因應行為〉一文中引用韋氏英文百科全書詳細說
　　明。「靈魂附身（spirit possession）」是當事者主觀相信有外來靈魂佔有局部或全部自己之身體，控
　　制或影響自己行為之經驗，常用的名稱是「附身」或「纏身」。其中常有出現被沖犯、被煞著、被放

為，並對尹宗不能盡孝表達惋惜之情：

> 正恁地說，則見萬秀娘左手捽住苗忠，右手打一個漏風掌，打得苗忠耳門上似起一個霹靂。那苗忠睜開眉下眼，咬碎口中牙！那苗忠怒起來，卻見萬秀娘說道：「苗忠底賊，我家中有八十歲底老娘，你共焦吉壞了我性命，你也好休！」說罷，僻然倒地。

尹宗行俠仗義而不幸身亡，但他的精神意志不滅，化為厲鬼[15]，仍舊執行懲惡的義行。作品的末段，官員包圍苗忠之時，苗忠想要突圍竄逃，但被尹宗（附身同體）擋住：

> 那十條龍苗忠慌忙走去，口一個林子前，苗忠入這林子內去，方繞走得十餘步，則見一個大漢，渾身血污，手裏搦著一條朴刀，在林子裏等他，便是那喫他壞了性命底孝義尹宗在這裏相遇……忠認得尹宗了，欲待行，被他攔住路，正恁地進退不得，後面公底趕上。

他的義俠行為以重義精神為中心，為了義可以犧牲生命的精神面向更突出。為了保護秀娘而完成任務，加上發揚行俠仗義精神，不顧生命，為處罰盜賊而拔刀衝鋒陷陣，結果被大字焦吉給殺害。他感嘆自己不能奉養母親，而且不能完守秀娘送回家的任務。雖然自己已身亡了，但精神意志不消滅，因此以兩次

符、中邪、走火入魔（著魔）的現象，這些都是外來靈魂侵占、纏繞、干擾人身及其行為舉止的現象。其實「附身」為被附著之行動、事實、狀態，是一種被占有的感覺。被占有乃心靈、情感、觀念被宰制之現象。人類學家Ward認為「附身」是解除壓力之因應行為，將附身分為兩類：儀式性附身（ritual possession）與邊緣性附身（peripheral possession）。有關靈魂附身現象與解釋方面，可以參考文榮光等，〈靈魂附身現象——臺灣本土的壓力與因應行為〉，楊國樞、余安邦編，《中國人的心理與行為：文化、教化及病理篇（一九九二）》（臺北：桂冠圖書有限公司，1994年），頁383-385。

[15] 「厲鬼」，有時也叫「強鬼」，是指那種橫死者，即所謂非正常死亡或叫不得其死者，這類死者的鬼魂往往會傷害生人。這種觀念起源甚早，先秦時代就見於記載，「匹夫匹婦強死，其魂魄猶能馮依於人，以為淫厲。」（《左傳·昭公七年》）正常死亡者的精氣都已經耗盡，死後的鬼魄都比較安分守己，不會再有什麼作為，對於這類鬼魂，當然也就不必加以特殊防範。而橫死者的鬼魂則不同，由於精氣正旺，死亡時往往又有某種冤屈不平之氣，所以死後其魂就會向生人發洩或報復，給生人造成傷害。有關厲鬼方面的內容，可以參考賈二強，《神界鬼域——唐代民間信仰透視》（陝西人民教育出版社，2000年），頁107-110；沈宗憲，《宋代民間的幽冥世界觀》（臺北：千華圖書出版公司，1993年），頁63-65。

「附體」來凸顯出對不義行為、不能盡孝之激烈反抗與惋惜的態度。尹宗兩次「附體」現象雖然有非現實成份，但呈現不屈之俠義精神則毫無遜色。

他的死亡觀在以孝義為基礎的行俠精神上表現得十分特出，而且行俠觀念是符合孝義基本精神來肯定俠義的正面性。他偷物奉養母親的事，雖為不義之事，但所偷的對象，並不是一般老百姓，而是無恥富豪、專橫惡行的惡漢，而且偷東西乃是為了奉養母親維持生計。從「義」的旨趣考量，這並不是違背「俠義」觀念的不義行為。這樣偷物奉養母親而維生的生活方式，更在聽到秀娘的來歷之時，使背後隱藏的俠義精神發揚，決定把她救回家。作者刻意以「偷」與「俠」的行為作為對比，來突顯後者更可以蓋過前者的瑕玼。

生命存在的意義實行在「俠義」、「孝義」的精神價值上更為明顯。死亡的意義在「俠義」、「孝義」的呈現上才能發揮無窮的力量。死亡價值在貶低生命意志上更能突出崇高的特質。他雖然在行俠仗義中無辜地死亡了，但以自我的身亡肯定現實。以「俠義」、「孝義」為中心的尹宗和趙匡胤對自我與他人所堅持的「俠義」、「行義」雖然在觀念上有一點差別，但以「重義」為中心的主題而言，可以貫穿「捨生取義」的旨趣。尹宗以孝義為基礎發揮俠義精神，面對死亡威脅不屈服，反而以強烈意志來呈現重義精神，死亡意義也由此在具體的捨生實踐上昇華為不朽的價值。

三、平不平的義士精神
──〈李汧公窮邸遇俠客〉（醒30）

〈李汧公窮邸遇俠客〉（醒30）的「義俠」[16]也是以「平不平」俠義精神為呈現出高尚品質的人物。長安士人房德，被一群強盜裹著一同行劫為官府擒獲，李勉見房德身材雄偉、風采非凡，所以深為愛惜，將他私下釋放，因此被罷官。李勉遊途中遇見房德，將李勉接回家中，十分禮遇，並想贈禮報答之時，突然被老婆讒言要設計殺害。李勉聽了房德夫婦欲殺他們的滅口之計，便和王太一起逃走。房德夫婦於是去找俠客，故意假裝有冤報而捏造事實請求俠客幫助，俠客以為真，大怒抒發不平之氣：

---

[16]　《國史補》卷中、《唐語林》卷4及《太平廣記》卷195「義俠」類引《原化記》、《劍俠傳》卷4等，均載此事，但字句小異。參考譚嘉定編，《三言兩拍資料》（臺北：民主出版社，1983年），頁521-522。

那人聽畢，大怒道：「原來足下受此大冤，咱家豈忍坐視。足下且請回縣，在咱身上，今夜往常山一路，找尋此賊，為足下報仇。夜半到衙中復命。」房德道：「多感義士高義！某當秉燭以待。事成之日，另有厚報。」那人作色道：「咱一生路見不平，拔刀相助，那個希圖你的厚報？這禮物咱也不受。」說猶未絕，飄然出門，其去如風，須臾不見了。

李勉到旅店宿歇，向主人家敘述前後實情的情況，突然床底下出現一個俠客：

只見床底下忽地鑽出一個大漢，渾身結束，手持匕首，威風凜凜，殺氣騰騰。嚇得李勉主僕魂不附體，一齊跪倒，口稱：「壯士饒命！」那人一把扶起李勉道：「不必慌張，自有說話。咱乃義士，平生專抱不平，要殺天下負心之人。適來房德假捏虛情，反說公誣陷，謀他性命，求咱來行刺；那知這賊子恁般狼心狗肺，負義忘恩！早是公說出前情，不然，險些誤殺了長者。」

俠客立刻回去殺房德夫婦，而且將他們倆的首級獻給李勉。李勉問俠客姓名，他說：「咱自來沒有姓名，亦不要人酬報。頃咱從床下而來，日後設有相逢，竟以『床下義士』相呼便了。」雖然他沒有具體表現出對死亡的種種看法，但在他殺戮不義之人的具體行為呈現出「為了抱不平，殺負心之人」的信念，他的生命價值與死亡意義皆呈現在實現俠義精神上[17]。他對死亡的看法，尤其在處置不義之人時具體彰顯。他殺房德夫婦之時，十分冷酷、殘忍：

（俠客）罵道：「你這負心賊子！李縣尉乃救命大恩人，不思報效，反聽婦人之言，背恩反噬。既已事露逃去，便該悔過，卻又假捏虛詞，哄咱行

---

[17] 陳永正認為：「這種視人命如草芥的作風，正是愚昧和暴力崇拜的具體表現。他們（俠客）似乎有著崇高的目的──懲罰忘恩負義的人，可是，往往由於他們無知和義氣用事，其後果與其主觀願望恰恰相反。」在古典小說作品中的俠客們，措施實為愚昧、持勇的態度，並有莽撞、粗魯的行為，但懲罰負義之人的意志，實為不可忽略。參考陳永正，《三言二拍的世界》（臺北：遠流出版公司，1994年），頁214。

刺。若非他道出真情，連喈也陷於不義。剐你這負心賊一萬刀，方出喈這點不平之氣！」房德未及措辨，頭已落地。驚得貝氏慌做一堆。平時且是會說會議，到此心膽俱裂，一張嘴猶如膠漆粘牢，動彈不得。義士指著罵道：「你這潑賤狗婦！不勸丈夫為善，反唆他傷害恩人，我且看你肺肝是怎樣生的！」托地跳起身來，將貝氏一腳踢翻，左腳踏住頭髮，右膝捺住兩腿。這婆娘連叫：「義士饒命！今後再不敢了。」那義士罵道：「潑賤淫婦！喈也到肯饒你，只是你不肯饒人。」提起匕首，向胸膛上一刀，直刺到臍下。將匕首啣住口中，雙手拍開，把五臟六腑，摳將出來，血瀝瀝提在手中。

在他對負心之人的懲罰上，可知其對生命的尊重依靠「行義」與否，若違背「行義」精神，那就無活著的意義，便可以最殘忍的手段來處置。執行懲罰的俠客意志堅強，拔刀毫無猶豫，而被處置的房德夫婦則極度畏懼，尤其是貝氏將死的時候，平時善於議論的形象，卻轉變為「心膽俱裂，一張嘴猶如膠漆粘牢，動彈不得。」表示她有深重的死亡恐懼，已失去理性思考，只能連聲求饒。貝氏面對死亡才反省「負義忘恩」的罪過，但俠客不容許她求情，卻反罵道：「潑賤淫婦！喈也到肯饒你，只是你不肯饒人。」堅持行義的強烈意志中，易於抉擇處罰不義之人，這就是行俠仗義觀念中經常出現的固定模式。尤其是「俠義」觀念的重點在於「受恩必報」精神，若不知「報恩」，反而想方設法害死恩人，這樣忘恩負義人而沒有人性的人不如禽獸，也沒有活存價值，因此俠客能無動於衷的實行懲罰。俠的報恩主要有兩種：一種是恩主有意無意施加的知遇之恩；另外一種是偶然性的，即危難困窮時受人之惠，從物質標準來看，這種接濟雖然往往只有一飯之恩，但精神、道義上的受恩價值卻是巨大的[18]。在俠客的情感世界裏，渴求理解、知遇的心理需求容易泛化到一飯之恩，從而將一飯之恩的精神意義看重為對人格價值的一種確認。不管知遇之恩、一飯之恩程度如何，「受恩必報」的信念在行俠仗義的過程中發揮強大精神力量。「受恩沒有報恩」則被視為不盡力的態度而被恥笑，若害死恩人，則更被視同為失去人性的惡行，可以殺戮消除。從俠客的俠義死亡觀而言，如此手段可視為該做的俠義行動之一，亦是符合

---

[18] 參見王立，〈不受恩報與受恩必報——恩報倫理與俠文學主題〉，《通俗文學評論（武漢）》，1996年第4期，頁63-64。

「行義」的道德標準，以否定「負義忘恩」確立做人的道理，執行懲罰也不能脫離這種準則。

四、「受恩必報」的價值實現
——〈汪信之一死救全家〉（喻39）

由「受報必報」的「行俠仗義」觀念而言，〈汪信之一死救全家〉（喻39）劉青的俠義行為是一個重要例子。全篇故事情節是嚴州遂安富戶汪革，與其兄汪乎不和而負氣出走。到安慶宿松麻地坡，燒炭冶鐵，發家致富。其子汪世雄請程彪、程虎為教練，二人辭別，因所贈束脩較少，程氏兄弟向宣撫使劉光祖誣告汪革企圖造反。安慶太守即令郭擇、王立兩人去勸降，談判決裂，汪革殺人造反，弄假成真。宣撫使劉光祖親征，汪革全家由湖人逃到江南。為保全全家，汪革到臨安投罪，判凌遲處死。劉青平時受到汪革的厚恩，一步沒有離開汪革身邊，最後汪革到臨安府投罪時，他發揮了「受恩必報恩」的俠義精神：

> 獄具，履奏天子。聖旨依擬。劉青一聞這箇消息，預先漏與獄中，只勸汪革服毒自盡。……再說汪革死後，大理院官驗過，仍將死屍梟首懸掛國門。劉青先將屍骸藏過，半夜裏偷其頭去薰葬於臨安北門十里之外。次日私對董三說知其處，然後自投大理院，將一應殺人之事，獨自承認，又自訴偷葬主人之情。大理院官用刑嚴訊，備諸毒苦，要他招出葬屍處，終不肯言。是夜受苦不過，死於獄中。後人有請贊云：從容就獄申王法，慷慨捐生報主恩。多少朝中食祿者，幾人殉義似劉青？

劉青平時被汪革重視受到厚恩，汪革的「忠義」被人家誤會，弄假成真。但在汪革向大理院自首被判死刑之前，已知被判刑凌遲時，他首先勸汪革要自盡，免污辱身體與名譽，這就是劉青為主人設想的周到之處。後來把恩人的屍體隱密安葬之後，就前往大理院自首被處死。他生命的價值與死亡意義全依靠在報恩的層面，而且安葬主人屍體後，能產生自首的勇氣，就是「行義」的不滅價值。劉青不計較肉體的苦刑、折磨，堅持「受恩必報」的精神價值，具有報恩者的崇高精神，勇於拋棄生命而報還「一飯之恩」的精神。在實踐「行俠仗義」中，儘管不同於俠客的行為，就較著重於報恩精神，但為了主人的厚恩能犧牲生

命，在發揚「重義」的精神上並無差別。生命的存在與死亡，都在「報恩」的樸實精神和具體行動中展現意義，他的「重義」精神可迫切地宣揚「行俠仗義」理想，死亡也貫穿這種重義思想。

以上考察作品中表現「行俠仗義」死亡觀的不同面貌，如堅持俠義精神、以重視孝義為俠義精神、平不平的義俠行為、受恩必報的高尚精神等，雖然實踐俠義所呈現的態度不同，但仍然是以「行」做為生死存亡標準的特徵。他們的人生價值在「行俠仗義」的層面得以彰顯。在實踐俠義精神上不在乎自己與他人的生命，而且行事不違背「重義」的信念。若有負義之人時，就施予懲罰。為了「報恩的堅持」而選擇死亡也是「行俠仗義」的重要方式之一。雖為他們行俠的態度與行事都不同，但在死亡處理上所呈現出的俠義精神並無差別。

拋棄生命而實踐俠義精神，是非常崇高的精神價值。肉體生命的可貴在於任何物質皆無法替代，那樣寶貴的生命可因「行俠仗義」慷慨犧牲，實為不易。因此能拋棄自己生命和幸福來「行俠仗義」，才產生更高貴的精神價值，這就是「重義精神」。有時以武力手段來處決不義之人，或以個人生活堅持報恩的方式，或與其他道德觀念相連呈現俠義精神，無論如何，他們對死亡的看法都集中在「行俠仗義」的實踐上，從而判斷其生命價值。「死亡」對他們而言，是凸顯重義精神的積極方式，而且是使俠義精神更為崇高的重要因素。藉由這些來克服人對死亡的恐懼、困惑和生命的執著，而襯托出高尚的精神價值，所以俠義死亡價值正在實踐「義」的具體行為上，更能發揮其光彩。

第二節　忠烈孝義

忠烈孝義的死亡觀與行俠仗義的死亡觀具有不同面貌，行俠仗義的死亡觀是受恩必報、替人報仇、處罰負義之人、不惜冒生命危險行義等，以個人的恩仇報復為重，但忠烈孝義的死亡觀就死亡的標準、觀點集中在「忠」、「孝」的意義上，情節鋪陳以集體與個人、強勢與弱勢的對立為主。但《三言》作品中聚焦於說「死亡」與「忠孝」的故事並不常見，因為忠孝觀念往往含混其他道德倫理觀念，不能單一呈現。例如，〈沈小霞相會出師表〉（喻40）的沈鍊、〈汪信之一死救全家〉（喻39）的汪革，就不是完全傾向國家、國君而發揮盡忠觀念，而是以宣揚自己的名譽、不能容納不義之事的重義觀念較強烈。〈任孝子烈性為

神〉（喻38）任珪也不是純粹為了宣揚孝義，而是在孝道觀念的基礎上再發揚「重義」的觀念。從廣義的角度來觀察，就忠孝觀念的基本土壤上，迫切地呈現出「重義」與「死亡」的關聯，而且這樣的忠烈孝義死亡觀是把握《三言》作品的主題思想，不能忽視的重要環節。

　　「忠孝」在中國道德觀念中是一個十分重要的範疇，長期以來一直成為中華民族崇高的美德之一。歷來從王侯將相到庶民百姓都強調「忠孝」的倫理道德。但它作為道德價值的表現形式，不同時代與場所都呈現出不同的內容，有時曾經成為一種拘束自由、扭曲人性的觀念，然而兼具折磨性質的忠孝，卻也同時顯現出實現理想人格的貢獻。

　　先秦時期，「忠」之記載廣見於各種典籍。概而言之，有如下幾方面的意思：一、誠實無欺之心態，所謂「為人謀而不忠乎？」（《論語・學而》）[19]即有「忠」德之任對待他人要心誠意懇，無有任何欺騙；二、無私無邪之道德境界，所謂「公家之利，知無不為，忠也。」（《左傳・僖公九年》）[20]即有「忠」德之任沒有任何個人的私利，一心想到國家、公眾或他人；三、對事情、工作盡心負責的態度，所謂「違命不孝，棄事不忠。」（《左傳・閔公二年》）[21]即有「忠」德之人對待事情或工作不能有任何倦怠，要盡心盡職[22]。不難看出，由如上表述的「忠」德，是一種美德、一種善德，其價值自然是積極的。韓非子說：「臣事君，子事父，妻事夫，三者順則天下治，三者逆則天下亂，此天下之常道也。」（《韓非子・忠孝》）[23]將臣事君定為天下知常道，也就等於給「臣事君」作了一種絕對性規定。漢代董仲舒繼續發展了韓非子思想，「忠」的政治化、專一化大為加強。漢末至宋明，一方面努力於「忠」的意義解釋與擴充，另一方面努力於「忠」君絕對性、專一性的加強[24]。「忠」的狹義是

---

[19] 「曾子曰：『吾日三省吾身：為人謀，而不忠乎？與朋友交，而不信乎？傳，不習乎？』」（《論語・學而》）

[20] 「公曰：『何謂忠貞？』對曰：『公家之利，知無不為，忠也。送往事居，耦俱無猜，貞也。』」（《左傳・僖公傳九年》）見楊家駱編，《左傳注疏及補正》（臺北：世界書局，1984年）。

[21] 「羊舌大夫曰：『不可。違命不教，棄事不忠，雖知其寒，惡可取，子其死之。』」見楊家駱編，《左傳注疏及補正》（臺北：世界書局，1984年三版）。

[22] 參考李承貴，〈「忠」之歷史演變及期現代啟示〉《孔孟月刊（臺北）》第36卷第4期，1997年12月，頁39-40。

[23] 參見王先慎，《韓非子集解》，《諸子集成》（北京：中華書局，1996年），頁358。

[24] 宋明以來，隨著理學的推演，「忠」與其他道德倫理一起，與所謂的「天理」牽扯起來。「三綱五常」、「忠君」、「孝父」、「事夫」，成了「天理」的具體表現形態。而「忠」也就與「理」一起，

全部依靠單向「臣對君忠」的較極端化、政治化的傾向，但廣義來看，誠實無欺之心態、無私無邪之道德境界、對事情和工作盡心負責之態度都是可屬於忠的大意[25]。

　　「孝」的觀念是從周代開始的。在周代金文裏已經充斥著關於「孝」的紀錄，孝敬尊長，享孝祖先，便被讚譽為有「德」。最初是孝順父母至親長輩，進而引伸為盡孝道的美德通稱，更進一步則推崇為孝敬他人長輩，做為善處人際關係的準則。對活著的長輩要孝順，同樣對死去的祖先也要盡孝道，事死猶事生，稱為「追孝」。孝順父母的意義再進一步引伸，即為孝道觀念，成為中國人特有的尊重長輩的美德之通稱。《詩經・大雅・文王有聲》曰：「匪棘其欲，遹追來孝。」就「孝」是指盡孝道的社會美德通稱，已經成為一種倫理道德觀念[26]。

　　春秋戰國時期，「孝」的觀念廣泛流行。做為一種社會倫理道德，要求和指導人們孝敬尊長，善處人際關係[27]。上至周天子，下及庶人百姓，人人都應該遵循「孝」的準則。《孝經・三才章》曰：「子曰：『夫孝，天之經也，地之義也，民之行也。天地之經，而民是則之。』」這裏把「孝」與天地相提並論，可謂推崇備至。又《孝經・廣至德章》曰：「子曰：『君子之教以孝也，非家至而日見之也。教以孝，所以敬天下之為人父者也。』」《孝經・廣揚名章》則曰：「子曰：『君子之事親孝，故忠可移於君。』」「孝」的語義由善事至親長輩，引伸為孝敬他人尊長，更演繹為效忠君王，由倫常演進為社會的

漸漸地形成為規範人們思維與行動。對於「忠」觀念的演變部份可以參考李慶，《中國文化中人的觀念》（上海：學林出版社，1996年），頁484-491。

[25]　「忠」作為一種道德規範，有廣義與狹義之分別。廣義的忠即原來意義的忠，是一種「發自內心」、「盡心」抽象的道德原則。狹義的忠則是一種抽象的道德觀念在君臣關係上的具體化與對象化。對於「忠」的廣義、狹義觀念與具體實現在現實方面的內涵，可以參考范鵬、白奚，〈禮、忠、孝的現代詮釋〉，《孔孟研究（北京）》，1997年第4期，頁35-37。

[26]　王引之《經義述聞》中言：「《爾雅》：『善父母為孝叫推而言之，則為美德之通稱。《大雅・文王有聲》篇『遹追來孝』，遹，辭也。來，往也。言追前世之善德也。前世之善德，故曰往孝。即所謂追孝於前文人也。孝者……非謂孝弟之孝。」在王引之《經義述聞》所對「孝」看法是「追孝」之孝已非具體的孝悌之孝，已經成為社會道德觀念。參考劉翔，《中國傳統價值觀念詮釋學》（臺北：桂冠出版社，1993年），頁120-121。

[27]　「孝」在中國古代具有十分寬泛的內容。從動機來看，「孝」是一種恭敬的心理；從效果來看，「孝」是以禮法外在的條件來管理人性。因而「孝」從親子關係出發到民族、國家，不斷擴充其內涵。具體來說，「孝」主要包括以下幾方面內容：一、養親尊親，二、傳宗接代，三、善繼善述，四、光宗耀祖，五、移孝作忠等。對於「孝」具體內容部份可以參考范鵬、白奚，〈禮、忠、孝的現代詮釋〉，《孔孟研究（北京）》，1997年第4期，頁37-38。

理念，「孝」觀念成為儒家倫理道德觀念裏最為重要的核心部分，並衍伸為中國理想人格的標準。

但《三言》作品中專一表達「忠」、「孝」理想人格的作品並不多見，且大多與其他倫理德性並呈。《三言》作品中「忠」的觀念偏重國家、國君，即有「公」的意義，而「孝」的觀念往「私」的傾向較明顯。從死亡的角度而言，可說這兩種觀念都不可脫離個人自身面臨死亡的情形。中國文學作品中，忠孝死亡意義同時呈現的情形不少，而且各自表達忠孝觀念作品中的「忠」觀念，並不是徹底地彰顯「公」的面貌，「孝」也不是徹底地涵蓋「私」的面貌。《三言》作品也不例外，在忠孝死亡觀中往往出現「公」、「私」接合的情形。例如，〈沈小霞相會出師表〉（喻40）的沈鍊，因個人厭恨嚴嵩、嚴世蕃而產生對奸臣的憤怒，其怒氣轉為啟導老百姓而邁進生業。有些作品「忠」的意義在歷史、政治性質較為稀薄，而呈現在個人的道德觀念、個人的死亡意義等「私」的內涵較為濃厚，例如〈汪信之一死救全家〉（喻39）的汪革，以對國家、國君忠義觀念為基礎，而發揮個人「重義」信念。「孝」與重視行義的死亡觀聯合的情形也不少，例如〈任孝子烈性為神〉（喻38）的任珪「重義」行為以「孝道」為基本素養而發揚「忠烈孝義」。在《三言》死亡有關的作品中僅專一表達忠、孝，而不融入其他觀念的情形幾乎沒有。若注意觀察就可知《三言》作品中的人物大部分是庶民的事實，故事情節的主要觀念從庶民的視角來進行，因此他們對忠孝觀念之區隔並不嚴格，忠與孝觀念往往互相融合，受到忠孝並重的傳統社會觀念影響，成為自然的道德規範。忠孝觀念下實踐的「死亡」，就賦予忠孝高尚品質與不變的價值，成為捨生取義的典型觀念。

一、襯托忠義精神之「私」的面貌
　　——〈沈小霞相會出師表〉（喻40）、〈汪信之一死救全家〉（喻39）

〈沈小霞相會出師表〉（喻40）的沈鍊，是《三言》中表現了獨特的忠義死亡觀之人物。沈鍊平時仰慕英雄好漢，有濟世安民之志。所以平日愛誦〈前出師表〉、〈後出師表〉，而親手抄錄數百遍，在家室中到處貼壁，又每次喝酒後，便高聲背誦，念到：「鞠躬盡瘁，死而後已。」

　　　往往長嘆數聲，大哭而罷。以此為常，人都叫他是狂生。嘉靖戊戌年中了

進士，除授知縣之職。他共做了三處知縣，那三處？溧陽、莊平、清豐。
這三仕官做得好，真箇是：吏肅惟遵法，官清不愛錢。豪強皆斂手，百姓
盡安眠。

　　他堅持維護忠義而不受奸臣傲慢、專橫的影響。嚴嵩、嚴世蕃父子為人狠
毒，攬權受賄，賣官鬻爵，權尊勢重，朝野側目。所以當他們在宴席上污辱諸臣
時，沈鍊遂憤恨在心，而表現出對嚴嵩父子不滿的心情：

　　沈鍊一肚子不平之氣，忽然揎袖而起，搶那隻觥在手，斟得滿滿的，走到
　　世蕃面前說道：「馬司諫承老先生賜酒，已沾醉不能為禮，下官代他酬老
　　先生一盃。」世蕃愕然，方欲舉手推辭：只見沈鍊聲色俱厲道：「此盃別
　　人喫得，你也喫得。別人怕著你，我沈鍊不怕你！」也揪了世蕃的耳朵灌
　　去。世蕃一飲而盡。沈鍊擲盃於案，一般拍手呵呵大笑。唬得眾官員面如
　　土色，一箇箇低著頭，不敢則聲。世蕃假醉，先辭去了。沈鍊也不送，坐
　　在椅上，嘆道：「咳，『漢賊不兩立』！『漢賊不兩立』！」一連念了
　　七八句，這句書也是〈出師表〉上的說話，他把嚴家比著曹操父子。眾
　　人只怕世蕃聽見，倒替他捏兩把汗。沈鍊全不為意，又取酒連飲幾盃，
　　盡醉方散。

　　因此被嚴嵩父子誣陷放逐保安州為民。他被放逐以後忠義的信念不變，且
鼓勵著百姓做善事，自己也努力實踐忠義道德。他不顧自己的安危，直接上書
陳明奸臣危害百姓的事情[28]。他已知若盡忠勸諫，必遭嚴氏父子暗算，但不能屈
服，反而堅強鼓舞眾民並勸諫國君。

　　沈鍊每日間與地方人等，講論忠孝大節，及古來忠臣義士的故事。說到關
　　心處，有時毛髮倒豎，拍案大叫；有時悲歌長歎，涕淚交流。地方若老若
　　小，無不聳聽歡喜。或時唾罵嚴賊，地方人等齊聲附和，其中若有不開口
　　的，眾人就罵他是不忠不義。一時高興，以後率以為常。又聞得沈經歷文

28　「就枕頭上思想疏稿，想到天明有了，起來焚香盥手，寫就表章。表上備說嚴嵩父子招權納賄，窮兇極
　　惡，欺君誤國十大罪，乞誅之以謝天下。」（〈沈小霞相會出師表〉）

　　武全材，都來合他去射箭。

　　不久，韃靼入侵，楊總督大敗於韃靼，竟算他上任一功，殺平民冒功。沈鍊與百姓哭祭，又寫信痛罵楊順。楊順遂誣陷沈鍊溝通韃靼人，嚴世蕃加派心腹路楷前去保安，捏造罪名，殺沈鍊及其子，終於被誣陷在獄中死亡。

　　他專一在實現忠義的價值觀上，為了盡忠勸諫、濟世安民，他可以犧牲自己的性命。他對國君的勸諫、排拒奸臣、照顧百姓的安危，事事都想要以忠義觀來實現為國的理想。其實他大可在亂世中與人同流合污、勾結奸臣，找安頓自己的方法，但他的忠義之氣容不下不義之事，即使犧牲生命也在所不惜，他選擇以忠心、忠言努力改變亂世風氣。他在實現忠義觀念時，將自己的生命、官職和親族的安危視為小事，但不容欺騙國君、賄賂專橫此類違背自己信念的事，他認為這些事會引致使國家、百姓處於戰亂之中。他被放逐時對自己的行動一點也不懊悔，反而更堅持發揚其忠義之氣。

　　他的忠義死亡觀與他本人的價值觀有著密切關係，以一般忠義觀的角度而言，大部分對象以國君、國家為主，但他的忠義觀這樣的色彩卻不深，而是常以個人的忠義觀念來表達對現實的不滿；所以若要探究他的忠義觀，就有從個人的價值觀範疇內考察的必要性。就文中仔細觀察，沈鍊對國君的忠誠表現實為不積極，而是以斥責奸臣責嚴氏父子來間接表現。他在上書中批評嚴氏父子的罪惡說：「招權納賄，窮兇極惡，欺君誤國十大罪，乞誅之以謝天下。」沈鍊對國家安危的關懷轉成對嚴氏父子的激烈怒恨，所以他「教把稻草扎成三個偶人，用布包裹，一寫『唐奸相李林甫』，一寫『宋奸相秦檜』，一寫『明奸相嚴嵩』，把那三個偶人做個射鵠。」他忠烈的陽剛之氣在於啟發老百姓去仰慕古代忠義之士，以具體的行動自然而然表現出自己的憂憤之情。

　　沈鍊的兒子沈袞、沈褒也在被誣陷於獄中受苦楚時，一直固守忠義思想，絕不屈服。甚至於二人身亡十年後屍體卻沒有腐爛，這是充滿忠義之氣所導致，亦能說明精神並不因肉體死亡而結束的事實。他們面對死亡的時候，堅持自我信念，發揚忠義精神，因此他們的死亡才發揮光彩。

　　沈鍊和他的兒子沈袞、沈褒的生命價值都體現在忠義的價值上。若維持性命和忠義實踐發生衝突，就抉擇忠義而拋棄性命。他們已經有為忠義所犧牲的心理準備，而且認為這樣勇敢的行為才具有意義。文末沈鍊死了以後變為神，因為「上帝可憐其忠直以授北京城隍之職。」這是勇敢實踐捨生取義的一種補償。他

的死亡意義在於不屈於時勢，而堅持忠義不惜犧牲生命以實現其崇高精神，並且在選擇死亡實現忠義信念中，得到不朽的生命價值。

〈汪信之一死救全家〉（喻39）的汪革也和沈鍊一樣，平時喜歡英雄好漢，厭惡奸臣之類。他到安慶宿松麻地坡，燒炭冶鐵，發家致富。去臨安府做商事，順便聽了詔議戰守之策，立即上書，極言向來和議之非。他雖然是以燒碳冶鐵為業的富豪商人，但他的心裡充斥著為國家、國君的盡忠報國的思想。

> 「國家雖安，忘戰必危。江淮乃東南重地，散遣忠義軍，最為非策。」末又云：「臣雖為不才，願倡率兩淮忠勇，為國家前驅，恢復中原，以報積世之仇，方表微臣之志。」天子覽奏，下樞密院會議。

他不是朝廷的官吏、士人、以政策為理想的政客，所以他的忠義觀不是像忠臣那樣以徹底地、完全地犧牲自己而盡忠報國，只是自認為能為國家出一臂之力而感到榮幸。後來因所贈禮品較少，被程彪、程虎誣陷為企圖造反，被逼迫與官府對立。他對國家的忠義觀變淡薄了，因為他的忠義觀之基礎不是靠著國家、國君，而是依循個人的自由意志。以後汪革全家由湖入江南遁逃，為保全全家，汪革到臨安投罪。雖然他對國家、國君的忠義相當樸實、天真，反而與假忠臣形成強烈對比，卻遭程氏兄弟的誣告企圖造反，不得不與朝廷對抗。他已知自己沒有容身之地，就先安頓家人，並遣散跟隨著他的好漢回去專心從事產業後，才來到臨安府自首。他的生活準則就是「重義」、「盡忠」，不肯接受謀反的污名，遂下大理院獄中，獄官嚴刑拷問他家屬何在，及同黨之人的姓名，汪革始終不透露，反而上書請求明察誣陷他造反的人：

> 臣汪革，於某年某月投甌獻策，願倡率兩淮忠義，為國家前驅破虜，恢復中原。臣志在報國，如此豈有貳心？不知何人謗臣為反，又不知所指何事。願得其人與臣面質，使臣心跡明白，雖死猶生矣。

以後詔程氏兄弟詢問才真相大白。汪革赦令到之前，劉青耽心汪革依法當處凌遲，預先於獄中勸其自盡。汪革雖然被程氏兄弟誣陷，但殺的人不少，不可解脫處死的命運，於是選擇最完善的方法──「自首」，雖然犧牲自己生命但可以救活全家，自己的犧牲便有意義。他的死亡觀之關鍵集中在實現重義、愛護家

族，一切生命的意義、死亡價值也都繫在「義」的線上。面對死亡，他沒有一點恐懼、猶豫，堅持自我信念。他的忠義觀比官吏、士人的更有價值而呈現出高尚的德行，與當時朝廷高官優先考慮自身安危、奸臣勾結、招權納賄等行為，產生明顯對照。他崇高的氣概、不屈的精神、堅強的信念卻比任何人明顯，尤其是面對死亡不委屈，毫無畏懼克服死亡的態度值得肯定。他的忠義死亡觀雖展現在個人的自由意志，但死亡價值全部仰賴「義」的闡發，特別在「忠義」的日常實踐上更為突出。

二、以孝道來發揚重義價值
——〈任孝子烈性為神〉（喻38）

「孝義」為死亡主題的作品是以「孝」、「義」為情節的重點，加以「死亡」觀念而凸顯對死亡多樣的種種思考。〈任孝子烈性為神〉（喻38）的任珪雖然不像上列人物那樣顯明地表現出忠義觀，但他的「重義」的行為是以「孝道」為基礎，從而發揚「忠烈孝義」的價值意義。

故事的情節是南宋紹熙年間，臨安張員外生藥舖中有主管任珪，母親早喪，只有老父，雙目不明。任珪是個孝子，每日辭父出，到晚才歸參父，後來娶梁氏為妻。梁氏出嫁之前與鄰居周得有姦，婚後經常來往通姦，但被任珪父識破。梁氏卻誣陷任珪父調戲她，任珪不得已讓她回到娘家。一日，任珪深夜到岳家去看妻，正好姦夫在家，反誣任珪是盜賊，被打了一頓。任珪知道真相而十分氣惱，殺丈人、岳母、妻子、姦夫、使女五人，然後自首。刑部奏過皇帝，認為殺死姦夫、淫婦之事，情有可原，但不合殺了丈人、岳母、使女，所以判凌遲。行刑之日，天昏地黑，未經動刀，任珪已經坐化為神。

任珪的本性誠實而大孝，所以沒有探聽梁氏跟周得有姦是否為實，只聽梁氏說詞就懷疑父親調戲妻子之事，但又因不敢責怪父親，因為這違背父子間的人倫道德。雖然父親的行為不合道德，但自己也不違背天倫之情，心中雖有苦惱，但始終維持對父親孝順恭敬的態度：

> 任珪道：「娘子低聲！鄰舍聽得，不好看相。」婦人道：「你怕別人得知，明日討乘轎子，抬我回去便罷沐。」任珪雖是大孝之人，聽了這篇妖言，不由得：怒從心上起，惡向膽邊生。「正是『畫虎畫皮難畫骨，知人

知面不知心」。罷罷，原來如此！「可知道前日說你與甚麼阿舅有姦，眼
見得沒巴鼻，在我面前胡說。今後眼也不要看這老禽獸！娘子休哭，且安
排飯來喫了睡。」這婦人見丈夫聽他虛說，心中暗喜，下樓做飯，喫罷去
睡了。

　　他心中有著對父親盡孝的態度和處罰父親的壞事之間激烈掙扎，但基於孝
道觀念不能責怪父親，所以決定把梁氏送回娘家來遮蔽這件不倫之事。這樣的處
理方式對他而言，既可消除鄰舍之議論，對父親的體面也沒有損失，是為最完善
的方法。雖然他沒那麼明事理，而且處理事情也糊塗，不過以他對父親盡孝的心
態來看，如此愚昧的態度卻反而更凸顯純孝、老實的個性。這樣單純的性格以後
在大膽「行義」上卻發揮出巨大的動力。後來他找梁氏卻被受辱，知曉事實的真
相後，自然在內心產生激烈的矛盾，終於決定處罰不義之人[29]。首先將父親付託
給姊姊，然後去梁氏家，包括岳父、岳母和侍女春梅一共殺了五人。
　　他對自己的行為具有信心，和之前脆弱溫順的性格全然不同，勇於往赴重
義行動。他殺了五人以後未曾逃走卻選擇自首。這樣不畏懲罰的勇敢行動，在行
義的具體行為中備受肯定，生命價值也是在實踐忠烈孝義才能顯出其意義。他本
來是非常單純的人，自然行義的方式也具有樸素的面貌。他在實踐重義思想的過
程中，對世界肯定的看法也受到激烈衝擊，因此對梁氏的不貞與欺騙產生強烈憤
怒，對自我質疑父親行為的自責，又對岳父母的偏袒而感到受欺負，加上不明真
相、愚昧於被騙的自卑感，諸多情緒在行義的具體行動上一起湧現，加強內在對
自我意識省察的壓力。
　　其實他殺人動機的一部分可以分給人家，非但不提醒梁氏有姦，反而被岳
父母打一頓，就是引起他心中的憤怒與憎恨。

卻忒早了些，城門未開。城邊無數經紀行販，挑著鹽擔，坐在門下等開
門。也有唱曲兒的：也有說閒話的，也有做小買賣的。任珪混在人叢中，
坐下納悶……當時任珪心下鬱鬱不樂，與決不下。內中忽有一人說道：
「我那裏有一憐居梁涼傘家，有一件好笑的事。」……眾人聽說了，一齊

---

[29] 「到房中寸心如割，和衣倒在床上，翻來覆去，延捱到四更盡了，越想越惱，心頭火按捺不住。起來抓
　　扎身體急捷，將刀插在腰間，摸到廚下，輕輕開了門，靠在後牆。」（〈任孝子烈性為神〉）

拍手笑起來，道：「有這等沒用之人！被姦夫淫婦安排，難道不曉得？」
這人道：「若是我，便打一把尖刀，殺做兩段！那人必定不是好漢，必
是箇熅膿爛板烏龜。」又一箇道：「想那人不曉得，老婆有姦，以致如
此。」說了又笑一場。

　　外來的刺激可以引發內心覺醒，進而導致積極的破壞行動。破壞現實秩序
的不安和懲罰不義之事的衝突，在他的意識形態中產生強烈的反抗作用，但這種
心理後來表現於懲罰社會罪惡的具體行動。樸素的生活態度、誠實的盡孝意志，
在他眼前一個一個被破壞，這對他而言，是比肉體死亡更嚴重的精神衝擊。他決
定以激進的行為來突破純潔內心與污穢外界的對立。儘管不能擺脫殺害五人的污
名，但已經找到解決在處罰不義之人和不能盡孝之間的煩惱，選擇無畏處死而主
動自首。

　　他被處死的場景描述十分特別，「一時間天昏地黑，日色無光，狂風大
作，飛砂走石，播土揚泥，你我不能相顧。」他坐化，而死後附體在小兒身上，
細說自己成神之事，並要求建立廟宇，春秋祭祀：

> 忽一日，有一小兒來牛皮街閑耍，被任珪附體起來。眾人一齊來看，小兒
> 說到：「玉帝憐吾是忠烈孝義之人，各坊城隍、土地保奏，令做牛皮街土
> 地。汝等善人可就我屋基立廟，春秋祭祀，保國安民。」

　　他對肉體沒有生命永續的執著，超脫生命的有限性，所以才得到再生而永
恆享有生命的理想。他的死亡觀與前兩篇的主要人物之間有一點差別，前述的人
物忠義特質較強，但任珪的死亡觀基於「孝義」來實現行義的價值觀較濃厚。
「忠」、「孝」實有不可分的關係，經常連結成為重要的道德觀念，以廣泛的角
度而言，忠烈孝義的死亡觀可以貫穿捨生取義的人生觀。

　　以上觀察《三言》中有關忠烈孝義死亡觀的作品。每一篇作品中人物對忠
義、孝道的死亡態度不同。沈鍊不顧現實的生命安危，以忠心、忠言去實現忠義
觀念，而且對國家安危的關心轉為對嚴氏父子激烈的怒恨。將自己的生命、官
職，甚至家族的安危都視為小事。他的死亡意義在於不屈於時勢，而不惜犧牲生
命堅持忠義的精神上。而相對來說，汪革對國家、國君的忠義則較為相當樸實天
真，與沈鍊不顧身家安危以堅持實踐忠義的狀況相比較，他在實現忠義觀念的過

程裡，有較強烈的個人自由意志。任珏死亡思考也不在於專一發揚孝道，而是在孝道觀念的基礎來實踐重義觀念。

雖然每一個人物在作品中被襯托或隱含的死亡意識不同，死亡處理的方式也有差異，但他們都沒有躊躇於生，而以勇敢邁向死亡來實現自己的理念。無論如何，他們都是在實踐理念時，面臨內心義與不義相衝突時，樂意選擇重義的信念。雖不能保障生命，卻無懼邁向死亡，成就生命崇高的價值，死亡意義也就在這樣的崇高理想上發揮光彩。他們在生命危急的情境，堅持實現忠孝之義，並從中獲得再生而得到永恆的生命價值。作品中再生（成神、附體）的現象，可能是作者對人物實踐忠孝之義時而不得不死亡所表現出的惋惜情感。即使他們失去了肉體生命，但可以用獨特的方式再生。如此成神或附體的再生方式，就捨生取義的死亡觀而言，是解脫死亡、享受永生的重要方式。既然在現世上無法得到肉體的再生，但這些再生比現世的復活更富有價值意義，明顯地反映出永生的生命理想。

第三節　生死之交

《三言》作品中較明顯的主題思想之一，就是「信義」與「友誼」。「信義」是中國古代作品中最普遍的思想觀念，特別在《三言》的時代，社會分工、商業發展、商人社會地位提高等現象，形成以經濟信用為基礎，產生進一步強調「信義」的社會風氣，所以比其他時代的文學作品更有著重「信義」之闡述。人與人之間相處，要求必有信義，患難之際，則渴望著真摯情誼、聯合團結，想依靠互相幫助，改善他們的處境是人之常情[30]。《三言》中有如此好幾篇作品寫下人民樸實真摯的信義與友誼，這也投影當時社會民眾的普遍生活與理想要求。《三言》中呈現仗義、信用、報恩等有關「友誼」的作品相當多，其內容豐富多樣，有些作品表現出親友之間的互相安慰與協助，如〈呂大郎還金完骨肉〉（警5）、〈劉小官雌雄兄弟〉（醒10）、〈施潤澤灘闕遇友〉（醒18）等；有些作品則凸顯信用義氣與忘恩負義的明顯對比，如〈張孝基陳留認舅〉（醒17）、〈桂員外途窮懺悔〉（警25）等；有些作品則十分強調報恩思想與俠義精神，如

30　參考繆咏禾，《馮夢龍和三言》（臺北：萬卷樓圖書有限公司，1993年），頁45-46。

〈老門生三世報恩〉（警18）、〈徐老僕義憤成家〉（醒35）、〈汪信之一死救全家〉（喻39）、〈李汧公窮邸遇俠客〉（醒30）等；也有友誼結交而發揚信義高雅的特質，如〈史弘肇龍虎君臣會〉（喻15）、〈臨安里錢婆留發跡〉（喻21）、〈楊思溫燕山逢故人〉（喻24）等。

　　其中以「生死之交」的信義為主題的作品更為出色，表現出人在各種情況下如何實現「生死之交」的情誼以克服死亡。這些作品就信義與友誼和死亡聯合起來，更能凸顯捨生取義的人格精神[31]。從中國古代的「信義」而言，有兩種不同的類型，就是個體與集體的信義，以及個體之間的信義[32]，但《三言》中以「信義」為主題的作品中，以個人之間私下的信義形態較多。尤其是有關「生死之交」的大部分描述，幾乎都是個人式的交友方式，例如，左伯桃與羊角哀的「併糧之交」、范巨卿與張劭的「雞黍之約」、俞伯牙與鍾子期的「知音之交」、吳保安與郭仲翔的「結心之交」、公孫接與田開疆以及顧冶子的「誓同生死」等。作品人物實現信義的過程中容易出現遭遇生命危險的極端情況，有時還會出現忠義、孝義、信義三者必要抉擇其中之一此類難以決定的困境。《三言》作品中，重視信義的人物在這樣極端的情境裡，往往選擇死亡而成就信義之交。他們的生命價值、人生意義都放在自己選擇的「信義」上。作品中許多不同人物，也有堅持受恩必報的道德觀，不顧自身安全投身救活親友，甚至於信守誓約生死相託，跟著已死去親友並毫不猶豫地放棄生命。有些作品雖然沒有具體傷害生命，或使身體受傷，但以極端行為來表達嚴重的精神衝擊與心理感受。這些精神所受的打擊，導致比肉體死亡更深刻的傷害[33]。「信義」是人跟人之間相互建立的高尚精神價值，雖然出生地區、成長背景、身分地位不同，但相互由此建立了共同的精神聯繫。實踐「信義」之時，有時雖會違背社會秩序或道德規範，但

---

[31] 例如〈俞伯牙摔琴謝知音〉（警1）、〈羊角哀捨命全交〉（喻7）、〈吳保安棄家贖友〉（喻8）、〈范巨卿雞黍死生交〉（喻16）、〈晏平仲二桃殺三士〉（喻25）、〈明悟禪師趕五戒〉（喻30）等。

[32] 參見陳致平，〈讀史談信義〉，《中央月刊》第3卷第2期，1970年12月，頁29-33。

[33] 肉體的死亡就是所有基本的肉體功能，將無法避免的終止。《三言》的「生死之交」主題思想作品中偏重身體死亡現象最多，比如飢寒而亡、自殺、死義等的方式與類型。但筆者研究的部份不是偏重「死亡」的外在形象來分類死亡類型，而是研究作品裡各個不同人物的死亡關照與感受，藉由觀察肉體死亡而進一步深入地探討人物的死亡觀。除了肉體死亡之外，也包含心理層面的死亡。死亡不只是生物上的死亡，同時包含當一個人在人格與創造力受到威脅時，生命意志因此受到嚴重的傷害，導致人生價值觀徹底被破壞，或思想方面受到引導而產生重大轉換的現象。《三言》的「生死之交」作品中可以看得出幾種心理死亡的面貌。小說人物在心理受到強烈的衝擊之下，或受到嚴重的傷害時，他的生命意志即產生無可回復的傷痕而直接連結到身體的死亡。

並不受影響他們之間的友誼，進而因跳脫社會上的所有利害、政治關係，強烈地
呈現其價值意義。因此在中國傳統的「知友」、「知音」的價值觀念下，易發現
超越生死的知心至交之情。「士為知己者死」，無論這個字面是否包含「受恩必
報」的思想，但若見到肯定自己能力的知友、共生死患難的知音，那麼對死亡的
恐懼就不足以改變友誼的意念。寧死而不放棄信義、以死亡作為實現報答友情信
義的精神在《三言》作品中表現得相當出色。

一、併糧之交與雞黍之約
　　──〈羊角哀捨命全交〉（喻7）、〈范巨卿雞黍死生交〉（喻16）

　　〈羊角哀捨命全交〉（喻7）中的左伯桃與羊角哀，是呈現出生死之交的重
要例子。春秋時，楚元王崇儒重道，招賢納士。西羌積石山賢士左伯桃前去應
聘。途中，在羊角哀家借宿，當夜二人抵足而眠，共話胸中學問，談話投契，結
為兄弟。左伯桃勸羊角哀同去，二人偕行。經過歧陽，道經梁山時，天降大雪，
缺衣少糧，左伯桃把自己的衣糧給羊角哀，迫他上路，自己飢寒而死：

> 伯桃受凍不過，曰：「我思此去百餘里，絕無人家，行糧不敷，衣單食
> 缺。若一人獨往，可到楚國；二人俱去，縱然不凍死，亦必餓死於途中。
> 與草木同朽，何益之有？我將身上衣服，脫與賢弟穿了，賢弟可獨齎此
> 糧，於途強掙而去。我委的行不動了，寧可死於此地。待賢弟見了楚王，
> 必當重用，那時卻來葬我未遲。」角哀曰：「焉有此理！我二人雖非一父
> 母所生，義氣過於骨肉，我安忍獨去而求進身耶？」……伯桃命角哀敲石
> 取火，爇些枯枝，以禦寒氣。此及角哀取了柴火到來，只見伯桃脫得赤條
> 條地，渾身衣服，都做一堆放著。角哀大驚曰：「吾兄何為如此？」伯桃
> 曰：「吾尋思無計，賢弟勿自誤了，速穿此衣服，負糧前去，我只在此守
> 死。」角哀抱持大哭曰：「吾二人死生同處，安可分離？」伯桃曰：「若
> 皆餓死，白骨誰埋？」……角哀曰：「今兄餓死桑中，弟獨取功名，此大
> 不義之人也，我不為之。」伯桃曰：「我自離積石山，至弟家中，一見如
> 故。知弟胸次不凡，以此勸弟求進。不幸風而所阻，此吾天命當盡。若使
> 弟亦亡於此，乃吾之罪也。」言訖欲跳前溪覓死。角哀抱住痛哭，將衣擁
> 護，再扶至桑中，伯桃把衣服推開。角哀再欲上前勸解時，但見伯桃神色

已變，四肢厥冷，口不能言，以手揮令去。角哀尋思：「我若久戀，亦凍死矣。死後誰葬吾兄？」乃於雪中再拜伯桃而哭曰：「不肖弟此去，望兄陰力助。但得微名，必當厚葬。」伯桃點頭半答，角哀取了衣糧，帶泣而去。

左伯桃與羊角哀，在不能容納兩人的乾糧、衣服極端拮据的情況下，必須要捨命保存另外一人。在左伯桃彌留之際，便使羊角哀拋棄他，另外尋找活命的方法。他心中一方面自感使羊角哀遭遇如此困境的自責，另一方面也願意犧牲自己來救活羊角哀。他們二人友誼之間的信義，具有生死與共的強烈意志，就「吾二人死生同處，安可分離？」對他們的友情而言，生死並非太重要的事，並且能為了堅持友誼而自我犧牲，就因為他們認為人生價值在於信義的實現。他們之間所建立的精神紐帶已經超越生死的界線，並享受絕對相信友誼的境界。因左伯桃的捨己救人，羊角哀生命得以存活，其後成為中大夫，遂回去左伯桃死去的地方，安葬義兄，而後為其立廟。但最後左伯桃的鬼魂被荊軻欺負，而請求羊角哀救援，羊角哀做草兵救援，卻沒有效果。為了保護左伯桃的靈魂，他先陳明赴死救人的心境，才自刎而死。

回到享堂，修一道表章，上謝楚王，言：「昔日伯桃併糧與臣，因此得活，以遇聖主。重蒙厚爵，平生足矣，容臣後世盡心圖報。」詞意甚切。表付從人，然後到伯桃墓側，大哭一場。與從者曰：「吾兄被荊軻強魂所逼，去往無門，吾所不忍。欲焚廟掘墳，又恐拂土人之意。寧死為泉下之鬼，力助吾兄戰此強魂。汝等可將吾屍葬於此墓之右，生死共處，以報吾兄併糧之義。回奏楚君，萬乞聽納臣言，永保山河社稷。」言訖，掣取佩劍，自刎而死。

羊角哀的生命是由左伯桃犧牲換來的，他們對友誼珍視大過生命。二人的友情，甚至超越死亡。人生的意義並不在勉強維持生命延續，而在堅持自己信念實踐捨生取義，這才是有意義的。他們對死亡沒有絲毫恐懼，為了友誼可以勇於自我犧牲。他們不在乎死亡，以拋棄生命並誠懇面對死亡的行為襯托信義、友誼的高貴性。

如〈羊角哀捨命全交〉（喻7）左伯桃與羊角哀的「併糧之交」較凸顯友誼

的特性，〈范巨卿雞黍死生交〉（喻16）范巨卿與張劭之交以拋棄性命實現信義的現象也較為明顯。他們二人的信義之交正如左伯桃與羊角哀一樣，以死亡來實現信義，表現對友誼的重視。

故事情節是漢明帝時，汝州南城人張劭，赴洛陽應舉，途中宿店之時，遇一染上瘟病的書生范巨卿。在張劭悉心照顧下，范巨卿順利康復，其後二人結為兄弟。半年後，范巨卿回家，相約明年重陽節拜訪張劭。次年重陽節，張劭約定以雞黍相待。到期，范巨卿未去，張劭終日倚門等他。到了三更時分，范巨卿才飄然而至。原來范巨卿因生活之累，從事商賈，已忘了前約。直到重陽節當天才想起來，但相隔千里，無法應約。想到魂魄可以日行千里，便自殺後駕陰風赴約。張劭十分傷心，次日專程到范家弔唁，為文祭奠，哭天搶地，最後竟自刎而死。

范巨卿以死後化為鬼魂來赴約，顯示出二人之間的信義之約比生命更重要。范巨卿為赴約而選擇死亡，張劭則確信范巨卿不會違約，故一整天在門外等著他。雖然「雞黍之約」與「生死之交」，在「應約」與「性命」觀念上具有輕重、大小的顯明差距，「雞黍之約」，雖然在表面上沒到「生死之交」的程度，但從他們的信義實踐而言，雞黍之約就成為可以拋棄生命的重要信言。張劭悉心照顧范巨卿到康復時，已經誤了應舉，但張劭說：「大丈夫以義氣為重，功名富貴，乃微末耳。以有分定，何誤之有？」即使救命之恩是增強二人友情深度的外來原因，但他們的信義已經透過不斷地犧牲自己的過程中，逐漸完成堅定不移的境界。所以張劭相信范巨卿一定會赴，實際上范巨卿也不吝惜生命去直應雞黍之約。他們之間的「雞黍之約」，是以建立精神交感而實現信義價值的明顯表徵。他們透過微小的「諾言」而呈現出人生存在的意義，犧牲個人生命來提高信義永恆的價值。

張劭見了范巨卿的鬼魂後，知道他為了應雞黍之約而自殺，就在前往祭拜義兄離家之前，張劭告辭母親、弟弟表達自己實踐信義的堅強信念。

> 劭曰：「人稟天地而生，天地有五行，金、木、水、火、土，人則有五常，仁、義、禮、智、信以配之，惟信非同小可。仁所以配木，取其生意也；義所以配金，取其剛斷也；禮所以配水，取其謙下也；智所以配火，取其明達也；信所以配土，取其重厚也。聖人云『大車無輗，小車無軏，其何以行之哉？』又云：『自古皆有死，民無信不立。』巨卿既已為信而

死，吾安可不信而不去哉？弟專務農業，足可以奉老母。吾去之後，倍加
恭敬，晨昏甘旨，勿使有失。」遂拜辭其母曰：「不孝男張劭，今為義兄
范巨卿為信義而亡，須當往弔。已再三叮嚀張勤，令侍養老母。母須蚤晚
勉強飲食，勿以憂愁，自當善保尊體。劭於國不能盡忠，於家不能盡孝，
徒生於天地之間耳。今當辭去，以全大信。」

　　他雖然不肯直說以死亡來報答義兄，但透過「巨卿既已為信而死，吾安可
不信而不去哉？」，「吾去之後，倍加恭敬，晨昏甘旨，勿使有失。」等片語，
可推測他心中已決定跟著范巨卿而去，對母親表露出不能盡孝的悲痛心情，亦像
訣別的語氣叮嚀母親自我照顧說：「母須蚤晚勉強飲食，勿以憂愁，自當善保尊
體。」張劭想要以死亡來報約的心情，是報答范巨卿的應約之信的唯一出路，也
是維持信義的意志表現。他最終在見到范巨卿屍體後自刎而死，願意一起合葬。
他們二人的信義與友誼成為世界上最重要的價值存在，比其他理念、主義更重
要，這就是生死不負的高尚氣節。范巨卿拋棄妻子的安危選擇以死守約，張劭也
在不能盡忠、盡孝的情況下，堅守信義而死亡。他們二人精神交感相互吸引、聯
繫，並且超越死亡而完成重義的信念。

二、「彈心」、「聽心」的知音之交
——〈俞伯牙摔琴謝知音〉（警1）

　　生命的意義在他們的信義基礎上發揮了本然價值，死亡價值也在信義的實
踐上更添光彩。〈俞伯牙摔琴謝知音〉（警1）的俞伯牙與鍾子期的知音之
交，也正如范巨卿與張劭間雞黍之約，是以生死不負的結義之心來達到精神交
流之境。

　　春秋戰國時，楚國人俞伯牙，任晉國上大夫，奉晉主之命，出使楚國。返
程乘船經漢江口，彈琴遣興，樵夫鍾子期在岸上隱聽，俞伯牙請他上船暢談，鍾
子期談了琴的出處、製作和彈琴的「六忌」、「七不彈」、「八絕」。接著，俞
伯牙彈琴，意在「高山」、「流水」，鍾子期都能一一道出，二人談得很投契，
結為兄弟，並相約明年中秋再會。到期，伯牙前去踐約，卻不見鍾子期，原來好
友已經病故。臨終時，遺命葬在江邊，以便和俞伯牙相會。俞伯牙到好友墳前揮
淚奏琴，彈畢，割斷琴弦，摔碎琴，以謝知音。

　　他們一人為高官，一人為村民，就當時的政治與社會環境而言，二人的身分地位差別相當大，同心交友的機會極少，但他們超越身分地位的障礙而成了知音之交。他們以「彈琴」而「辨音」來互相溝通，理解對方。其實彈琴辨音，是如此難以掌握的事情，彈琴者與傾聽者必須互相敞開心房，情感交流才可以完成。辨音人忘懷世俗之事，將所有的情感集中在傾聽之上，彈琴人也沈浸於內在，賦予深沈的心理感受，不雜技巧真誠地演奏出來，才能坦然相互接受對方的感情而融合為一。按照音律的啟承轉折，心情也隨之變化無定舒解心中的煩惱。

> 　　（俞伯牙）問道：「足下既知樂理，當時孔仲尼鼓琴於室中，顏回自外入。聞琴中有幽沉之聲，疑有貪殺之意。怪而問之。仲尼曰：『吾適鼓琴，見貓方捕鼠，欲其得之，又恐其失之。此貪殺之意，遂露於絲桐。』始知聖門音樂之理，入於微妙。假如下官撫琴，心中有所思念，足下能聞而知之否？」樵夫道：「毛詩云：『他人有心，予忖度之。』大人試撫弄一過，小子任心猜度。若猜不著時，大人休得見罪。」伯牙將斷絃重整，沉思半晌。其意在於高山，撫琴一弄。樵夫贊道：「美哉洋洋乎，大人之意，在高山也。」伯牙不答。又凝神一會，將琴再鼓。其意在於流水。樵夫又贊道：「美哉湯湯乎，志在流水！」只兩句道著了伯牙的心事。

　　俞伯牙彈琴時，鍾子期已知彈琴時的心理感知。他們二人的感情因琴音而融合，這便是真正的知音之交。「彈琴」需要高度節制和靈活運用，才可以將自己的感情全部表現出來。因此「彈琴」的時候必須要注意「六忌」、「七不彈」、「八絕」[34]，才擁有彈琴的資格，在這樣嚴格控制之下所演奏的音律，才能完全抒發心理情緒而感動別人。俞伯牙以這樣慎重的態度來演奏，而鍾子期也遵守琴的規律來傾聽，所以雙方達成了相互溝通的精神聯繫。如此相互了解、感通的「知音」過程，可說是人與人之間一種完整的、理想的、微妙的心理活動[35]。蔡英俊在〈「知音」探源〉一文中對「知音」一詞進行分析：

---

[34] 「此琴有六忌，七不彈，八絕。何為六忌？一忌大寒，二忌大暑，三忌大風，四忌大雨，五忌迅雷，六忌大雪。何為七不彈？聞喪者不彈，奏樂不彈，事冗不彈，不淨身不彈，衣冠不整不彈，不焚香不彈，不遇知音者不彈。何為八絕？總之清奇幽雅，悲壯悠長。此琴撫到盡美盡善之處，嘯虎聞而不吼，哀猿聽而不啼。乃雅樂之好處也。」（〈俞伯牙摔琴謝知音〉）

[35] 參考顏崑陽，〈《文心雕龍》「知音」觀念析論〉，呂正惠、蔡英俊主編，《中國文學批評（第一集）》（臺北：學生書局，1992年），頁199。

　　「知音」所指涉的理解活動，是兩個主體之間相互了解、相互感痛的融浹
狀態，而且這種相互感知的過程，似乎不需要透過任何外在的言辯予以明
示；創作者與鑑賞者雙方都沈靜的進行內在情志的溝通、理解活動。[36]

　　在如此相互深刻理解的基礎，俞伯牙彈琴時，將自己所有情志投注在琴弦
上舒解，這就是「彈心」；鍾子期也向俞伯牙開啟心理感覺，傾聽琴弦上的音
律，這就是「聽心」。鍾子期本意不在聽音樂的旋律，而是在聽音律上所隱藏
的俞伯牙之心理感情，旋律只是抒發感受的一部分而已，鍾子期的傾聽貫穿音
律上的情感，可以辨別俞伯牙的情緒變化。作品中的俞伯牙只會彈琴沒有辨音的
才能，而鍾子期卻只會辨音而沒有演奏的技巧，若俞伯牙鍾子期都只會彈琴或辨
音，就只能藉彈琴抒情或傾聽音樂而已，不能達到互為知音的地步。二人都有不
完整之處，而且這樣的不足之處卻對鞏固知音之交時，有重要的作用。若交友時
的才能與觀念只偏向某些方面，是不能深入了解對方的，但這樣的不足卻能使他
們更調和，而成為進入知音境的關鍵。他們二人之間以彈琴來相互理解，更明
確知道以音律作為融合彼此感情的重要方式，而成為永恆的生死之交。

　　鍾子期與俞伯牙因已經進入「彈心」、「聽心」的相互理解之步，就心心
相許，不捨分離，所以相互約定明年再會。俞伯牙把這諾言掛在心上，盼望再
會，依照約定時日尋找鍾子期：

　　　事有偶然，剛剛八月十五夜，水手稟復，此去馬安山不遠。伯牙依稀還認
　　得去年泊船相會子期之處。分付水手，將船灣泊，水底拋錨，崖邊釘橛。
　　其夜晴明，船艙內一線月光，射進朱簾。伯牙命童子將簾捲起，步出艙
　　門，立於船頭之上，仰觀斗柄。水底天心，萬頃茫然，照如白晝。思想去
　　歲與知己相逢，而止月明。今夜重來，又值良夜。他約定江邊相候，如何
　　全無蹤影，莫非爽信！又等了一會，想道：「我理會得了。江邊來往船隻
　　頗多。我今日所駕的，不是去年之船了。吾弟急切如何認得。去歲我原為
　　撫琴驚動知音。今夜仍將瑤琴撫弄一曲。吾弟聞之，必來相見。」命童子

[36]　參考蔡英俊，〈「知音」探源──中國文學批評的基本理念之一〉，呂正惠、蔡英俊主編，《中國文學
批評（第一集）》（臺北：學生書局，1992年），頁130。

取琴桌安放船頭，焚香設座。伯牙開囊，調絃轉軫，纔汎音律，商絃中有哀怨之聲。伯牙停琴不操。「呀，商絃哀聲淒切，吾弟必遭憂在家。去歲曾言父母年高。若非父喪，必是母亡。他為人至孝，事有輕重，寧失信於我，不肯失禮於親，所以不來也。來日天明，我親上崖探望。」

俞伯牙專心等待鍾子期的到來，但因遲遲未見而心生疑惑，所以他嘗試從鍾子期的立場來理解他無法前來的原因，並希望以彈琴使鍾子期辨音而來。在他的琴音中，商絃有哀怨之聲，預知鍾子期恐怕發生不好的事情，但他以為可能只是鍾子期父母年高，因而父喪或母亡，從來沒想到鍾子期自身出事。儘管琴弦本身沒有感情，但在他們之間已經成為情感聯繫之物，所以能感應到俞伯牙與鍾子期的情緒變化。俞伯牙上路打聽鍾子期的住所，途中碰到鍾公才知道鍾子期已經身亡。鍾子期臨終時說出對父親不能盡孝的遺憾，並要求葬於江邊以踐舊約，臨終之前還不能忘記和俞伯牙的諾言，猶掛念在心。俞伯牙的悲淒與痛苦無法形容，就在鍾子期的墳墓前開始彈琴。聚集的村民不知俞伯牙彈琴的理由，都一笑置之便散去：

> 伯牙問：「老伯，下官撫琴，弔令郎賢弟，悲不能已，眾人為何而笑？」鍾公道：「鄉野之人，不知音律。聞琴聲以為取樂之具，故此長笑。」伯牙道：「原來如此。老伯可知所奏何曲？」鍾公道：「老夫幼年也頗習。如今年邁，五官半廢，模糊不懂久矣。」伯牙道：「這就是下官隨心應手一曲短歌以弔令郎者。口誦於老伯聽之。」……伯牙於衣袂間取出解手刀，割斷琴絃，雙手舉琴，向祭石臺上，用力一摔，摔得玉軫拋殘，金徽零亂。鍾公大驚問道：「先生為何摔碎此琴？」伯牙道：「摔碎瑤琴鳳尾寒，子期不在對誰彈！春風滿面皆朋友，欲覓知音難上難。」

在俞伯牙與鍾子期的知音之交上，「彈琴」是精神相契的重要手段，也是連結二人友誼真誠的關鍵因素。知音已死，雖然另外一人繼續「彈琴」，但已經失去傾聽（聽心）的人，而「彈心」的人正受到心理致命的傷害，若不存在真正了解「彈心」的人，「彈琴」就變成毫無意義的事。若從表面上看，俞伯牙「破琴絕弦」的行為，只是謝知音的過激行動，比起左伯桃與羊角哀、范巨卿與張邵之以死亡來達成生死不負的友誼信義，其表現方式較溫和，但仔細觀察他摔琴而

終身不再彈琴的行為，表示他在心理上已有著因致命衝擊而產生心理痛苦的狀態，這是比肉體死亡更嚴重的心理死亡。

雖然陰陽世界不同，但生者與死者各有自己的意志，都要共同堅守「生死不負」的結交之義，所以鍾子期死後願埋葬於馬安山江邊以等待俞伯牙的到來，俞伯牙也以摔琴絕弦來表達與鍾子期無可取代的友情。「琴」已成為他們二人之間生死之交的精神交感物，而且是相互溝通的重要媒介物，更是聯繫二人而確認自我存在的價值物。若沒有傾聽心中感情，便像鍾公說的一樣：「鄉野之人，不知音律。聞琴聲以為取樂之具，故此長笑。」「彈琴」只不過取樂之事，他們二人透過「彈琴」來交換心理感受，相互肯定存在的意義。「摔琴」對俞伯牙而言，是心理非常難過的表現，這就是「知音不存在，琴也是無用之物。」所以俞伯牙在鍾子期墳前彈琴以懷念友誼，並摔琴來表示與鍾子期共同感受死亡的心境。他選擇的方式與左伯桃和羊角哀、范巨卿與張邵那樣的身體死亡不同，卻充分呈現出深痛的心理死亡面貌。肉體死亡是明確的表現，而其痛苦也在一瞬間，但心理死亡，就是一輩子的痛苦，留下難以治癒的傷痕。從另外的角度來看，心理死亡是比肉體死亡更痛苦難過的。職位、階級、雅俗的差別並無損他們的友誼，他們的友誼已超越世俗所有拘束，成為生死不負的至交。儘管友誼的表現方式與其他作品不同，但其所呈現出同生死的信義，以及為了友誼能放棄一切的態度，有相同之處。二人的緣份從彈琴開始到摔琴結束，俞伯牙以摔琴行為來認定生死不負的信念來回報鍾子期的友誼，並把鍾子期的「聽心之氣」永遠留在心中。

三、結心之交與誓同生死
——〈吳保安棄家贖友〉（喻8）、〈晏平仲二桃殺三士〉（喻25）

〈吳保安棄家贖友〉（喻8）中的吳保安與郭仲翔不是以肉體死亡來凸顯信義，而是以繼續維持生活的過程來呈現友誼的高貴特質。吳保安與郭仲翔並無相見，但相互尊重對方、重視信義，吳保安為了贖回郭仲翔，棄妻子十年而奔走籌措一千疋的索絹。在這十年過程中，吳保安所有生命意志都集中在準備一千索絹贖友的事情上，辛苦跑遍各地行商，以報答當初郭仲翔把他推薦給李蒙，讓他有發揮雄心壯志的機會。但途中卻聽聞李蒙已經敗於敵軍，郭仲翔不知下落。後來收到郭仲翔的信，他成為俘虜，南蠻勒取好絹千疋取贖，但他卻無力

取贖歸還故國。郭仲翔在敵地受污辱，求生不得，求死不能，勉強維持性命。
他們二人素昧平生，但吳保安對郭仲翔一直保持著「士為知己者死」的信念，
忍耐十年苦楚以救人。他的妻子為尋找他，餓倒在途中被楊安居救活，並安排
夫婦相見。他卻認為贖友以後，夫妻再相見也不遲。在他的內心，贖友的事情
比任何事更重要，甚至妻子的生死皆能置之於後。在他的價值觀中，信義、友
誼、報恩這樣的思想十分強韌。文首的〈結交行〉一詞，就十分能表達這樣的
人生態度：

> 古人結交惟結心，今人結交惟結面。結心可以同死生，結面那堪共貧賤？
> 九衢鞍馬日紛紜，追攀送謁無晨昏。座中慷慨出妻子，酒邊拜舞猶弟兄。
> 一關微利已交惡，況復大難肯相親？君不見當年羊左稱死友，至今史傳高
> 其人。

他終於在楊安居的幫助之下，贖回郭仲翔，並初次相逢：

> 吳保按接著，如見親骨肉一般。這兩簡朋友，到今日方纔識面。未暇敘
> 話，各睜眼看了一看，抱頭而哭，皆疑以為夢中相逢也。郭仲翔感謝吳保
> 安，自不必說。保安見仲翔形容憔粹，半人半鬼，兩腳動彈不得，好生淒
> 慘，讓馬與他騎坐，自己步行隨後，同到姚州城內，回復楊都督。

　　即使他們之前連直接見面的機會都沒有，只知道彼此的姓名職分，但他們
的生死之交比他人結交的友誼更為鞏固。吳保安耗費十年的辛勞，和肉體、心理
死亡的痛苦並無二致，為了救活朋友而拋棄自己擁有的幸福，過著十年極為不正
常的艱困生活，全部仰賴贖友的意志支撐。這樣的過程，所抓住的一點希望，就
是盼望郭仲翔回來的那天。吳保安準備一千疋素絹來贖友時，他十年的苦楚、憂
鬱和盼望，都瞬間融合為一，所以只能「未暇敘話，各睜眼看了一看，抱頭而
哭。」兩人各有十年的苦楚，不能一時說出。吳保安為了堅守信義不計較十年苦
楚付出，充分體驗過內心受傷，面對現實的無可奈何。雖然他實踐信義的過程與
前幾篇人物之行為有所差別，但他在自我犧牲的堅強意志上，具有相同之處。
　　和現實上的心理死亡過程不同，因微物而斷送性命，並於其中呈現友誼的
作品是〈晏平仲二桃殺三士〉（喻25）。若從爭取二桃的事情來看，三人只是恃

勇、爭功的人物，自取滅亡而已，但也不能輕易忽視三士之間的友誼。若三士之間，排除政治倫理、圖謀利益的關係，只從樸素的友誼觀點來考察，他們之間的信義也該予以肯定。

> 酒至半酣，景公曰：「御園金桃已熟，可採來筵間食之。」須臾，一宮監金盤內捧出五枚。齊主曰：「園中桃樹，今歲止收五枚，味甜氣香，與他樹不同。丞相捧盃進酒以慶此桃。」……齊王曰：「齊、楚二國，公卿之中，言其功勳大者，當食此桃。」田開疆挺身而出，立於筵上而言曰……晏子慌忙進酒一爵，食桃一枚，歸於班部。顧冶子奮然使出，曰……晏子慌忙進酒賜桃。公係接撩衣破步而出，曰：……齊王曰：「據卿之功，極天際地，無可比者；爭奈無桃可賜，賜酒一盃，以待來年。」晏子曰：「將軍之功最大，可惜言之太遲，以此無桃，俺其大功。」公孫接按劍而言曰：「誅龍斬虎，小可事耳。吾縱橫於十萬軍中，如入無人之境，力救主上，建立大功，反不能食桃，受辱於兩國君臣之前，為萬代之恥笑，安有面目立於朝廷耶？」言訖，遂拔劍自刎而死。田開疆大驚，亦拔劍而言曰：「我等微功而食桃，兄弟功大反不得食，吾之羞恥，何日可脫？」言訖，自刎而死。顧冶子奮氣大呼曰：「吾三人義同骨肉，誓同生死；二人既亡，吾安能自活？」言訖，亦自刎而亡。

故事情節上描寫他們貪桃而失去自己的性命，但若從友誼、信義的角度來看，為了信義而選擇死亡的信念中，有其值得肯定的精神價值。他們的死亡是徹底堅持共生死誓約的實現，而「生死與共」盟約的媒介物是「桃子」，它在這裡有著濃厚的象徵意涵，除了正面的肯定、接納、認同及確定個人價值的味道之外，更帶著虛榮的象徵。

若仔細觀察三士選擇死亡的原因，實有差別，就是公孫接建立大功不能食桃，但被人以為小功，為萬代之恥笑，自己將不能容於世；田開疆因微功而食桃，自覺兄弟公孫接功大反不得桃，因而產生不義之心，且對自己微功的僭越獎賞有所差恥；顧冶子則是慷慨實踐與兩人「義同骨肉，誓同生死」的信念。三士選擇死亡的心理要因各自不同，但共同貫穿實踐同生共死的誓約。他們之所以選擇死亡之路，是要遵守自己與他人的誓約。若不能堅持誓約，就失去肯定自我存在的意義，即沒有活在現世的意義，所謂「吾之羞恥，何日可脫？」從社會道

德、國家和平角度來看，這只是偏重私下式的友誼上發揮信義，它已經不包含社會、政治等複雜關係。他們將所有的生命意志置於「誓同生死」的信念上，寧可放棄性命遵守「生死相托」的誓約，所以為了實現信義而犧牲性命的時候毫無畏懼，勇敢行事。他們透過死亡，把自己的信念直接發揮，進而提高人生意義，並進一步靠近「誓同生死」的理想境界。

《三言》作品中信義、友誼與死亡的主題思想內涵相當豐富，而且作品人物表現信義的方式也十分多樣。雖然以死亡來呈現出對信義的思考、重視友誼的態度不同，但皆有貫穿主題思想的幾項共同觀點：

首先，實踐信義的過程中，產生可以犧牲性命的高尚人格面貌。作品人物之間對友誼、信義的觀念的重視，比其他理念重要，而且皆將其認定為判斷性命價值的關鍵，所以可以坦然實踐死亡，來表現對友誼堅強的信念。

其次，作品人物雖然有著微妙的誓約差異，但不管誓約的輕重，他們都堅持以信義為重，並可毫不猶豫地選擇死亡。例如，范巨卿應雞黍之約，自刎而死，以答謝對張邵的信義；羊角哀堅持併糧之義，犧牲性命而保護左伯桃的靈魂；俞伯牙則以比肉體死亡更深刻的方式——「摔琴（摔心）」來實現生死不負的誓約等。對他們而言，不管誓約輕重與否，信義的價值都與性命一樣貴重，因此能無懼死亡，無所惋惜。

再者，作品中的人物相互以「生死不負」的信念來鞏固彼此的精神聯繫，隨著對方身亡而選擇死亡，由此連結了「生死與共」的精神紐帶，盼望在現世上可以一起生活，亦一起承擔面對死亡的痛苦。

《三言》中許多作品或以正面或以負面的方式來強調信義、友誼的思想，其中往往出現為了守護信義而選擇死亡的極端情況，這些行事都呈現出對友誼之間信義的強烈意志，具有素樸動人的面貌。他們在危及生命的情況之下，不顧性命以實現信義，使所有人生的存在意義聚焦在信念的實踐上。「信義」與「友誼」，這種人跟人之間所成立的道德價值，建立在互相溝通、相知與捨得犧牲的精神聯繫。人生的意義也不在固守自我中心勉強維持性命，而是堅持仗義的價值信念，以此達成「生死之交」的寶貴精神。

第四節　結語

　　《三言》作品中具有「重義」死亡觀的不同面貌，如堅持行俠仗義、重視忠烈孝義、信守結交之義等，雖然這些觀念在實踐的表現方式與內容各異，但共同點仍然是以行義為生死存亡的標準，「執行死亡」的價值判斷都在「重義」的層面上。拋棄生命而實踐重義精神，是十分崇高的精神價值。肉體生命的可貴在於世上無法取代，但那樣寶貴的生命卻因「行義」而可以拋棄，當人可以不顧自身幸福而實踐「行義」之時，才產生更高貴的精神價值。即使有時用武力處罰負義之人，也呈現出俠義精神，也具有襯托忠義精神的「私」面貌，或者有與交遊及其他道德觀念連起來實踐行義等，但他們的死亡觀仍集中在自我與對他人的「行義」實踐準則中，來判斷死亡與生命價值。

　　在行義的具體實踐中，是否失去性命並不重要，重要的是捨生取義的道德精神，所以由內心中引導出無懼死亡的面貌，誠懇堅守於重義的觀念，來面對自己或他人的死亡。在這裡，人的生命價值與自己選擇如何死亡相關，這已經作為一種對人的基本規範，而性命是一種貫穿於一切個體之中的共同存在，同樣也是對它的一種基本規定。「人」是群體之人，只有在人們之中才成為「人」。人的死亡觀不只限於自己死亡降臨的瞬間，也擴充於對他人死亡的現實，因為人本來就是在群體中才自我認定為人，而與他人共存。人對於自我的死亡或許無法充分地思考相關問題，但直接或間接接觸他人的死亡、處理他人的死亡過程中，則提供自己充分地思索死亡的機會。因而「死亡」對他們而言，更在自我與對人行義的具體實踐中凸顯兩人之間情感之可貴，而且能把這種精神價值提昇到更高的境界。對自我和別人的死亡應對處理過程，可以產生超越對死亡的恐懼與困惑，進而從對生命的執著中解脫，襯托出無畏死亡而實踐「行義」的意義。

　　《三言》作品中的人物對俠義、忠孝、友誼的死亡態度相當多元。如〈趙太祖千里送京娘〉（警21）的趙匡胤、〈萬秀娘仇報山亭兒〉（警37）的尹宗；〈汪信之一死救全家〉（喻39）的汪革、〈任孝子烈性為神〉（喻38）任珪；〈羊角哀捨命全交〉（喻7）的左伯桃與羊角哀、〈范巨卿雞黍死生交〉（喻16）范巨卿與張劭、〈俞伯牙摔琴謝知音〉（警1）的俞伯牙與鍾子期等，他們

的死亡觀也不僅只為了呈現俠義、忠孝、友誼，而是在重義觀念的基礎上再發揚
高尚的道德精神。為了實現重義而不顧生命，懲罰不義之人，或堅持忠孝而不惜
犧牲生命的堅強意志，皆以死亡來呈現出對信義的思考，以及珍重友誼的態度
等，都在行義上形成了獨特的重義死亡觀。他們重視的「義」觀念，其實有精神
生命的準則，生命價值、死亡意義都在「義」的精神價值上闡發。他們的死亡意
義呈現在實現「義」所致力的實踐行為，包含不義的處罰方面。死亡觀以重義為
生死的判斷準則，為了能夠實現重義精神，可以引發犧牲生命而邁向死亡的勇
氣，這就是行義死亡觀永遠不變的標準模式。即使他們失去了肉體性命，不能再
回復生命，但他們透過獨特死而復生的方式，卻實現精神的再生，使之富有生命
的永恆意義與價值。

　　總而言之，無論實現理想、信念態度如何，他們皆在實現自己理念時，或
面臨義與不義衝突時，毫無猶豫而勇於抉擇重義的信念，因此他們的死亡自然已
包含了崇高的道德理想，也必然得到永恆的生命價值。

第三章　愛與死[1]——愛的毀滅與再生

　　人具有豐富的情感，而「愛情」更是影響人類情感活動的重要動力。自從人類社會出現愛情後，男性或女性為了實現愛情，經常不惜一切犧牲肉體性命。愛與死的關係，是與人類的婚姻制度、傳統倫理觀念密切相關的。在中國傳統社會中，愛情生活往往受到傳統婚姻制度、社會倫理的規範與制約。一對男女深深墜入情網後，常因某些因素而遭受社會、家庭勢力破壞與阻隔。既然活著不能實現情愛，就只好在死後實現，「死亡」因此成為實現愛情的極端形式。在中國古代小說中，男女情感以「父母」、「媒婚」的強制時常造成婚姻愛情的悲劇[2]，這樣的不幸，肇因於人類自然情慾與社會禮教規範之間的衝突。長期被壓制的自然情感，終於在愛情力量的驅動下衝出。在男女眼中愛情的完美，強烈反映社會制度的缺陷，從而激起改變環境的願望，驅使人們要求一個自由而合理的社會。

　　對愛情的歌頌在宋明以前的文學傳統中不乏其例，而對情慾的避諱或不肯定也非自宋明才開始，只是在宋明之際因理學的興起，禮教立足於理學所建構的形而上基礎，更具約制力。因而情慾與禮教形成緊張對立的局面，在這種對立下觀照情慾與禮教的展開，就形成了一個具有意義的話題，尤其當其對立延伸到形而上層次時，更可由此窺見特殊的時代精神脈動。

---

[1]　「愛與死」的主題思想，主要是表現愛與死的關係。愛的對象和範圍是較廣泛的，如弗洛姆在《愛的藝術》，以愛的對象來歸納為五種愛：兄弟愛、母愛、情愛、自愛、對神的愛。葉慶炳先生分類為浪漫愛、倫理愛、商業愛。商業愛是買賣的行為；浪漫愛，是最純粹的，因為我愛她，所以要娶她；而倫理愛，是因為她是我的妻子，所以我應該愛她。除此之外，還可總結出一些類型的愛，不過，筆者這裏主要是討論情愛，即男女之間的愛情。詳見弗洛姆著、孟祥森譯，《愛的藝術》（臺北：志文出版社，1998年），第二章第三節；葉慶炳，〈禮教社會與愛情小說〉，《幼獅文藝》第45卷6期，1977年6月，頁74。

[2]　在中國古代小說中，不少女性已經從等待、接受命運的安排到向命運抗爭、反對，但由於父系文化的限制，她們最終難免受挫和失敗。例如《紅樓夢》中的林黛玉，唐傳奇中的崔鶯鶯、霍小玉，《三言》中的杜十娘等，有情人難成眷屬，有愛情而無婚姻；又如《紅樓夢》中的薛寶釵、賈迎春、王熙鳳，《林蘭香》中的燕夢卿等，有婚姻而無愛情，婚姻家庭成了女性的陷阱和牢籠；再如唐傳奇《飛煙傳》中的步飛煙、《癡婆子傳》中的上官阿娜、《金瓶梅》中的潘金蓮、《水滸傳》中的潘巧雲、《肉蒲團》中的艷芳，追求不符合傳統道德規範的性愛而為社會所不容等，這樣的不幸，肇因於人類自然情慾與社會禮教規範的衝突。長期被壓制的自然情感，終於在愛情力量的驅動下衝決而出。參考謝真元，〈古代小說中婦女命運的文化透視〉，《重慶師院學報（哲社版）》，1997年第1期，頁21。

　　真正對情慾的肯定，是在形而上層次建構其價值，而且把「情」自「慾」中凸顯出來，「情」成為一種「精神價值」，大抵要到明代後期馮夢龍、湯顯祖等人提出所謂的「情教」觀念時，才充分顯露。這和理學中「天理」、「人欲」之間辯証的發展相互關聯，可說理學發展至王陽明以迄李贄，逐漸將生命的重心自「天理」層面轉移到「人欲」的層面，如此才為「情」提供了穩固的形而上基礎。

　　馮夢龍在《情史類略》中有言：

　　　人，生死於情者也，情不死生於人者也。人生，而情能死之；人死，而情
　　　又能生之。即令形不復生，而情終不死，乃舉生前欲遂之願，畢之死後；
　　　前生未了之緣，償之來生。情之為靈，亦甚著乎！夫男女一念之情，而猶
　　　耿耿不磨若此，況凝精翕神，經營宇宙之魂瑋者乎！[3]

　　湯顯祖的《牡丹亭》劇中的女主角杜麗娘，可說正是這種觀念的具體化，湯顯祖在〈題詞〉中寫道：

　　　天下女子有情，寧有如杜麗娘者乎！夢其人即病，病即彌連，至手畫形
　　　容，傳於世而後死。死三年矣，復能溟莫中求得其所夢者而生。如麗娘
　　　者，乃可謂之有情人耳。情不知所起，一往而深。生者可以死，死可以
　　　生。生而不可與死，死而不可復生者，皆非情之所至也。夢中之情，何必
　　　非真？天下豈少夢中之人耶！必因薦枕而成親，待掛冠而為密者，皆形骸
　　　之論也。……自非通人，恆以理相格耳！第云理之所必無，安知情之所必
　　　有邪！[4]

　　對這種觀念的表面意義來看，與所謂「情能生人，亦能死人」的說法相類近。事實上馮夢龍、湯顯祖此處所言，可說是承襲肯定「人欲」之觀念，而且超乎「人欲」。前者所指重點在於強調情慾對生物性生命之「能生能死」的作用，而所謂「即令形不復生，而情終不死。」「必因薦枕而成親，待掛冠而為密者，

---

[3]　參見馮夢龍，《情史類略》卷10「情靈類」總評（湖南：岳麓書社，1984年），頁310。
[4]　參見湯顯祖，〈作者題詞〉，《牡丹亭》（北京：人民文學出版社，1994年）。

皆形骸之論也。」則使「情」自形骸之慾中拔脫出來。馮夢龍、湯顯祖之言，明白地標明「情」具有超越有限生命的性質。這種觀念進一步推演成「情」可以決定生命是否值得繼續存在。

在《三言》中「愛與死」的故事，人物在追求愛情中發生種種與傳統社會的道德觀念衝突，而選擇以死亡來克服現實的障礙。超越肉體生命的有限性而呈現出「情」的生命價值意義，就是以死亡來實現對愛情的堅信和滿足，表達對追求愛情圓滿的強烈渴求。在中國古代文學中有許多追求愛情的形式，有在社會倫理與傳統道德觀念中被逼迫而強制順從，但心理仍抱持追求愛情的理想，例如身亡後主動地找對象的「死而求愛」；有女性為了愛情可以犧牲自己所有一切，但最後被男性休棄，遭受肉體死亡的「非愛冤死」；也有因對生前愛情深刻，而使自己漸漸接近死亡的過程產生「生前之情，死後之戀」；有為了爭取愛情理想，不顧生死而勇敢選擇死亡的「同生同死」；情人在現實世界上活者，但外在環境、時空距離的阻隔不能見面，比肉體死亡有著更痛苦的死亡經驗──「生離死別」等，皆強烈地突出自「愛情」引發「死亡」的過程，而凸顯出「情」在生命的價值意義。《三言》「愛與死」的故事中，呈現出的死亡觀較著重於「死而求愛」、「非愛冤死」、「生死恩情」、「生離死別」的主題思想上，因此筆者擬從愛情死亡的不同角度來進行細膩的探討，在理解「愛與死」的死亡思考過程中，應含有不可忽視的意義。

第一節　死而求愛

《三言》「死而求愛」作品在「愛與死」主題思想中占了相當重要的地位。大部分的情節是女性追求理想的愛情，使男性或傳統倫理受到壓力而遭受被拋棄的悲哀結局[5]。對死亡的價值意義而言，為了愛情而身亡，且死後不能拋棄自主的愛情，而繼續努力於成就愛情實現，具有重要的價值意義。「死而求愛」主題思想的重要因素，乃把愛情自主的堅強意志與社會壓力形成張力。在此緊繃

---

[5]　「社會關係決定悲劇的承擔者大多是女性，因此，小說中生死不渝的悲劇主角也多是女性。弱者的女人往往在愛情中表現得特別堅強大膽，甘於將生命投入愛情，乃至生命之火熄了也會在灰燼中爆閃出餘焰。」參見何滿子，《中國愛情與兩性關係──中國小說研究》（臺北：臺灣商務印書館，1995年），頁110-111。

的緊張局面，女性追求的愛情僅僅發揮小小力量而已。表面上，她們的愛情在傳統倫理、社會制度的壓迫之下失敗，但從反面來看，這卻不能斷絕她們追求愛情的念頭，繼而以自己獨特的方式來實現理想，如現實上不能實現的愛情，死後便成為鬼魂持續追求己愛。她們生存之時，被傳統道德強制遵守於社會秩序，若有違背便被施行處罰。但她們以肉體死亡從社會強制的壓力中解脫，以任意追求自己的愛情，在死後的世界中社會壓力便不再能發揮拘束力，所以女性可處於比傳統權位較上等的位置來追求自己的理想[6]。傳統倫理道德不能約制追求愛情的強烈意志，但這樣的愛情是要放棄肉體生命才有實現的可能性，若在實際世界，擁護傳統倫理的社會必不能袖手旁觀，便祭出維持社會規則的嚴重罰則。她們在追求理想中，必有其掙扎與矛盾，但實現愛情的意志比任何價值觀更重要，因此他們仍將所有精力集中在追求愛情上。「死而求愛」的基本心理機制，在現實中被其他因素隱藏，但在追求理想愛情的實現方式上，湧出其強烈意志。

　　《三言》中「死而求愛」的作品，主角以自己獨特的方式來實現理想愛情，具有特色。例如，〈小夫人金錢贈年少〉（警16）中的小夫人對張勝不能表達愛戀感情，但身亡之後，便達成跟張勝在一起的願望，得到心理滿足與精神快樂，並解除求愛不能的苦惱；〈崔待詔生死冤家〉（警8）中的秀秀，和崔寧私奔而成就團結，又被咸安郡王破壞幸福生活而遭逢身死，但她成鬼魂後又再次實現跟崔寧同居的願望，東窗事發後就帶領崔寧走向死亡；〈金明池吳清逢愛愛〉（警30）中的盧愛愛身亡後變為鬼魂，實現對吳清的戀情；〈鬧樊樓多情周勝仙〉（醒14）的周勝仙也失去肉體生命，但范二郎在獄中，終於以夢來實現愛情等。雖然陰陽世界各自不同，兩人並不能在一起，在此冷酷的現實規則裡，她們迫切地希望望可以成就自己的愛情。如此實現愛情的方式，由生者來看並無意義，但對她們而言，其意義則不可小覷。若以現實世界的幸福標準而言，她們不算是真正實現過自己的愛情，但從建構精神愛情的角度而言，她們成為鬼魂後所體現的愛情，比成就現世圓滿的愛情，更有價值。它顯示愛情實現的方式並不止於性慾或肉體上的滿足，而在於精神的交感。情人雖然不能全然體會這樣的精神愛情，然而她們並不介意，而藉此尋得心靈上的滿足與平靜。

---

[6] 「如果要反抗男子不合理的對待，爭取她們應有的平等地位與尊嚴，在現實的人的世界裏是不可能的，只有變成『鬼』以後，她們才能擺脫現實社會加在婦女身上的不合理的束縛，而發揮她們的力量去向男人索取應有的人格與尊嚴。」參見王拓，〈中國愛情小說中的女鬼〉，《中華文化復興月刊》第9卷6期，1976年6月，頁87。

　　《三言》作品中，「死而求愛」此一重要觀點是建構在「冤」的意象內涵上。「冤」的感情，直接或間接發出成就愛情的精神動力。在中國古代小說中藉「死而求愛」形式來實現愛情，比肉體慾望的滿足更具重要意義。中國傳統社會中男女所自由追求的愛情，常被種種社會道德觀念、權勢者壓迫所抹殺，所以經常含冤而死，變成鬼魂或其他生物，來表達實現愛情的強烈願望[7]。追求愛情的信念不承認實際肉體已死亡，部分精神仍然存活並繼續追求自己的愛情。

一、倫理阻隔與愛情期望的落差
　　──〈小夫人金錢贈年少〉（警16）

　　《三言》作品中雖死亡而繼續追求愛情的典型人物之一是〈小夫人金錢贈年少〉（警16）的小夫人。雖然作品裏未書明小夫人的真名與詳細來歷[8]，只簡略交代：「王招宣初娶時，十分寵幸，後來只為一句話破綻些，失了主人之心。」但她鍥而不捨追求與張勝的愛情，堅持自己的信念，勇敢地努力實踐愛情。

　　開封員外張士廉，年過六旬，媽媽死後，孑然一身，並無兒女。隱瞞年齡而委託媒婆，娶得王招宣小夫人為妻。小夫人嫌員外年老，私下愛戀主管張勝。有一天，小夫人贈張勝十枚金幣、五十兩白銀等，但張勝母親怕遭橫禍，不許張勝再去張士廉家。在元宵節張勝賞燈回來時，遇到小夫人而聽到張員外鑄假銀已被捉去官府，自己流落在外，幸有一串西珠，要求住到張勝家中。張勝獲得母親

---

[7] 中國古代文學作品中，大部分表現人物死亡時，似乎總是不甘心僅僅寫到主角的死亡便結束，而是要繼續向後延伸，再敷演出一套或繁或簡的死後的幻覺故事來，使生者中不可實現的事，在死後的幻境中實現出來。男女人物追求美滿婚姻或幸福愛情的希望因遭受阻擾破壞而陷餘破滅，致使男女雙雙而死，但他們死後化為「連理枝」、「比翼鳥」，生前不能實現的願望在死後以幻象的形式來實現。例如《孔雀東南飛》中焦仲卿、劉蘭芝的殉情故事，「枝枝相覆蓋，葉葉相交通。中有雙飛鳥，自名為鴛鴦，仰頭相向鳴，夜夜達五更。」；《梁山伯與祝英台》中梁山伯與祝英台死後化為雙雙比翼齊飛的故事，「祝投而死焉，塚復自合。……廟前橘二株相抱，有花蝴蝶，橘蠹所化也，婦孺以梁祝稱之。」；《搜神記》卷11〈韓憑夫婦〉中韓憑夫婦愛情故事，「宿昔之間，便有大梓木，生於二冢枝端。旬日而大盈抱，屈體相就，根交於下，枝錯於上。又有鴛鴦，雌雄各一，恆棲樹上。」參考（宋）郭茂倩，《樂府詩集》（臺北：里仁書局，1999年），頁1038；（明）徐樹丕，《識小錄》〔縮影捲〕（臺北：國立中央圖書館縮影室，1981年）【收錄於譚達先，《中國四大傳說新論》（臺北：貫雅文化事業有限公司，1993年），頁117-119。】；（晉）干寶，《搜神記》（臺北：里仁書局，1982年）；趙遠帆，《死亡的藝術表現》（北京：群言出版社，1997年），頁130-132。

[8] 有關小夫人的身世來歷的分析可參考歐陽代發，《世態人情說「話本」：悲歡離合》（臺北：亞太圖書出版社，1995年），頁22。

的允許把小夫人留在家中。但分居兩處，心堅似鐵，只以主母相對，並不及亂。有一日，張勝外出遇到張員外便知道小夫人出嫁時偷了王招宣家一串西珠，東窗事發之後便上吊身死，西珠不知下落。張勝才知家中小夫人是鬼魂。張員外尋到張勝家中，小夫人已不見，只留下一串西珠。

　　張勝不肯接受小夫人的愛情，是因其心中存有堅固的傳統倫理觀念，且對母親非常孝順，不敢違背社會道德與母親的訓戒。他根本不想努力理解男女之間的真情，因此雖然小夫人以贈物向張勝表達感情，但他反而告訴母親，母親則怕遭禍，不許他再去張員外家，甚至小夫人死後變鬼魂向他哀求留住家中，他還以慎重的態度表示：

> 這婦女叫：「張主管，是我請你。」張主管看了一看，雖有些面熟，卻想不起。這婦女道：「張主管如何不認得我？我便是小夫人。」張主管道：「小夫人如何在這裏？」小夫人道：「一言難盡！」張勝問：「夫人如何恁地？」小夫人道：「不合信媒人口，嫁了張員外。原來張員外因燒煆假銀事犯，把張員外縛去在軍巡院裏去，至今不知下落。家計並許多房產，都封估了。我如今一身無所歸著，特地投奔你。你看我平昔之面，留我家中住幾時則個。」張勝道：「使不得！第一家中母親嚴謹；第二道不得『瓜田不納履，李下不整冠』；要來張勝家中，斷然便不得。」

　　張勝是受僱於張士廉的僱人身份，而社會倫理道德嚴格的情況之下，不能隨時見容僱人與主人小夫人的相識。且張勝的生計全部依賴主人，是以不敢違背母親告戒、張員外恩惠而接受小夫人的感情。但小夫人之於張勝的心理卻是一種追求愛情的強烈意志，故她主動接近張勝而獲得愛情。小夫人被官員鎖門之時，馬上自盡，她對婚姻生活若感滿足，出嫁之前雖偷了西珠，應不會輕易選擇死亡。以結束自己生命來吐露對媒人的不滿，求愛不得的煩惱與毀滅。小夫人生前，不能公開追求自己的愛情，要等到失去肉體生命時才能解脫拘束，鬆開傳統倫理的壓迫力量從而產生自由意志。在這樣個人自由與社會制約的對立之下，小夫人只能以獨特的方式來實現自己的愛情。雖然小夫人以死亡跳脫傳統倫理的束縛，但張勝並無意突破社會限制而接受她的真情，且更以強烈的防衛機制斷然拒絕小夫人的愛情。在二人極端不同的愛情觀中，呈現雙方對愛情理想的不同

期待。

　　小夫人雖然沒有與張勝結為夫妻，她只求和張勝在一起便心滿意足。小夫人對愛情的想法是簡單而「一廂情願」的，單向性愛情的特徵較明顯。而當張勝懷疑小夫人為鬼魂時，他心中已有強烈對抗陰魂與生人同在的信念，他說若她確實是鬼魂，應要迴避她，並不能容忍留住他家，但小夫人仍要堅決否認：「卻不作怪，你看我身上衣裳有縫，一聲高似一聲，你豈不理會得。他道我在你這裏，故意說這話教你不留我。」小夫人十分焦慮於自己的鬼魂身份迫使張勝她分別，因此積極辯護自己是生人，表露不願放棄愛情的迫切盼望。

　　形成女性完成愛情的巨大的障礙，除了社會倫理道德的逼迫己之外，男性對愛情不堅強的態度和消極的意志，也使女性追求愛情的心志遭到挫折，如對自我保護機制相當強烈的張勝，雖是小夫人愛情的對象，卻也是她愛情的巨大障礙。小夫人無法克服如此艱困的愛情難關，只能退而以與張勝在一起來成全自我心意。「愛情自主」是自己主動追求愛情積極的想法，也是形成「死而求愛」強烈意志的重要因素。其實追求愛情的自主，自擇其偶的呼聲，是做為人類對自己的肯定，自信的流露[9]。小夫人追求愛情的自主且勇敢的行為，發揮在追求愛情理想的努力，形成了此類作品的特色。

二、「同歸於盡」而消除愛冤之衝突
──〈崔待詔生死冤家〉（警8）

　　〈小夫人金錢贈年少〉（警16）的小夫人生前因傳統倫理的壓迫不能實現自己的愛情，死後乃轉變為「一廂情願」的自助式愛情模式。〈崔待詔生死冤家〉（警8）中的秀秀，生前積極對崔寧表現愛情，與其私奔成家過著幸福生活。甚至遭咸安郡王害死之後，也始終貫徹對崔寧的愛情，最後被發現鬼魂身份之後，再帶崔寧一起走向死亡，這種情節呈現出專一追求愛情的勇敢女性形象。

　　宋紹興年間，咸安郡王家中，有養娘璩秀秀，擅長刺繡。又有一碾玉匠名叫崔寧。某日，王府失火，崔寧和秀秀乘亂逃出結為夫妻。郡王府中郭排軍碰見他們，郡王差人將他們捉去。崔寧被發遣到建康府居住，途中璩秀秀趕上來同去

9　參考王靖芬，《明代白話短篇小說中「反禮教」的思潮》，國立台灣大學中國文學研究所碩士論文，1994年6月，頁138。

070 反思「死亡」：《三言》的死亡故事與主題研究

建康府，開設碾玉舖營生。不久又被郭排軍看到大為吃驚。因為郡王早已將璩秀秀打死埋在花園中。郭排軍把這事告訴郡王，郡王將信將疑便又派郭排軍把璩秀秀捉去，當轎子抬到郡王府中時，卻不見了人。郭排軍因謊報被責五十大棒。最後，璩秀秀揪了崔寧共赴黃泉。

　　秀秀雖與崔寧私奔求追幸福的生活，但他們的幸福在現實上不能一直持續。郭立告訴郡王差人將他們捉去，但在郡王面前崔寧態度非常退縮，沒有勇敢表達對自由愛情的意志。其實他對秀秀的愛情是在秀秀主導之下被動而做的，崔寧求愛的意志亦未如秀秀那般強烈，和秀秀堅強維持愛情的行為，形成了鮮明的對照[10]。秀秀勇敢的行為相當積極，所以追求愛情的強烈意志更不因肉體死亡而休止，反而以更強硬的態度堅持追求愛情。崔寧知道秀秀是鬼魂後，就跟秀秀間產生遙遠的距離，在崔寧心理，陰魂與生人不能共存的意識比追求愛情的意志更為強烈，以致於他對秀秀的態度前後產生巨大的轉變。

> 崔寧聽得說渾家是鬼，到家中問丈人丈母。兩個面面廝覷，走出門，看看清湖河裏，撲通地都跳下水去了。當下叫救人，打撈，便不見了屍首。原來當時打殺秀秀時，兩個老的聽得說，便跳在河裏，已自死了。這兩個也是鬼。崔寧到家中，沒情沒緒，走進房中，只見渾家坐在床上。崔寧道：「告姐姐，饒我性命！」秀秀道：「我因為妳，喫郡王打死了，埋在後花園裏。卻恨郭排軍多口，今日已報了冤讎，郡王已將他打了五十背花棒。如今都知道我是鬼，容身不得了。」道罷起身，雙手揪住崔寧，叫得一聲，匹然倒地。鄰舍都來看時，只見：兩部脈盡總皆沉，一命已歸黃壤下。

　　東窗事發之際，秀秀選擇與崔寧「同歸於盡」，生前執著於真愛，死後對愛情的渴求也不能止息。作品的主題思想與故事結構皆著重於追求愛情過程中所產生的「冤」。「冤」的故事結構，就是重疊式，則生前追求理想愛情→被君王

10　秀秀對愛情的態度是熱情主動、大膽追求；崔寧則是耐心等待，被動接受。崔寧雖然也屬於小市民階層，但他生活有保障，經濟也不十分困乏，而且還有獨立的人身自由，因此對統治階層存在著依賴和幻想，關鍵時刻也容易表現出軟弱和自私。當他和秀秀一起被捉回郡王府，他嚇得一一從頭供說：「自從當夜遺漏，來到府中，都搬盡了。只見秀秀養娘從廊下出來，揪住崔寧道：『你如何安手在我懷中？若不依我口，教壞了你！』要共逃走。崔寧不得已，與他同走。只此是實。」生死關頭，為洗清自己，竟把一切責任全推到患難與共的妻子秀秀身上了。

毀滅；死後再追求→再破滅，即生前之「冤」與死後之「冤」，都貫穿全篇故事的結構。秀秀生前與崔寧私奔被郡王迫害至死，死後又被郡王再次迫害。生前秀秀追求自己理想的愛情生活，因不能見容於社會，已充滿憤怒與冤恨。因執著不能完成的愛情，死後依然妄想理想的愛情生活。但冷酷的現實世界，連這樣渺小的希望也不能容納，反而以強大的破壞力給予秀秀致命衝擊。秀秀生前的「冤」雖因死後與崔寧的夫妻生活得到短暫的補償，但這幸福再次被破壞時，生前的怨恨加上死後的冤枉，兩者相互增強產生了要報仇以補償心理的態度。

　　秀秀對郭立的「冤」是破壞愛情，即多言的斥責，所以對郭立的懲罰是被責五十大棒就消逝了。其實對秀秀造成悲劇的主要對象不是郭立，而是郡王。但作品中將秀秀對郡王的不滿和冤枉心理，一部分轉移到郭立的身上，另外一部分轉嫁到崔寧身上[11]。這樣悲劇肇因於秀秀見到崔寧且生愛意，所以冤恨轉移到她愛情的對象上。秀秀知道崔寧對她的愛情並無那麼堅固恆久，且當他知道秀秀是鬼魂之後，就喪失追求愛情的意志。她對崔寧不恆久的愛情態度，以及獲知真實身份而失去容身之地的怨恨，就在「與君同死」的具體行為上外顯出來。從內容而言，秀秀對咸安郡王與郭立的冤恨程度實為減少，反而將悲劇發生的原因歸諸於崔寧，而決定與他同死。

　　秀秀的愛情純粹向著崔寧，而且確信愛情的意志。愛情的喜悅與悲劇的怨恨在秀秀心理上，形成了矛盾衝突。這樣的心理衝突也成為作品的另一種兩層結構。生命或死亡，幸福或悲劇，救生或共死，真情裏常共存著毀滅與再生的不變原則。現實障礙之中不可能實現愛情，使秀秀抉擇一同死亡，執著於愛情幸福的態度，突然轉變為強制共死的悲劇，這與小夫人那樣限於自我滿足的精神快樂具有不同的層面。

---

[11] 從內容分析的角度來看，秀秀對郡王與郭立的怨恨相對減少，反而將自己對愛情的信念、悲劇發生的惋惜與跟情人同在一起的心願全部歸諸於崔寧，而決定與他一起投水而死。對愛情實現的執著愈深沈，想要成就願望的生命意志也愈堅強，不能把其怨恨全部移到郡王的身上，因而故事中對郡王具體的憤怒轉為淡薄。再者，雖然郡王是他們愛情主要障礙的外力，但秀秀不能直接批評郡王的錯誤，甚至於她死亡之後對郡王沒有冤仇。因為作者（敘述者）不敢對統治者表達積極的反應，也不能苛斥責統治者的專橫，僅以小說表現手法來投射其含意、諷刺，並且通過文人筆下的描寫，經過潤色加工、刻畫鋪陳，也磨滅了其反抗精神，反而增強秀秀的情義的觀念。中國古典小說中，批評現實統治者往往以緩和或隱喻的方式來進行。例如韓憑故事中的韓憑、何氏，在冷酷的現實世界裡，連愛情圓滿的希望也不能伸展，加以其巨大的破壞力給予他們致命的衝擊，但他們對康王的不滿、仇恨心理，對冷酷、無情社會的不斷掙扎，皆投入實現愛情的執著、思念，因而凸顯了強烈的意志與堅決的信念。作者故意迴避譴責統治者的意圖，所以運用較淡化的敘述方式，對康王的責難就轉而緩和。

三、解放愛情的執著
—— 〈金明池吳清逢愛愛〉（警30）

〈金明池吳清逢愛愛〉（警30）中的盧愛愛也是和〈崔待詔生死冤家〉（警8）中的秀秀一樣，以「死而求愛」來實現理想的愛情。

宋開封府吳員外之子吳清，專愛尋花問柳。有一天，吳清與趙兄弟一起出遊，遇到一個美女不自覺心動。次日，三人又去尋找她，到一個酒肆之時，一女人出迎陪飲。但女人父母歸來，掃興而散。一年之後再訪愛愛，知道愛愛被父母說了幾句，已抑鬱而死。吳清與趙兄弟回來時碰到愛愛，以後吳清與愛愛一直來往。但他們的愛情卻令吳清遭受牢獄之災。吳清牢獄中夢見愛愛得到玉雪丹而回復健康，回家之時救活重病的褚員外女兒而成為夫婦。褚女正是吳清在金明池見到的人，名字也叫愛愛。

愛愛與吳清和趙兄弟只有一面之緣，但已將情感交付吳清，卻又不能勇敢地表現自己的愛情，這與〈崔待詔生死冤家〉中的秀秀完全不同的樣貌。吳清只來家一次，愛愛苦無機會表現對他的愛戀，所以只能終日相思，終至走上死亡之路。愛愛雖死去，但不能忘卻愛情，卻也不能直接表露心中的情愫。愛愛追求愛情具有「一廂情願」的特質，因為她生前不敢對意中人吐露真愛，死後也是等到情人找她，才呈現出執著於愛情的性格。愛愛的愛情不像〈小夫人金錢贈年少〉中的小夫人生前不能公開追求自己的愛情，失去性命後成為鬼魂主動找張勝；也不像〈崔待詔生死冤家〉中的秀秀那樣執著愛情終於跟愛人一起走向死亡。反而使吳清釋懷，不再自陷於愧疚，兩者之間有巨大的差別。愛愛在現實上不能完全實現自己理想的愛情，但成為鬼魂以後，得以跟吳清會合。在這樣追求愛情的具體行為中，可知愛愛對吳清的無限關懷與深厚情感。雖明知不能永遠跟吳清在一起，但其心理上已滿足：

> 小員外休得悵恨奴家。奴自身亡之後，感太元夫人空中經過，憐奴無罪早殀，授以太陰煉形之術，以此元形不損，且得遊行世上。感員外隔年垂念，因而冒恥相從。亦是前緣宿分，合有一百二十日夫妻。今已完滿，奴自當去。前夜特來奉別，不意員外起其惡意，將劍砍奴。今日受一夜牢獄之苦，以此相報。阿壽小廝，自在東門外古墓之中，只教官府覆驗屍首，

便得脫罪。奴又與上元夫人求得玉雪丹二粒，員外試服一粒，管取百病消除，元神復舊；又一粒員外謹藏之，他日成就員外一段佳姻，以報一百二十日夫妻之恩。

　　愛愛的愛情具有寬恕的意味，不同於秀秀那樣只顧成全自我願望的執著於愛情。陰陽兩隔，不能永聚，愛愛就選擇一百二十日成為夫妻的方法，實現自己理想的愛情，對愛情的執著自此變為解放愛情的束縛。肉體的死亡並不代表所有生命的結束，也可能是另層生命的開始，而追求愛情的強烈精神更不因肉體死亡而消失。愛愛雖然死後為鬼，卻用比生前更積極的方式來實現理想愛情。

四、團圓夢境
——〈鬧樊樓多情周勝仙〉（醒14）

　　〈鬧樊樓多情周勝仙〉（醒14）中的周勝仙不同於上列作品中的女主角，沒有成鬼就追求愛情，並且使她身亡的對象不是外部勢力，而是情人范二郎，並且以夢境團圓來實現愛情也具有特別之處。

　　周勝仙在茶坊對范二郎有意，二人「四目相視，具各有情」，而選擇「自擇其偶」精神[12]。值得注意的是周勝仙追求愛情的過程中一直堅持主動找對象，顯露出她強烈追求愛情的性格：

> 原來情色都不由你。那女子在茶坊裏，四目相視，具各有情。這女孩兒心裏暗暗地喜歡，自思量道：「若是我嫁得一個似這般子弟，可知好哩。今日當面挫過，再來那裏去討？」

---

[12] 受傳統思想影響，人們都把婚姻交由父母作主或由媒妁的撮合當成天經地義，對自由愛情嚴加限制，使年輕男女不能自由交往。但周勝仙卻巧妙而勇敢地衝破了這禁錮人心的社會環境與世俗風氣，主動追求愛情婚姻幸福。周勝仙是機智的，更是大膽。傳統禮教規定「男女無媒不交」（《禮記・曲禮》），婚姻大事須經「父母之命，媒妁之言」，否則就是「自媒之女，醜而不信」（《管子・形勢》），就會受到傳統禮教的迫害，社會輿論的譴責。但周勝仙這個市井女子卻完全漠視傳統禮教，完全不把「父母之命，媒妁之言」放在心上，當她看中范二郎，就想到不可「當面錯過」，而問明他「曾娶妻也不曾」。即是說，什麼父母之命，媒妁之言等傳統婚姻禮制都阻攔不了她的，她只是怕范二郎娶了妻。這場借題發揮式的「自媒」，雖罩有機智的假面具，但更讓人看到周勝仙追求自由愛情婚姻的大膽勇敢，看到她火熱熾烈的感情。參考歐陽代發，《世態人情說「話本」：悲歡離合》（臺北：亞太圖書出版社，1995年），頁19-20。

周勝仙急中生計，借著與賣水人的爭吵，自表身世，而且范二郎也是趁著機會，以自表回應周勝仙的回答：

> 「好好！你卻來暗算我！你道我是兀誰？」……「我是曹門裏周大郎的女兒；我的小名叫作勝仙小娘子，年一十八歲，不曾吃人暗算。你今卻來算我！我是不曾嫁的女孩兒。」……對面范二郎道：「他既暗遞與我，我如何不回他？」隨即也叫：「賣水的，傾一盞甜蜜蜜糖水來。」賣水的便傾一盞糖水在手，遞與范二郎。二郎接看盞子，吃一口水，也把盞子望空一丟，大叫起來道：「好好！你這個人真個要暗算人！你道我是兀誰？我哥哥是樊樓開酒店的，喚作范大郎，我便喚作范二郎，年登一十九，未曾吃人暗算。我射得好弩，打得好彈，兼我不曾娶渾家。」

范二郎託王婆做媒訂親，周大郎認為不符合門當戶對而反對婚姻，拒絕女兒的自由戀愛，罵道：「打脊賤娘！辱門敗戶的小賤人，死便教他死，救他則甚？」[13]終於造成女兒氣不過而身亡。周大郎徹底遵守傳統家長制度，他不顧周勝仙的愛情幸福，只求「門當戶對」圖謀鞏固家勢，眼中只有傳統的婚姻價值觀，終至失去寶貴的女兒。周勝仙雖因追求愛情的自由而身亡，但埋葬於地下時，卻因朱真強姦而後再生。周勝仙醒過來之後雖知道被朱真強姦的事實，但她反而道謝，並求見范二郎。周勝仙不因身體受辱而感到失去貞節，她的心思全懸在想見范二郎的念頭上[14]。除了這個念頭，再不顧其他的倫理和價值觀念云云，所以再生之後，首先不是找父母，而是尋見心目中的郎君。她趁朱真鄰居失火時，從監禁中逃走找范二郎，但卻被范二郎認為是鬼魂而打死。自己主動追求情

---

[13] 張振軍認為：「周大郎發怒，首先是對這門親事的不滿。周家雖不是大戶，但以算一戶殷實人家（家中使著丫環及三千貫房奩可徵），自然不願與開店的范家聯姻。另外周媽媽自己作主，沒有徵得他的同意，有傷他封建家長的尊嚴，恐怕也是他發怒的重要誘因。」參見張振軍，《傳統小說與中國文化》（廣西：廣西師範大學出版社，1996年），頁235。

[14] 張振軍認為：「值得注意的是，在周勝仙身上我們看不到「貞節觀」的印痕，看不到「從一而終」的禮教繩索的束縛。她既沒有既已失身，權且相隨的懦弱屈服；又沒有失身非人，痛不欲生的視貞節如命。在她的人生哲學裏，貞節的字眼並不存在，所有的只是對情郎的追求。」參見張振軍，《傳統小說與中國文化》（廣西：廣西師範大學出版社，1996年），頁236。

人，先因父親反對氣死，又再被情人真正地打死。這樣的死亡過程無疑是對主動追求自由愛情的女性不公平的殘忍懲罰。

　　周勝仙失去肉體生命後仍不能拋棄自己愛情，而依舊努力實現愛情理想。范二郎在獄中夢見周勝仙，兩人終於結合。這好夢雖只三天，但兩人間真正的愛情絕對不僅止於此：

> 夢見女子勝仙，濃妝而至。范二郎大驚道：「小娘子原來不死。」小娘子道：「打得偏些，雖然悶倒，不曾傷命。奴兩遍死去，都只為官人。今日知道官人在此，特特相尋，與官人了其心願。休得見拒，亦是冥數當然。」范二郎忘其所以，就和他雲雨起來。枕席之間，歡情無限。事畢，珍重而別。醒來方知是夢。越添了許多想悔。次夜亦復如此。到第三夜，又來，比前愈加眷戀。臨去告訴道：「奴壽陽未絕。今被五道將軍收用。奴一心只憶著官人，泣訴其情，蒙五道將軍可憐，給假三日。如今限期滿了。若再遲延，必遭呵斥。奴從此與官人永別。官人之事，奴已拜求五道將軍。但耐心，一月之後，必然無事。」范二郎自覺傷感，啼哭起來。醒了，記起夢中之言，似信不信。

　　〈小夫人金錢贈多少〉（警16）的小夫人、〈崔待詔生死冤家〉（警8）的璩秀秀、〈金明池吳清逢愛愛〉（警30）的盧愛愛等，大部分成鬼而來實現自己的愛情，但周勝仙以夢境手法來成就愛情更顯其特色。現實上周勝仙、范二郎兩人的愛情因門當戶對的傳統婚姻觀念、家長制度而不能實現，只好以夢境享受兩人的永恆愛情。透過「夢境」得到心理、精神上的滿足與平靜[15]，它投影實現的心中理想與意識形態[16]，即使死了也可以復活，因此使他們長久被壓制的傷害得到一些補償，使他們心中的熱情可以得到解放。周勝仙與范二郎擁有的雖只是夢中須臾，但重要的是彼此相愛的程度，而非時間長短。

　　愛情意志不屈於肉體死亡，反而成為與社會倫理等同的氣勢，這就是「生也不忘，死也不忘」的「生死不負」的愛情觀。肉體身亡不能擋住周勝仙追求愛情的強烈意志，反而是真正失去生命後才能實現心中理想。周勝仙追求愛情的心

---

[15]　參考張法，《中國文化與悲劇意識》（北京：中國人民大學出版社，1989年），頁250-252。
[16]　參考魯德才，《中國古代小說藝術論》（天津：百花文藝出版社，1988年），頁200-201。

念高於生死問題，為了實現愛情一直堅持追求理想，所以才能企及永遠以精神聯繫的愛情境界。肉體死亡對成就愛情來說是巨大的原動力，因而在周勝仙的天平上，愛情顯然重於死亡，正因於重情的執著，進而實現自己理想的愛情。這就是超越生命的有限而享受愛情理想的不變規則。

綜上觀察《三言》中「死而求愛」主題思想的作品，雖然死後追求愛情的方式各自不同，但大部分皆是先成為鬼魂，才能達到愛情幸福。《三言》中「死而求愛」重要的特質之一，主導愛情者都是女性。她們在現實社會倫理與傳統道德觀念中，常處於被逼迫而強制順從的位置，但心理上卻抱持追求愛情的理想，而積極主動地找對象，而且始終堅持著強烈的態度。作品中的小夫人、秀秀、周勝仙、愛愛皆對愛情的追求非常熱烈，擁有比崔寧、張勝、范二郎、吳清更強烈的意志。她們在追求理想愛情的過程中，常出現「一廂情願」之單向性的傾向，且信念堅定穩固。

其次，在這些故事裡，愛情價值高於生死存亡，所以她們不怕面對死亡。若愛情與生命相互衝突，他們寧可選擇愛情而不惜邁向肉體死亡。死亡不能阻擋愛情的實現，甚至而且任何價值觀念、道德倫理都不能妨礙此決心，這就是愛情驅動的精神力量。只有純粹樸素的真情，才能克服對死亡的恐懼，昇華對生命有限的執著，奔赴愛情。

再者，實現愛情理想必得先通過死亡的考驗。實踐愛情的過程，雖有陰陽兩界不同的現實障礙，或有破壞愛情的種種考驗等，但透過共同精神聯繫，達成心滿意足的感受。從「死而求愛」的勇敢女性形象而言，雖然人鬼殊途的現實考驗，層層阻隔了圓滿結合的愛情理想，但她們死亡之後，以自己獨特的方式來實現愛情，圓滿達成心願，從而建立了精神滿足的理想境界。

作品中主要人物透過死亡來實現愛情願望，其中女主角追求的理想愛情都是以與自己喜歡的情人圓滿結合告終。求愛方式藉由她們的生活環境、愛情的實現態度、情節的進展過程，漸漸鋪陳浮現。在愛情與傳統社會的道德觀念衝突中，死亡會形成和禮法同等的氣勢，造成一種緊繃的張力。雖然各人實現愛情的方式具有差異，但共同點是，她們都藉由死亡來實現愛情。這樣的現象皆奠基於以死亡來克服現實的障礙，更進一步達到理想愛情的境界。這些女性對於愛情崇高的精神意志已經超越死亡本身，呈現出她們不屈的精神價值。所以「死而求愛」的死亡觀念，在於以死亡來實現對愛情的信仰、堅持、滿足，而且強調其愛情必得獲得圓滿。這或許是中國傳統世界中，對愛情的渺不可期，惟有死後才得

以完成的一種辛辣諷刺；更何況愛的完成者多為女性，更可見得在中國傳統社會的男性文化裏，愛情是一件十分受忽略的事。

第二節　非愛冤死

　　中國傳統社會中，大部分女性追求愛情的結果仍不能跳脫悲劇的宿命。為了愛情犧牲一切的下場，往往是被男性休棄。但女性在追求上的角色卻遠比男性強勢，對於愛情的渴求也比男性更為強烈。在《三言》「愛與死」故事中，「非愛冤死」主題占了相當重要的位置。「非愛冤死」故事中，幾乎皆是因愛情的失敗，而引致肉體死亡。她們對愛情的強烈意志，最終都因男性的薄倖而被辜負了。

　　在「非愛冤死」死亡觀念中，形成「冤」的情緒與其舒解過程有其重要意義。在作品內容中，「冤」的舒解過程與大部分雪冤念頭，有著密切關係[17]。從報仇觀念而言，冤的圓滿解決，會使心理精神獲致安慰而平靜。雖然作品中每個人都「非愛冤死」，但造成冤之原因具有不同層面，而且解決「冤」而得到心理平靜的方式也不同。分析追求愛情過程中，觀察「冤」的形成過程，並理解「冤」的心理狀態與消除方式，具有重要意義。她們把所有的精神力量、生命意志著重於愛情，但最終受到拒絕、拋棄之後，受到致命的創傷，以致於喪失所有生命意志，終於邁向死亡之路。所以自然將愛情的失敗遭遇歸因於男性及傳統倫理，試圖維持心理的平衡。愛情失敗的程度愈嚴重，她們對造成悲劇的負心男產生的憤怒也愈強烈。

　　她們對死亡的態度非常果決，倘若追求不到理想的愛情，就無悔實踐死亡。因為她們將所有的精神生命全集中在追求愛情，對幸福的希望愈強烈，愈無暇顧及自己的性命。愛得如此全心全意，相對而言，一旦愛情出現變化，其所受到的衝擊更不可輕忽，生而無愛太痛苦，所以不得已選擇死亡之路。這種死亡的歷程占了「非愛冤死」作品中相當重要的部分，而其中女性為了成就愛情幸福的強烈意志，實不可忽略。

---

[17]　參考張三夕，《死亡之思》（臺北：洪葉文化出版公司，1996年），頁370。

一、愛情與長恨的不同呈現
——〈王嬌鸞百年長恨〉（警34）

〈王嬌鸞百年長恨〉（警34）是王嬌鸞與周廷章的悲劇愛情故事，王嬌鸞追求愛情失敗，並將失敗的挫折轉向對周廷章的怨恨，自己也不願再活，其中她的死亡意志表現得相當突出。

王嬌鸞對愛情的堅持態度，與周廷章的負心態度，在作品中有鮮明的對照。其實周廷章對王嬌鸞的愛情，並不是自始至終不忠誠，但回到故鄉後，他卻立刻忘記對王嬌鸞的愛情，從而接受父母為他安排的婚姻對象：

> 原來父親已與同里魏同知家議親，正要接兒子回來行聘完婚。生初時有不願之意，後訪得魏女美色無雙，且魏同知十萬之富，妝奩甚豐。慕財貪色，遂忘前盟。過了半年，魏氏過門，夫妻恩愛，如魚似水，竟不知王嬌鸞為何人矣。

魏家女既美麗，其家權勢與財物兼具，周廷章並無理由反對，就順從父母之命。王嬌鸞卻在苦等周廷章的消息中，方知周廷章已經結婚，早已忘記以前的婚約。王嬌鸞等待周廷章回來求親的漫長時間中，相思、憂思的心理糾葛交纏，在反覆相信與懷疑交錯的心理波折中，仍不能放棄成就愛情的意志：

> 嬌鸞一時勸廷章歸省，是他賢慧達理之處。然已去之後，未免懷思。白日淒涼，黃昏寂寞。燈前有影相親，帳底無人共語。每遇春花秋月，不覺夢斷魂勞。捱過一年，杳無音信。忽一日明霞來報道：「姐姐可要寄書與周姐夫麼？」……鸞拆書看了，雖然不曾定個來期，也當畫餅充飢，望梅止渴。過了三四個月，依舊杳然無聞。嬌鸞對曹姨道：「周郎之言欺我耳！」……鸞自此寢廢餐忘，香消玉減，暗地淚流，懨懨成病。父母欲為擇配。嬌鸞不肯，情願長齋奉佛，曹姨勸道：「周郎未必來矣，毋拘小信，自誤青春。」嬌鸞道：「人而無信，是禽獸也。寧周郎負我，我豈敢負神明哉？」光陰荏苒，不覺已及三年。嬌鸞對曹姨說道：「聞說周郎已婚他族，此信未知真假。然三年不來，其心腸亦改變矣。但不得一實信，

吾心終不死。」

　　王嬌鸞確定周廷章已經負心，忘記兩人前定的誓約後，她的生命意志漸漸消逝。雖然她知周廷章違約在先，但「寧周郎負我，我豈敢負神明哉？」仍一直堅持與周廷章的誓約。長久的心理掙扎，終於使她產生自棄的人生態度。她在周廷章把婚書、香羅帕退還的情況之下，對他負心之事產生強烈憤怒，把愛情失敗的所有責任都轉嫁給他。這種情況之下，必然產生怨懟的心理，所以王嬌鸞在書信上真實地吐露對愛情所產生的相思、懷疑、掙扎等種種心情感受。一般來說，對追尋愛情幸福的感情越切實，對生命的執著也越堅定，但當這樣的純粹性瞬間被否定時，支撐她所有的生命意志便無法繼續，也喪失對愛情的信心，原先依靠郎君所建立的信心，此時反而給予她致命的衝擊。

　　長恨歌，為誰作？題起頭來心便惡。朝思暮想無了期，再把鸞箋訴情薄。……感君拜母結妹兄，來詞去簡饒恩情。只恐恩情成苟合，兩曾結髮同山盟。山盟海誓還不信，又托曹姨作媒證。婚書寫定燒蒼穹，始結于飛再天命。情交二載甜如蜜，才子思親忽成疾。妾心不忍君心愁，反勸才郎歸故籍。叮嚀此去姑蘇城，花街莫聽陽春聲。一睹慈顏便回首，香閨可念人孤另。囑付殷勤別才子，棄舊憐新任從爾。那知一去意忘還，終日思君不如死！有人來說君重婚，幾番欲信仍難憑。後因孫九去復返，方知伉儷諧文君。此情恨殺薄情者，千里姻緣難割捨。到手恩情都負之，得意風流在何也？莫論妾愁長與短，無處箱囊詩不滿。題殘錦札五千張，寫禿毛錐二百管。……當初寵妾非如今，我今怨汝如海深。自知妾意皆仁意，誰想君心似獸心！再將一幅羅鮫綃，殷勤遠寄郎家遙。自歎興亡皆此物，殺人可恕情難饒。

　　她相信周廷章對她的真情，不料他如此容易拋棄對她的愛。她作〈長恨歌〉，充分表現出對愛情的堅信、失望和懷疑。她把對愛情的絕望轉為對負心郎的憤恨，所以把此〈長恨歌〉與婚書寄予官府，以求處置負心郎，自己選擇自縊而死。當她認為愛情已經沒有意義時，與周廷章共存的理由也消失了，所以選擇死亡來消除自己對愛情失敗的挫折。王嬌鸞之所以寧求一死，不可忽略的因素之一，是冤恨觀念轉移到強烈的仇恨觀念。仇恨的心理可謂冤枉的一種

極端表現，投射內心強烈的憎惡，亦是受到嚴重虧負，有待補償的心態[18]，未能引起寬恕的結果。復仇的要求，是釋放憤怒的手段，比起對現實世界強烈反抗，更會生出對情人憤恨的念頭，這顯示對失敗愛情的極度憤怒，同時也需要被舒解。

愛與恨兩個矛盾的因素[19]也是形成「因愛死亡」的重要原因，當初兩人相互熱戀時，可以犧牲自己的所有，對傳統社會束縛懷抱強大的反抗心理，可是一旦男性負心，女性便不能寬恕情人，反而要藉助傳統倫理之力來懲罰男性負心的行為。兩情相悅時產生的生命意志，在見棄後，生命意志也隨之消失，反由死亡意志取代。死亡意志一方面表現在對負心漢冷酷的處罰，另一方面則以自己踏上死亡之路，將不甘的怨恨全部移轉到負心人的身上。

王嬌鸞在冤死過程中，仍表達出對愛情熱切，卻因周廷章負心而喪失愛情實現的機會，所以選擇死亡的同時，也要置對方於死地。王嬌鸞的冤來自於她對愛情的強烈執著，所以愛情失敗後便產生致命的傷害。她以死亡表示對愛情落空與對負心漢的憤恨，這是愛情的反面特徵。

二、多情希望與怨恨的「同歸」心願
——〈楊思溫燕山逢故人〉（喻24）

〈楊思溫燕山逢故人〉（喻24）中，鄭意娘的死亡過程也是「非愛冤死」的具體例子。但與〈王嬌鸞百年長恨〉（警34）不同之處在於鄭意娘已經為了貞

---

[18] 「仇」與「恨」二字分別有其個別的意義。「仇」是基本上與「恩」對立，而「恨」則基本上「愛」背反。從「恩」的背景來看「仇」，則可會意到「仇」乃蘊含著一份來自對方的損傷、加害或過節；恰如「恩」寓意著對方的施惠，「仇」則指為著對方的曾經迫害，以致有所謂「復仇」、「討債」的要求，以討回公道。至於「恨」，若從「愛的背反」這角度來觀看，則看來它不一定寓意著對方的加害，而只強調發自內心的憎惡與排斥，它基本上一份負面的心態：討厭對方，憎惡對方，願對方有禍而不願對方享福，在意對方被踐踏而不希望見到對方獲得造就。由此看來，「仇」更寓意著易一份外在的嚴重虧負有待補償，「恨」更指謂著發自內心的強力排拒與憎懷。「仇」與「恨」二者同屬一個整體，共同表現出敵對的心懷，投射出不易化解的心結。參考關永中，《愛、恨與死亡——一個現代哲學的探索》（臺北：臺灣商務印書管，1997年）頁192-193。

[19] 「愛就是喜歡，恨就是討厭或不喜歡。世人多以為愛恨是截然相異的，實際上二者是一體的。男女相愛相厭原是極自然的事，也是極平常的事。愛與恨乃是同一種情感的兩面，有時表現為愛，有時表現為恨，二者交織運作，這就是正常的人生。……事實上有愛必有恨，愛而無恨，不成為愛，反過來說，恨而無愛，也難成恨。二者不可相無，互為根因。也可說愛恨同體，互相為用。」參見孫寶琛，《知識、理性與生命》（臺北：東大圖書有限公司，1984年），頁156。

節自刎而死，其鬼魂跟丈夫韓掌儀一起回鄉，但再度被丈夫拋棄。雖然鄭意娘已是冤死的鬼魂，但作品用比生者更生動的筆調來描寫她。鄭意娘成鬼後跟丈夫一起回家，沒想到丈夫欲斷舊日情意，使鄭意娘受到強大的心理創傷。第一次死亡（肉體死亡）是為丈夫守節而自盡[20]，但第二次死亡（心理死亡）則是被不義丈夫拋棄的死亡歷程。這與因愛情失敗就選擇死亡的王嬌鸞不同，鄭意娘雖然已經身亡，但從她成為鬼魂仍渴求愛情的情況來看，具有獨特的「愛與死」模式。就「非愛冤死」的主題思想而言，兩次「冤死」的過程，比肉體實際死亡有同等或更強烈的程度。

　　鄭意娘的鬼魂出現在丈夫韓掌儀面前，苦訴枉死的怨恨。韓掌儀欲攜鄭意娘同回金陵，但意娘深知韓掌儀憐新棄舊的風流性格，故而反對：

> 思厚道：「賢妻為吾守節而亡，我當終身不娶，以報賢妻之德。今願遷賢妾之香骨，共歸金陵可乎？」夫人不從道：「婆婆與叔叔在此，聽奴說。今蒙賢夫念妾孤魂在此，豈不願歸從夫？然須得常常看我，庶幾此情不隔冥漠。倘若再娶，必不我顧，則不如不去為強。」三人再三力勸，夫人只是不肯，向思溫道：「叔叔豈不知你哥哥心性，我在生之時，他風流性格，難以拘管。今妾已作故人，若隨他去，憐新棄舊，必然之理。」

　　但韓掌儀堅持要一起回去，所以帶鄭意娘的骨灰回到金陵安葬，並每天去墳墓祭祀。這時韓掌儀對鄭意娘的悼念是真實的，但之後再娶劉金壇而忘記意娘恩情。鄭意娘以附身劉金壇來吐露對他負心的怨恨，韓掌儀竟去挖掘鄭意娘墳墓，將骨灰棄置江邊，此事對鄭意娘無疑是嚴重的傷害。這比鄭意娘第一次為丈夫守節而亡更加痛苦，而且當初為守丈夫名譽而選擇死亡的意義，也化為空虛。

　　當初守節身死時，雖然也產生愛情無法幸福的憾恨，但這並非對丈夫的痛恨心情。她孤守敗落花園的憂思，和跟丈夫不能實現愛情的怨恨，皆因丈夫想念自己靈魂而平息。雖為生死殊途，但仍可藉精神交感來延續精神上的愛情。但鄭

---

[20]　「思溫問思厚（掌儀）：『嫂嫂安樂？』思厚聽得說，兩行淚下，告訴道：『自靖康之冬，與汝嫂雇船，將下淮地，路至盱眙，不幸箭穿篙手，刀中梢公，爾嫂嫂有樂昌破鏡之憂，兄被縲絏纏身之苦。我被虜執於野寨，夜至三鼓，以苦告得脫，然亦不知爾嫂嫂存否。後有僕人周義，伏在草中，見爾嫂被虜撒八太尉所逼，爾嫂義不受辱，以刀自刎而死。』」（〈楊思溫燕山逢故人〉）

意娘第二次的死亡，卻面臨愛情與希望全被丈夫破壞殆盡，自然對丈夫暴生痛恨。前冤後恨一同匯聚為強大的憤怒，終於醞釀出與負心丈夫一起歸向死亡之路的結局。和〈崔待詔生死冤家〉（警8）中的璩秀秀因執著於愛情而跟崔寧一同赴死的情況不同；鄭意娘施行「同歸於盡」的意念，都集中在報仇，怨恨心情全聚焦負義之事，因而產生強大的懲罰意志。

　　從產生冤恨到消除的過程中，可看到一個重要的特質就是「同歸」。而「同歸」內涵中，又包含再生與死亡兩個極端的特徵。鄭意娘明白兩人生死殊途的現實，成鬼魂徘徊在人間的心態，是為了與丈夫一起享受「共和」的精神聯繫，於是跟隨丈夫返鄉，這就是「再生意義」的「同歸」過程。當鄭意娘被丈夫二次殺害時，連自身跟丈夫維持精神聯繫的希望也被破壞。屈死成冤，這冤恨產生巨大力量而強制丈夫與之「同歸」死亡，這就是「死亡意義」的「同歸」過程。情節進行上也隱然表現出「相同」的細節，楊思溫每次碰到的人物都是同鄉的人，如昊天寺的行者、來參拜昊天寺的夫人、鄭意娘、韓掌儀、陳三、小王、婆婆等都是東京人，而且故事進行也是以「同鄉」的姻緣來引導下一段情節，作品中強調這種「同」的因素。鄭意娘產生冤恨與解決過程也集中在「同」意象特質，絕非偶然。

　　鄭義娘第一次死亡後，一直難忘跟丈夫的愛情生活，所以她在楊思溫面前表達對丈夫愛情的信念。雖然跟丈夫生死兩隔，但仍可以精神聯繫來實現「共和」的愛情希望。鄭意娘的希望僅僅在於跟丈夫一起享受精神上的愛情，丈夫帶自己的骨灰回鄉並沒忘懷舊情，對她而言已是心滿意足。然而丈夫並沒有持續堅持這樣的精神，最後使鄭意娘的愛情理想遭受破壞，便決絕地使負心人邁向「同歸」的死亡之路。

　　作品中「同」、「歸」的因素非常顯著，在全篇故事結構上占了重要的部分。事件的發端也由「同」開始，「同歸」是主要故事情節，最後也靠「同歸」結束。就「非愛冤死」的死亡意念來看，維繫鄭意娘的愛情希望，與遭受心理傷害的過程，與「同」的意象內涵有密切關係，其復仇的過程也浮現「同歸」因素。鄭意娘死亡之後，在韓國夫人家中所作〈好事近〉、〈憶良人〉二詞的內容，已確切表明與情人「同歸」的心情：

　　　　往事與誰論？無語暗彈淚血。何處最堪憐？腸斷黃昏時節。倚樓凝望又徘
　　徊，誰解此情切？何計可同歸鴈？趁江南春色。〈好事近〉

> 孤雲落日春雲低，良人窅窅羈天涯。東風蝴蝶相交飛，對景令人益慘悽。
> 盡日望郎郎不至，素質香肌轉憔悴。滿眼韶華似酒濃，花落庭前鳥聲碎。
> 孤悼悄悄夜迢迢，漏盡燈殘香已銷。鞦韆院落久停戲，雙懸彩索空搖搖。
> 眉分眉分春黛蹙，淚分淚分常滿搰。無言獨步上危樓，倚遍欄杆十二曲。
> 荏苒流光疾似梭，滔滔逝水無迴波；良人一去不復返，紅顏欲老將如何？
> 〈憶良人〉

　　詞中凸顯鄭意娘決意「同歸」的心情，而且迫切與對方同歸而盡。這種意念對鄭意娘而言，是非常真切的心情，成為不斷追求愛情的原動力。在「非愛冤死」的強大衝擊之下，「同歸」成為解決冤恨的獨特方式。所以此篇的特色在於「同」的意象貫穿了「非愛冤死」的死亡意識。

三、不容真情的「怒恨」抗訴
——〈杜十娘怒沉百寶箱〉（警32）

　　〈王嬌鸞百年長恨〉（警34）、〈楊思溫燕山逢故人〉（喻24）的「非愛冤死」情節中皆有強烈「冤」情的因素，而且其中都包含「恨」的情緒。〈杜十娘怒沉百寶箱〉（警32）中的杜十娘也是在追求愛情的過程中，體會到自己愛情的失敗，而將失望的情感轉移成「怒恨」。這種「怒」的情感表露，不只針對李甲的負義，也包括對自己、孫富和社會的不滿與憤怒；故這種以「怒」為基礎的「怨恨」，不同於一般傳達「憤怒」的情緒，在此是形成報恩與復仇兩種極端道德觀念張力的表現。

　　杜十娘是一個社會地位低賤的妓女，她被貴族子弟當作滿足荒淫享樂生活的對象，也被老鴇當作賺錢工具。她不甘於這種非人的屈辱生活，並積極追求一般人應該享有的人生幸福。所以她被贖身脫離妓院之後，對將來何處安身，如何生活，十娘心中早作了妥善的全盤考慮[21]。她並沒有打開百寶箱，告訴李甲她擁有價值連城的珠寶，讓李甲藐視孫富的千金之資而與她重修舊好；她也沒有痛罵李甲忘恩負義，而是攜帶百寶箱投江自盡，充分地發洩了胸中的悲憤。她在美好

---

[21]　參考周先慎，《古典小說鑑賞》（北京：北京大學出版社，1992年），頁174。

的理想和新生活的希望同時破滅時，徹底地覺醒了：

> 公子道：「孫友名富，新安鹽商，少年風流之士也。夜間聞子清歌，因而
> 問及。僕告以來歷，並談及難歸之故。渠意欲以千金聘汝。我得千金，可
> 藉口以見吾父母，而恩卿亦得所天。但情不能捨，是以悲泣。」說罷，淚
> 如雨下。十娘放開兩手，冷笑一聲，道：「為郎君畫此計者，此人乃大英
> 雄也。郎君千金之資，既得恢復，而妾歸他姓，又不致為行李之累。發乎
> 情，止乎禮，誠兩便之策也。那千金在那裏？」

　　李甲背信棄義的行為使她的思想得到了昇華，她突然看透李甲脆弱、自私
的性格，也看清這個現實世界沒有她的容身之地。李甲以一個達官子弟的出身，
必然要追求功名富貴，以擁護自己的社會地位和家族尊嚴。李甲一面「把花柳情
懷一擔兒挑在他的身上」，同時又「聞之老爺在家發怒越不敢回」，這就說明了
李甲膽小懦弱的性格，以及優柔寡斷的心態。他不是不愛杜十娘，但家庭與社會
為他決定了跟杜十娘完全不同的前途與幸福。杜十娘的愛情非常堅固，但李甲對
杜十娘的愛就相對瞻前顧後，多了現實的考量。從一開始，李甲就面臨著傳統禮
教與愛情之間的衝突，正如他對杜十娘訴說內心的矛盾與憂慮：「老父位居方
面，拘於禮法；況素性方嚴，恐添憤怒，必加黜逐，你我流蕩，將何底止。」他
終於在愛情與禮教尖銳衝突的時刻，在「夫婦之歡」與「父子之倫」不可得兼的
情況下，選擇了後者而背棄杜十娘。李甲經常猶豫於愛情與禮法之間，而最終當
他選擇禮法的時候，杜十娘的情愛與生機便徹底崩潰了。

> 十娘取鑰開鎖，內皆抽屜小箱，十娘叫公子抽第一層來看。只見翠羽明
> 璫，瑤簪寶珥，充牣於中，約值數百金。十娘遽投之江中，李甲與孫富及
> 兩船之人，無不驚詫。……最後又抽一箱，箱中復有一匣。開匣視之，夜
> 明之珠，約有盈把。其他祖母綠、貓兒眼，諸般異寶，目所未睹，莫能定
> 其價之多少。眾人齊聲喝采，喧聲如雷。十娘又欲投之於江，李甲不覺大
> 悔，抱持十娘慟哭。

> 於是眾人聚觀者，無不流涕，都唾罵李公子負心薄倖。公子又羞又苦，且
> 悔且泣。方欲向十娘謝罪，十娘抱持寶匣，向江心一跳。眾人急呼撈救，

　　但見雲暗江心，波濤滾滾，杳無蹤影。可惜一個如花似玉的名姬，一旦葬於江魚之腹。

　　杜十娘投江之前，把百寶箱裏所有的珠寶拋棄。百寶箱此時的意義已由世俗財富轉化為精神象徵，同時，她懷抱百寶箱投江，也寓有再新生、新開始的願望。這個「百寶箱」是杜十娘愛情的全體，也是她寄寓生命、未來、希望、安慰之處[22]。但當她面對愛情障礙時，無法發揮力量，不得已選擇身亡來突破所有外在壓迫。她將寶物全部丟入江中，自己也投江自盡。顯示被壓迫的妓女無法掌握愛情和幸福理想的自由，也無法和傳統社會制度與禮教束縛相抗衡。只能在「情」與「禮」的尖銳對立中，肯定「情」，否定「禮」，以死作為最後的控訴與吶喊。

　　「投水而死」完成了她生命的轉機，使她獲得永恆的滿足。「死」是對舊有生存方式的否定。人們在痛不欲生的時候，也同時是召喚新生命的時候。只有使舊有生存方式消失，才能帶走痛苦；也只有舊我的死亡，才能有新我再生。杜十娘生前的煩惱，隨著縱身一跳而淹沒於滔滔江水。在這層意義上，杜十娘「投水而死」是生命的痛苦到達極限的標誌，「水」容納了人類最深刻的悲傷與苦痛，它是生命的終點，也是生命的始點[23]。生與死是聯結在一起的，人類生命從「水」中生來，「水」也會慷慨地接受人的死亡。

　　杜十娘投江身亡原非得已，而且以「怒」來表達自己心中的怨恨。對社會、孫富的怨恨，加上對李甲脆弱愛情態度的「不滿」，匯聚成不可控制的憤怒。這種憤怒不只專對負義的李甲，也對不能容納自己愛情的傳統社會提出控訴，包括對自己選擇癡情的悔恨，亦涵蓋對自私無理的孫富有著強大的處罰意志。雖然她最終以愛情失敗而抉擇自盡收場，但從「非愛就死」的角度而言，杜

---

[22] 百寶箱對於杜十娘而言，那是她在不好的條件下爭取幸福的一種手段。她的那只「百寶箱」就是未來的命運和生活的所托，也是她和李甲享受生活安樂的基礎。杜十娘投江之前，已經把百寶箱裡面像血液一樣的寶物，一個一個丟入江中。百寶箱裡面的寶物，是她以生命尊嚴、青春等一切換來的希望。已無寶物的百寶箱此時的意義由世俗財富轉化為精神象徵意義，所以她不丟入江中而抱百寶箱投江，寓有再新生、新開始的願望。

[23] 「水」也有「生死相續」的觀念。她懷抱百寶箱的小小行為，含有願望再生、重新開始的期待。若「水」絕對沒有「生命」只有「死亡」意義，就只能結束所有的事情而不能重新開始。若從「水」的兩種象徵角度來看，可以看出她愛情生命的無可奈何。「水」的象徵不只是死亡，也是再生。懷抱百寶箱象徵對愛情再生的期待，也符合「水」再生的意義。因為死亡與再生有不可分的關係，兩者不斷循環、反覆、相生，所以她投江自盡行為中，都包括死亡與再生的強烈意志。

十娘在追求愛情與死亡的過程，皆凸顯她對愛情的真誠態度。作品中所表現的「怨」透過「憤怒」而突出，但其心理機制還就是基於「恨」的情緒。杜十娘選擇愛情，卻被拋棄而邁向死亡，其間產生的怨恨，是透過「怒」的方式來消解。

　　以上從「非愛冤死」死亡主題來觀察《三言》中的作品，它們的重要特徵是，女性對愛情執著的態度比男性更鞏固，所以當她們受到致命的衝擊時，也愈容易喪失生命意志，轉而抉擇死亡。雖然〈楊思溫燕山逢故人〉中，鄭意娘的肉體已先死亡，但真正的死亡仍是在她再度被丈夫拋棄的時候，尤其當韓掌儀再娶劉金壇，竟挖掘她的骨灰棄置於江邊，使鄭意娘產生無比痛苦的心理。雖然每篇作品的死亡歷程各有不同，但皆有為追求愛情失敗，從而產生冤恨、憤怒，而引發復仇的死意為共相。她們以各自以獨特方式來解決心中的怨恨，王嬌鸞以「長恨」情緒表達內心怨恨，比以直接進行報仇更為悲壯。長恨的悲哀心情，則透過對負心郎的報仇行為來消除。鄭意娘冤死的情緒則全部透射在「同歸」的念頭，她在追求兩人同歸的過程中產生冤恨，最後又以「同歸」達到圓滿的和諧。她在肉體死亡之後，還追求跟丈夫共同維持精神聯繫的盼望，因而被丈夫負棄受到心理的致命傷。她的「冤死」在於不能達到與丈夫「同歸」的現實情況，故最終以「同歸」的願望來表現「冤死」與「圓滿解決」之間的調和。杜十娘以憤怒的情緒呈現出「非愛冤死」的悲哀層面。杜十娘真心愛李甲，但社會傳統倫理以強大的力量阻礙他們結合。杜十娘的憤怒不只對自己、孫富、李甲，也對社會倫理存有強烈的反抗意識。

　　作品中雖然各篇「非愛冤死」的過程不同，她們解決冤恨情緒的方式也不同，但這種方式必然連結著報仇的觀念。如何消除怨恨而成就愛情理想的圓滿，這是作品中不可忽略的重要因素，也是理解「非愛冤死」死亡主題的主要關鍵。愛情失敗不一定與肉體死亡、精神傷害劃上等號，但她們的死亡過程，具有自己的困境需要突破。死亡是追求圓滿愛情的心理慾望之迫切表現，考察消除悲劇中產生的種種冤恨，深入理解她們的死亡意義是不容忽視的一環。

第三節　生死恩情

　　「愛與死」的死亡主題中，生命和死亡，以及愛情，這三者有著密切關鍵。「生死恩情」的代表情形是「夫妻之恩情」，死亡是愛的延長，死後之愛比

生前之愛更加深切真摯[24]。在《三言》「愛與死」的故事中，許多伴侶實際上並沒有進行正式的婚禮，但之間已有相當濃厚的夫妻情愛。《三言》作品中「生死恩情」主題內容相當多樣，因為社會與生活環境不同，其間愛情實現的過程也具有差別。「生死恩情」作品中，最普遍的愛情態度是「生前之情，死後之戀」，因對已故戀人過於思念，終使自己漸漸接近死亡。從前愛情的程度越強，往後想念的程度越大，更接近死亡，如〈錢舍人題詩燕子樓〉（警10）中的關盼盼、〈眾名姬春風弔柳七〉（喻12）中的謝玉英等，因念念不忘情人生前的恩情，終於哀傷致死。當自己的生命意志全部依靠在情人舊日的恩情之上，以至於對方身亡之後，自己孤單地留在荒涼的現世，不能忍耐孤獨的現實考驗。對她們來說，情人不在的世界，就沒有生活的樂趣，易於失去活存的意義，不如以一死結束冷清的日子。

而為了爭取理想愛情，不顧生命而勇於赴死也是「生死恩情」的另一種表現，如〈樂小舍拚生覓偶〉（警23）中的樂和、〈陳多壽生死夫妻〉（醒9）中的陳多壽與朱多福等，皆跟隨死亡的情人，形成「同生同死」的愛情死亡觀。有些作品中主角不顧生命跟隨情人而死，或二人一起殉情的時候，反而能夠得到新的生命，從而建設圓滿的愛情幸福。

另一種情形是情人已經過世，未亡人勉強維持現實生活，一生守節並專心教導兒子，想念丈夫，如〈閒雲菴阮三償冤債〉（喻4）中的陳玉蘭，雖然實際肉體沒有面臨死亡，但已經受到十分強大的心理創傷。在《三言》作品中也有較特別的情況，主角雖維持肉體生命，但生活只勉強稱做生存，大部分生命意志已經消逝，已和肉體死亡無異。

《三言》中以「生死恩情」為主題的作品具有共同特徵，在於一方生命的存在價值全繫於情人身上，兩人之間的愛情已成為難捨難分的緊密關係。若兩人不能共死，便自身實踐類似死亡的過程，以此達到跟死者共同建構精神聯繫的狀態，而達到永恆愛情的境界。

---

[24] 一般來說，夫妻雙方不大可能同時死去，必然有一方先死。此時，在日常家庭生活基礎上建立的夫妻之恩愛，並不會因為一方的先死而很快地消逝。有時，一方的先死更加深了另一方對他或她的愛。作為人類情感活動之一的夫妻之戀是相當特別的，有的夫妻生前沒有充分意識到彼此之間的愛，而當一方死去之後，這種愛的意義與價值立刻凸顯出來了。尤其是患難夫妻，生前一方給另一方以溫情、奉獻，受盡了各種痛苦。那麼，活著的一方對死去的一方的愛就會愈來愈深厚，甚至表現出一種負罪感、內疚感和巨大的遺憾。從這個意義上看，死亡不是愛的消滅，而是比生前之愛更迫切的過程。

一、生前之情，死後之戀
——〈錢舍人題詩燕子樓〉（警10）

　　《三言》中「生死恩情」的重要作品之一是〈錢舍人題詩燕子樓〉（警10）。唐憲宗時，禮部尚書張建封任武寧軍節制。到任之初，設宴招待中書舍人白居易，宴席中，樂妓關盼盼彈奏胡琴。從此張建封專寵關盼盼而為她建燕子樓。不久，張建封病死，子孫護柩歸故鄉。關盼盼被棄置燕子樓中，獨居十餘年。關盼盼想到白樂天知她處境，作詩三首贈給他，並從中傾訴憂思與悲哀的心情。白樂天則還贈三章，暗諷關盼盼不能「身死相隨」，以至關盼盼憂鬱而死。歲月流逝，朝代更迭，宋朝時，中書舍人錢希白出任武寧軍節制，至燕子樓，作詩相弔。

　　關盼盼對張建封一直維持真心，所以在張建封死後便不見外客，在燕子樓終生守節。關盼盼雖然最初沒有跟隨張建封赴死，但十餘年守節燕子樓，已充分歷經心理上的巨大哀傷。雖然關盼盼並非張建封的正式夫人，但對張建封的感情是純粹真實的，因此以守節弔念昔日恩愛。但此中心情無人體會，沉積的憂思沒有出路，因此她要找知音吐露這份對情人的堅貞愛情及漫漫憂思。於是她對曾在張建封生前賦詩給她的白樂天傾訴，寄詩表達心情，但關盼盼誤會白樂天斥責她沒有身殉張建封，終於積鬱而死。

> 忽一日，金風破暑，玉露生涼，雁字橫空，蛩聲喧草。寂寥院宇無人，靜鎖一天秋色。盼盼倚欄長歎獨言曰：「我作之詩，皆訴愁苦，未知他人能曉我意否？」……白樂天得詩，啟緘展視，其一曰：「北邙松柏鎖愁煙，燕子樓人思悄然；因埋冠劍歌塵散，紅袖香消二十年。」其二曰：「適看鴻雁岳陽回，又睹玄禽送社來；瑤瑟玉簫無意緒，任從蛛網結成灰。」其三曰：「樓上殘燈伴曉霜，獨眠人起合歡床，相思一夜知多少？地角天涯不是長！」樂天看畢，歎賞良久。不意一妓女能守節操如此，豈可棄而不答？亦和三章以嘉其意，遣老蒼頭馳歸。盼盼接得，拆開視之。……盼盼吟玩久之，雖獲驪珠和璧，未足比此詩之美。笑謂侍女曰：「自此之後，方表我一點真心。」正欲藏之篋中，見紙尾淡墨題小字數行，遂復展看，又有詩一首：「黃金不惜買蛾眉，揀得如花只一枝，歌舞教成心力盡，一

朝身死不相隨。」盼盼一見此詩，愁鎖雙眉，淚盈滿臉，悲泣哽咽，告侍女曰：「向日尚書身死，我恨不能自縊相隨，恐人言張公有隨死之妾，使尚書有好色之名，是玷公之清德也。我今苟活以度朝昏，樂天不曉，故作詩相諷。我今不死，謗語未息。」

　　關盼盼在堅持愛情的過程中，產生一種遺恨的心理情緒。恨的情緒發源於自己與張建封不能在一起的冷酷現實，而後對白樂天吐露心聲時被誤解，又產生更嚴重的心理傷害。所以她心中對白樂天不解自己的真心，不明她不能自縊相隨的心理[25]，自然產生一種長恨的情緒，因此黯然神傷，終至死亡。

　　關盼盼的愛情死亡過程中帶有強烈的恨意，這種恨的過程是理解關盼盼「生死恩情」的重要部分。一百多年後，錢希白來到燕子樓，作詩詠嘆關盼盼與張建封的真愛，關盼盼的怨恨到那時才全部消除：

希白倚欄長歎言曰：「昔日張公清歌對酒，妙舞邀賓，百歲既終，雲消雨散，此事自古皆然，不足感歎。但惜盼盼本一娼妓，而能甘心就死，報建封厚遇之恩，雖烈丈夫何以加此。何事樂天詩中，猶譏其不隨建封而死！實憐守節十餘年，自潔之心，泯沒不傳，我既知本末，若緘口不為褒揚，盼盼必抱怨於地下。」即呼蒼頭磨墨，希白染毫，作古調長篇，書於素屏之上，其詞曰：「人生百歲能幾日？荏苒光陰如過隙！樽中有酒不成歡，身後虛名又何益？清河太守真奇偉，曾向春風種桃李；欲將心事占韶華，無奈紅顏隨逝水。佳人重義不顧生，感激深思甘一死。新詩寄語三百篇，貫串風騷洗沐耳。清樓十二橫霄漢，低下珠簾鎖雙燕。嬌魂媚魄不可尋，盡把闌干空倚遍！」

　　張建封生前對她恩情深厚，然當時男女社會地位不同，社會且將官人與妓女的愛情視為一種遊戲，實則她與張建封的恩愛卻比正式夫妻更真摯。這樣的生死恩情因張建封的身亡而升起憂思，關盼盼難以忍耐，欲向白樂天吐露此心事卻被否定了。錢希白作詩感懷張建封的生前恩情，與讚頌關盼盼維持真愛的強烈意志。關盼盼「恨」的感情才因錢希白相弔而平息，被誤解的怨恨終於得到消弭。

---

[25]　參見陳永正，《三言二拍的世界》（臺北：遠流出版社，1994年），頁71-73。

> 希白見女子容顏秀麗，詞氣清揚，喜悅之心，不可言喻。遂以言挑之曰：「聽子議論，想必知音。我適來所作長篇，以為何如？」女曰：「妾門品雖微，酷喜吟詠，聞適來所誦篇章，錦心繡口，使九泉銜恨之心，一旦消釋。」希白又聞此語，愈加喜悅曰：「今日相逢，可謂佳人才子，還有意無？」女乃款容正色，掩袂言曰：「幸君無及於亂，以全貞潔之心。惟有詩一首，仰酬厚意。」遂於袖中取彩箋一幅上呈。希白展看其詩曰：「人去樓空事已深，至今惆悵樂天吟。非君詩法高題起，誰慰黃泉一片心？」

錢希白只是懷念關盼盼對張建封生死恩愛，忽然興起作詩之意。但對關盼盼而言，作詩是「錦心繡口，使九泉銜恨之心，一旦消釋」的重要意義。從消除怨恨的角度而言，除了錢希白作詩消除「銜恨之心」的具體行為以外，錢希白的身份來歷對恨的消逝也是潛在的重要因素。錢希白官居中書舍人（張建封任武寧軍節制設宴招待白樂天之時，白樂天的職位是中書舍人），後任武寧軍節制。有趣的是，一百多年後的錢希白正位兼白樂天、張建封的官職。關盼盼對張建封不能繼續維持的恩愛，與白樂天不理解自己苦衷的恨意，占據她「長恨」情緒相當重要的位置。其實錢希白到燕子樓的設計，是代替張建封與白樂天來抒解關盼盼的憂思，有試圖消解關盼盼怨恨心情的象徵意義。若要求與張建封和關盼盼愛情沒有直接關連的白樂天親自來到燕子樓，來抒解關盼盼的怨恨，這是不可能的。但若非如此，則關盼盼的怨恨永遠不能消除。所以情節進行中特別安排錢希白賦詩素屏，暗中則設計以其人相當職位的共同點，試圖完整地消除「銜恨之心」。

關盼盼對生死愛情發生長恨的情緒，呈現其獨特的軌跡，因恩情而生恨，也因恩情而消恨。所以關盼盼長恨的生滅過程是構成「生死恩情」死亡觀的重要關鍵。關盼盼追求真情過程中所產生的怨恨，可以貫穿「愛與死」的主題思想。

二、悲哀心死，弔喪傷感
——〈眾名姬春風弔柳七〉（喻12）

〈眾名姬春風弔柳七〉（喻12）的情節內容，也跟「生死恩情」的死亡主題有著密切關係。作品中，柳永性格逍遙好游，不喜歡做官，且官職遭罷黜時仍大笑道：「當今做官的，都是不識字之輩，怎容得我才子出頭？」從此享受自由

自在的生活[26]，他作詞才力很高，且與妓女們的往來相當密切[27]。謝玉英傾之恩情深厚，柳永死後，終因過哀而死。從「生死恩情」的主題思想剖析，作品中可以分為柳永與謝玉英，與其他妓女們之間的「生死愛情」。柳永與謝玉英的「生死恩情」在作品中明顯呈現在謝玉英因思念柳永，過哀身亡。柳永與其他妓女之間「生死恩情」的關係，就沒謝玉英的情況明顯，因為她們沒有明顯的肉體死亡。但從死亡的廣義角度而言，歷經心理死亡的過程，和肉體身亡的痛苦並沒有差別。她們的死亡過程與謝玉英不同，謝玉英因過哀而死，她們雖未如此，但也因柳永死亡，而受到深刻的心理創傷。她們以「弔」的具體行為來表示對柳永生前愛戀的傷感。謝玉英與其他妓女們的死亡過程雖有差別，但都在「生死恩情」的基礎上，以不同的方式對柳永之死表達悲傷。

　　從柳永死後，謝玉英因思念過度而生病漸亡的過程中，可知謝玉英對柳永的深情程度，生死不渝[28]。謝玉英雖然是妓女身分，但帶有熱烈的人性情感，所以妓女身分不構成自己追求理想愛情的障礙。其他妓女面對柳永死亡的現實，雖然表面上沒有積極呈現過哀的反應，但在個人內心都已承受了相當深刻的衝擊。陳師師、趙香香、徐冬冬跟柳永往來尤密，較愛惜悼念柳永之死，而有些妓女只是歌頌過柳永的詞而已，卻仍然每年春天上墳弔喪。表示妓女們在心理上，仍因柳永的死亡而感到悲傷。

> 柳七官人醒來，便討香湯沐浴，對趙香香道：「適蒙上帝見召，我將去矣。各家姊妹可寄一信，不能候之相見也。」言畢，瞑目而坐。香香視之，已死矣。慌忙報知謝玉英，玉英一步上趺的哭將來。陳師師、徐冬冬兩箇行首，一時都到。又有幾家曾往來的，聞知此信，也都來趙家。……今日送終時節，謝玉英便是他親妻一般；這幾箇行首，便是他親人一般。當時陳師師為首，斂取眾妓家財帛，製買衣衾棺槨，就在趙家殯殮。謝玉

26　「因改名柳三變，人都不會其意，柳七官人自解說道：『我少年讀書，無所不窺，本求一舉成名，與朝家出力；因屢次不第，牢騷失意，變為詞人。以文采自見，使名留後世足矣；何期被薦，頂冠束帶，變為官人。然浮沉下僚，終非所好；今奉旨放落，行且逍遙自在，變為仙人。』」（〈眾名姬春風弔柳七〉）

27　參見小野四平著‧施小煒等譯，《中國近代白話短篇小說研究》（上海：上海古籍出版社，1997年），頁114-116。

28　從諷刺的角度來看，妓女的貞節觀念，與愛情的自主觀念值得注意。但自死亡的觀點來看，處在社會地位底層的妓女與文人的生死愛情是可以到達高尚的地步。

> 英衰経做個主喪，其他三個的行首，都聚在一處，帶孝守幕。一面在樂遊
> 原上，買一塊隙地起墳，擇日安葬。墳上豎箇小碑，照依他手板上寫的，
> 增添兩字，刻云：「奉聖旨填詞柳三變之墓。」出殯之日，官僚中也有相
> 識的，前來送葬。只見一片縞素，滿城妓家無一人不到，哀聲震地。那送
> 葬的官僚，自覺慚愧，掩面而返。不踰兩月，謝玉英過哀，得病亦死，附
> 葬於柳墓之傍。……自葬後，每年清明左右，春風駘蕩，諸名姬不約而
> 同，各備祭禮，往柳七官人墳上，掛紙錢拜掃，喚做「弔柳七」，又喚做
> 「上風流塚」。

　　對於自己的愛情的幸福與希望，因生死相隔的巨大障礙無法實現，只能一
輩子想念情人，或以身相殉的意念，已可視為一種死亡過程。生命中重要的部分
已經消失，即使肉體存在但已失去生命意志，實無異於肉體死亡。謝玉英與妓女
們的「死亡」在表現方式上有所不同，但都有引導出自我死亡過程呈現。這種
「生前之情，死後之戀」的悲哀，藉由「弔」的悼念行為得以凸顯。群妓與柳永
的深摯恩情在「弔」的瞬間呈現出來，表現她們仍實行為柳永弔喪的強烈信念。
謝玉英與妓女們對柳永的愛情程度與持續仰慕的意志，可以把「生死恩情」推到
高尚的境地。「生死恩情」的強烈意志，指向「弔喪」行為上，面對情人死亡的
摯情態度。「弔」的情緒也不斷地跟「生死恩情」相結合構成精神愛情。總而言
之，這種以個人獨特方式，來呈現對情人之死的諸多悲哀之情，是全篇主題思想
的重要部分。

三、「同生共死」信念以實現愛情圓滿
——〈樂小舍拚生覓偶〉（警23）、〈陳多壽生死夫妻〉（醒9）

　　〈錢舍人題詩燕子樓〉（警10）關盼盼、〈眾名姬春風弔柳七〉（喻12）
謝玉英因與情人生死兩隔，終於過哀而死的過程，便是在實際生活中實踐「同生
同死」的愛情信念。秉持著「同生同死」的愛情觀，面對死亡，便能不感畏懼與
情人同赴死亡，引起新生。這些女性在追求愛情的過程中，因種種外部原因無法
成就愛情理想，而將自我置於死亡的地步；但她們毫無猶豫面對死亡，反而欣然
以此實現愛情理想。〈樂小舍拚生覓偶〉（警23）中的樂和與喜順娘在追求愛情
的過程中，就是以這樣「同生共死」的信念，來建構堅強的愛情意志。

　　樂美善子樂和，生得眉目清秀，伶俐乖巧，與喜將仕家女兒順娘是同學。後年齡日大，樂和告訴父母要娶喜順娘的意思，但樂公道：「姻親一節，須要門當戶對。我家雖曾有七輩衣冠，見今衰微，經記營活。喜將仕名門富室，他的女兒，怕沒有人來允，肯與我家對親？若央媒往說，反取其笑。」樂公因以「門當戶對」為由，反對和喜順娘的議親[29]。樂和雖不能與喜順娘結成夫妻，但他不願放棄，始終堅持自由愛情的強烈意志。父母逼樂和與其他女家成親時，他堅持要等待喜順娘的婚配答覆後，再決定：

> 樂和大失所望。背地裏歎了一夜的氣，明早將紙裱一牌位，上寫「親妻喜
> 順娘生位」七個字，每日三餐，必對而食之。夜間安放枕邊，低喚三聲，
> 然後就寢。……同般生意人家有女兒的，見樂小舍人年長，都來議親。爹
> 娘幾遍要應承，到是樂和立意不肯。立個誓願，直待喜家順娘嫁出之後，
> 方纔放心，再圖婚配。

　　樂和因不能實現愛情而充滿憂思，正巧去觀潮時，遇喜順娘落水，他毫無猶豫，立刻跳水欲與喜順娘同生死。作品中以幻象手法描繪二人落水之後行到龍宮的情況。他們被救起時，生死未明卻始終相擁，顯現二人不願分離的強烈意志：

> 順娘出神在小舍人身上，一時著忙不知高低，反向前幾步，腳兒把滑不
> 住，溜的滾入波浪之中。……樂和乖覺，約莫潮來，便移身立於高阜去
> 處。心中不捨得順娘，看定蓆棚，高叫：「避水！」忽見順娘跌在江裏去
> 了。這驚非小，說時遲，那時快，就順娘跌下去這一刻，樂和的眼光緊隨
> 著小娘子下水，腳步自然留不住，撲通的向水一跳，也隨波而滾。他那裏
> 會水，只是為情所使，不顧性命。……樂和跳下水去，直至水底，全不覺
> 波濤之苦，心下如夢中相似。行到潮王廟中，見燈燭輝煌，香煙繚繞。樂

---

[29] 「婚姻的目的，除了自身家族生命的延續之外，還有一層含意，即是作為家族之間關係的聯結，所以，婚姻所具有的建立社會關係的功能也是由家庭（或家族）來包辦的，而一般家族在組構婚姻時，在『合二姓之好』的考慮下理所當然地會形成『門當戶對』的組合選擇──從《三言二拍》中一般婚姻對婚配家世的講究或暗合於此原則，及因不合此原則而造成婚姻障礙的正反事例可以得知，此種原則在明代的社會依然根深蒂固地左右著婚姻的組成。」參見王鴻泰，《三言二拍的精神史研究》（臺北：國立臺灣大學出版委員會，1994年），頁134。

和下拜，求潮王救取順娘，度脫水厄。潮王開言道：「喜順吾已收留在
此，今交付你去。」說罷，小鬼從神帳後，將順娘送出。樂和拜謝了潮
王，領順娘出了廟門。彼此十分歡喜，一句話也說不出，四隻手兒緊緊對
面相抱，覺身子或沉或浮，添出水面。……喜公喜母丫鬟妳娘都來看時，
此時八月天氣，衣服都單薄，兩個臉對臉，胸對胸，交股疊肩，且是偎抱
得緊，分拆不開，叫喚不醒，體尚微煖，不生不死的模樣。

「抱」的行為，象徵他們之間生死與共的愛情意志，後來終於得到父母允
許結成夫妻。他們二人的愛情牽絆強度已達棄生就死的地步，只有放棄肉體，才
有再生的機會，能獲得幸福。對他們生死恩情的不休意志，文末有詩為證：「少
負情癡長更狂，卻將情字感潮王；鍾情若到真深處，生死風波總不妨。」表示肉
體生命的價值是建立於愛情實現與否，為了愛人的性命，大可犧牲自身。生命與
愛情若有衝突，癡情人寧捨生命以實現愛情，這就是愛情偉大的面貌。
　　和以「同生死」的信念來救活喜順娘的樂和一樣，〈陳多壽生死夫妻〉
（醒9）中，陳多壽與朱多福也是犧牲生命來實現「生死恩情」的典型。
　　江西分宜縣陳青、朱世遠，對門而居。陳青之子多壽，朱世遠之女多福，
訂為夫妻。多壽十五歲時忽得癩病，多福父母因而要求退婚，多福卻以自盡來表
達信守婚約的意志：

丈夫病症又不痊，爹媽又不容守節，左思右算，不如死了乾淨。夜間燈下
取出陳小官人詩句，放在桌上，反復看了一回，約莫哭了兩個更次，乘
爹媽睡熟，解下束腰的羅帕，懸梁自縊。……柳氏口稱謝天謝地，重到房
中穿了衣服，燒起熱水來，灌下女兒喉中，漸漸甦醒。睜開雙眼，看見爹
媽在前，放聲大哭。爹媽道：「我兒！螻蟻尚且貪生，怎的做此短見之
事？」多福道：「孩兒一死，便得完名全節。又喚轉來則甚？就是今番不
死，遲和早少不得是一死。到不如放孩兒早去，也省得爹媽費心。譬如當
初不曾養下孩兒一般。」說罷，哀哀的哭之不已。

多福對多壽雖沒有顯現出男女之間的愛情，但多福選擇死亡堅守婚約的行
為是一種維持信義的表現。傳統社會構成婚約的要素中，夫妻和家門之間的信義

與義務實勝於男女愛情，人們被強調順從與應該接受道德規範[30]。多福與多壽的婚姻就是以堅守信義和自我犧牲之高尚精神為基礎，拒絕父母退婚的要求。多福不肯接受退婚造成的負義，若只從愛情的自主性觀念觀之，這是違背愛情自主選擇的作用，但由另一角度來看，傳統婚姻道德觀念中，婚約是奠基於兩人對情愛的「信用」之上，而夫妻恩愛則是在婚姻以後才漸漸產生。所以多福對婚約抱持的態度，與其說出於男女情愛，不如說是為了家門之間的信義。由此理解多福以自盡抗議退婚的舉動，也較為合理。她嫁給多壽，多壽的病勢雖漸趨嚴重，但夫妻恩愛更篤，他們之間沒有肉慾的激情，而是以精神來維繫「同心」的愛情。所以二人都試圖站在對方的立場著想，並安排事情：

> 如此兩年，公婆無不歡喜。只有一件，夫婦日間孝順無比，被裏各被各枕，分頭而睡，並無同衾共枕之事。張氏欲得他兩個配合雌雄，卻又不好開言。忽一日進房，見媳婦不在，便道：「我兒，你枕頭齷齪了，我拿去與你拆洗。」又道：「被兒也齷齪了。」做一包兒捲了出去，只留一床被、一個枕頭在床。明明要他夫婦二人共枕同衾，生兒度種的意思。誰知他夫婦二人，肚裏各自有個主意。陳小官人肚裏道：「自己十死九生之人，不是個長久夫妻，如何又去污損了人家一個閨女？」朱小娘子肚裏又道：「丈夫恁般病體，血氣全枯，怎經得女色相侵？」所以一向只是各被各枕，分頭而睡。

多壽與多福的婚姻中沒有愛慾激情，但他們互信恩愛的精神情感，卻比肉慾歡愛更加深刻久長。這種為了對方著想，且願意以自我犧牲實現對方幸福的意念，可謂達到理想愛情的境界。多壽算命之後喝砒礵酒自盡，多福亦以身相隨，反因砒礵酒而將體內毒素排出。多壽尋死的重要原因，是深覺自己不能帶給多福幸福，怕拖累多福而生出強烈的罪惡感，這使多壽非常痛苦自責，且病勢一直沒有改善。算命之後，多壽對自己惡運的憂思，與對多福的愧疚一同湧上心間，經

---

[30]「父母之命，媒妁之言」，既是古代婚姻的道德規範，也是傳統社會的法制內容。《禮記・昏儀》中明確指出：「昏禮者，將合二姓之好，上以事宗廟，而下以繼後世也。」這就說明婚姻是兩姓兩家間的事情，不是個人的事情；婚姻的目的在於祭祀祖先與延續宗族。宗族的延續和祖先的祭祀二者緊密相連，不可分割。參考歐陽代發，《世態人情說話本——悲歡離合》（臺北：亞太圖書出版社，1995年），頁164；史鳳儀，《中國古代的家族與身分》（北京：社會科學文獻出版社，1999年），頁115。

過掙扎後，終於形成不得已選擇一死的情況：

> 小官人聞言，慘然無語。忙把命金送與先生，作別而行。腹內尋思，不覺
> 淚下。想著：「那先生算我前十年已自準了，後十年運限更不好，一定
> 是難過。我死不打緊，可憐賢德娘子伏侍了我三年，並無一宵之好。如今
> 又連累他受苦怎的？我今苟延性命，與死無二，便多活幾年，沒甚好處。
> 不如早早死了，出脫了娘子。他也得趁少年美貌，別尋頭路。」此時便萌
> 了個自盡之念。順路到生藥舖上，贖了些砒礵，藏在身邊。回到家中，不
> 提起算命之事。至晚上床，卻與朱氏敘語道：「我與你九歲上定親，指望
> 長大來夫唱婦隨，生男育女，把家當戶。誰知得此惡症，醫治不痊。惟恐
> 擔誤了娘子終身，兩番情願退親。感承娘子美意不允，拜堂成親。雖有三
> 年之外，卻是有名無實，並不敢污損了娘子玉體。這也是陳某一點存天理
> 處。日後陳其死了，娘子別選良緣，也教你說得嘴響，不累你叫做二婚之
> 婦。」朱氏道：「官人，我與你結髮夫妻，苦樂同受。今日官人患病，即
> 是奴家命中所招。同生同死，有何理說！別締良緣這話，再也休題。」陳
> 小官人道：「娘子性烈如火。但你我相守，終非長久之計。你伏事我多
> 年，夫妻之情，已自過分。此恩料今生不能補報，來生定有相會之日。」
>
> 陳小官人道：「實對你說，這酒內下了砒礵。我主意要自盡，免得累你受
> 苦。如今已喫下一甌，必然無救。索性得我盡醉而死，省得費了工夫。」
> 說罷，又奪了第二碗喫了。朱氏道：「奴家有言在前，與你同生同死。既
> 然官人服毒，奴家義不獨生。」遂奪酒壺在手，骨都都喫個罄盡。此時陳
> 小官人腹中作耗，也顧不得渾家之事。須臾之間，兩個做一對兒跌倒。時
> 人有詩嘆此事云：病中只道歡娛少，死後方知情義深。相愛相憐相殉死，
> 千金難買兩同心。

多壽喝砒礵酒之前，具有複雜的心理掙扎與衝突：一部分是想繼續維持生命跟妻子過幸福生活的希望，另一部分卻是自責於不能保障多福幸福，決定尋死減輕多福的負擔。在「生死恩情」的死亡意識中，最明顯表現出的觀念，便是像多福與多壽一樣，以同生共死的信念來成就愛情。愛情意義在同生共死的崇高之實踐中發揮價值。多福與多壽互相著想的精神，可克服死亡恐懼而得到永恆的愛

情，具有不可忽略的意義。愛與死是生命中兩大重要課題，若兩相衝突，顯然有人樂於選擇死亡來完成幸福。以精神實現「同生同死」，而超越肉體性愛的愛情，才可以達到理想，多壽與多福的愛情價值正在此顯現。

四、「為愛情而守節」的精神昇華
──〈閒雲菴阮三償冤債〉（喻4）

〈閒雲菴阮三償冤債〉（喻4）中阮華與陳玉蘭的愛情也以「生死愛情」的「同心」觀念為基礎，但其獨特的特徵在於，陳玉蘭對阮華的「生死愛情」在堅持「守節」的態度上，明顯表現出來。陳玉蘭「守節」的態度，可作為理解她與阮華「生死恩情」程度的重要關鍵。「守節」的態度是基於「貞節」倫理觀念。「貞節」在傳統社會中成為一種被強制的道德準則，尤其特別符合宋明理學的「餓死事極小，失節事極大」、「存天理，滅人欲」[31]的觀念，因而許多古代女性受到「守節」的壓迫而犧牲一輩子的幸福，或被逼迫身死[32]。「守節」若出於不得已，其所造成的冤恨情緒難以形容[33]，但若出於真情，則可把生前之情提升到更高尚的地步。真正的節烈之舉，應是發自內心，不假外力的至誠反應。用禮法約束的理，若不能維繫於自然情感，只是徒具表面。勉強就範的虛情假義，也不能算「貞」；若出自真情，毋須禮法規定，當事人也會堅決守貞，不輕易變節，如此才能稱為「貞」[34]。

---

[31] 六經的思想經過程朱的詮釋而教條化，而奉為至高無上的「理」，限制了文人的思想與人們的情欲。宋明理學家對「情」與「理」關係的討論，可以歸納為三個重點：一、把理與情截然對立起來。二、把「理」說成是「純善」的，而把「情」說成是惡的，是人欲。三、要求以「理」制「情」，直至滅「情」，而提出了「革盡人欲，復盡天理」，或「存天理，滅人欲」。這也就是說，「理」中所無的，就不許存在。參考陳萬益，〈馮夢龍「情教說」試論〉，《漢學研究》第6卷第1期，1988年6月，頁297-298。

[32] 對貞節觀念的刻意強調大抵是始於宋代，到明代政權乃更積極提倡之，而此觀念之被強調與風行又與理學之發展相關聯，程頤所謂：「餓死事極小，失節事極大」正可說是理學「存天理，滅人欲」觀念下所導引出的貞節觀。在此觀念下，飲食男女之事乃屬「人欲」範疇，而貞節的執守乃是對「天理」的驗證，在以「天理」為生命依歸的理學觀念中，利害權衡下，當然以「天理」的依歸為要，所以這種貞節觀是和「存天理，滅人欲」的概念扣合在一起的。參見王鴻泰，《三言二拍的精神史研究》（臺北：國立臺灣大學出版委員會，1994年），頁103-106。

[33] 參見李承貴，〈「貞節」觀念的歷史演變及其現代啟迪〉，《孔孟學報》第75期，1998年3月，頁192-193。

[34] 馮夢龍認為「情」若不發自「真」、「善」者，皆是勉強、虛假，而最能表現至情的是男女、夫妻關

　　殿前太尉陳太常之女玉蘭，有花之容月之貌，且精通描繡針線，琴棋書畫亦無所不曉。其父擇婿條件有三：一要將相之子，二要才貌相當，三要名登黃甲。由於條件太高，磋跎到十九歲尚無婚配。陳玉蘭不願聽任父母安排婚事，而要主動做愛情的主人，成就自我理想。陳玉蘭在見到阮華時，心中已產生對愛情的憧憬，所以遣梅香向阮華表明心意，但不巧陳玉蘭的父母回來，第一次歡會便沒能成事。兩人此後都患上相思病，終於在閒雲菴歡會解除相思之苦，但阮華因七情所傷而死了。陳玉蘭在此有兩個選擇：一是尋死以免除父母的汙名，自己也免於訕笑；二是她已懷有身孕，若考慮到孩子，便不能輕易尋死。心中激烈掙扎的結果，陳玉蘭決定生下孩子，將之撫養長大，再尋死：

> 女兒撲簌簌掉下淚來，低頭不語。半晌間，扯母親於背靜處，說道：「當初原是兒的不是，坑了阮三郎的性命。欲要尋箇死，又有三箇月遺腹在身；若不尋死，又恐人笑。」一頭哭著，一頭說：「莫若等待十箇月滿足，生得一男半女，也不絕了阮三後代，也是當日相愛情分。婦人從一而終，雖是一時苟合，亦是一日夫妻，我斷然再不嫁人。若天可憐見，生得一箇男子，守他長大，送還阮家，完了夫妻之情。那時尋箇自盡，以贖玷辱父母之罪。」

　　孩子三歲時，陳玉蘭攜兒往阮家拜見公婆，在阮華的墳前祭拜。當晚她夢見阮華說兩人前世因果，勸導她切莫再懷死亡之念：

> 次日，到阮三墓上哭奠了一回；又取出銀兩，請高行真僧，廣設水陸道場，追薦亡夫阮三郎。其夜夢見阮三到來。說道：「小姐，你曉得凤因麼？前世你是箇揚州名妓，我是金陵人，到彼訪親，與你相處情厚，許定一年之後再來，必然娶你為妻。及至歸家，懼怕父親，不敢稟知，別成姻眷。善你終朝懸望，鬱鬱而死。因是凤緣未斷，今生乍會之時，兩情牽

係，他在《情史類略》中有言：「情始於男女」（〈詹詹外史序〉）；「男女相悅為昏」（〈情跡類〉）；「夫婦最近者也」（〈情貞類〉）。「真情」不但衝破門第、名份、禮法等外在束縛，甚至能跨越時空生死界限，「即令形不復生，而情終不死。」（〈情靈類〉）《三言》中的女性為爭取婚姻自主，可以不計個人「名節」；而且就算丈夫過世，也不願背離夫君，更進一步服喪撫妾，這些都是念在彼此情分而堅持的信念。從「情真」、「情善」上而言，這才是真正的「貞節」、「節烈」女性。

戀。閒雲菴相會，是你來索冤債，我登時身死，償了你前生之命。多感你
誠心追薦，今已得往好處托生。你前世抱志節而亡，今世合享榮華。所生
孩兒，他日必大貴，煩你好好撫養教訓。從今你休懷憶念。」玉蘭小姐夢
中一把扯住阮三，正要問他托生何處，被阮三用手一推，驚醒將來，嗟歎
不已。方知生死恩情，都是前緣宿債。

　　情節進行過程中，佛教姻緣輪迴色彩濃厚，陳玉蘭與阮華間「生死恩情」
的情節也以這樣輪迴轉世的觀念做為歸宿。以「愛與死」的角度來看，陳玉蘭與
阮華之間的愛情，已超越了肉慾情愛的層面，昇華為精神交感的層次。陳玉蘭、
阮華二人追求愛情理想的結果，具有悲劇特徵，他們唯一的歡會後，立即面臨永
遠死別的情況，如殘酷的刑罰。陳玉蘭將對阮華強烈的愛情都轉化為「守節」的
具體行為上。雖然懷孕成為一種心理負擔，但陳玉蘭正好可藉此將對阮華的愛
情，以及苟且偷生的自責，集中在撫育孩子的心力上。隨情人而死的痛苦，在死
亡瞬間便終止，但堅心守節、一生憑弔先逝的郎君，更不容易。一輩子沈浸在對
丈夫的愛情與自責的罪惡感苦痛中不斷掙扎，是比尋死更痛苦的現實，可說是比
肉體死亡更嚴重的心理死亡過程。從「生死恩情」的死亡觀來看，陳玉蘭對阮華
的「生死恩情」過程，已把兩人間的愛情推入精神愛情的階段。雖然作品中特別
強調「守節」意義，但若「守節」是出於「情」的貞節觀念[35]，且非外部強制，
也能視為造就堅強愛情意志的重要因素。陳玉蘭將所有意志投注於跟阮華的愛情
上，所以二人之間精神聯繫堅強，自然超過肉體生命而邁向永遠合同的境界。

　　以上《三言》中，以「生死恩情」作品為主探討「愛與死」的死亡觀念。
「生死恩情」辭義涵蓋豐富，其重點在於愛情與死亡兩者間的聯結關係。在愛情
的成就過程中，肉慾激情固然不可忽略，但「生死愛情」已然凌駕性愛而邁向精
神愛情的高尚境界。《三言》中「生死恩情」主題作品，基本上皆有這種追求精
神愛情的特質，無論生前愛情的程度如何，在情人亡故之後，都堅持著對情人不

---

[35] 馮夢龍就提倡「情教」，認為因情「守節」是「真守節」，是主動守節，不為「情」守節，則是「假守
　　節」，是被動守節，因此，應該批評為男子、為宗族、為家庭，而不是為自己之「情」的貞節觀念。
　　「貞節」作為女子一種德性，馮夢龍並沒有被否定，但卻更換了貞節內容，認為為「情」而「貞」而
　　「節」是值得肯定甚至讚揚的。因此馮夢能認為，女子因「情」而嫁而私奔卻以「不貞不節」指責之、
　　束縛之是毫無道理的，是一種違背人性的貞節觀。馮夢龍提出了女子是否貞節的新標準，即「情」，
　　這封為家、為宗族、為丈夫、甚至為了貞節牌坊而「節」而「貞」之行為是重大改造。詳見李承貴，
　　〈「貞節」觀念的歷史演變及其現代啟迪〉，《孔孟學報》第75期，1998年3月，頁193-194。

變的情意。生前的愛情到死後，藉由長恨、弔喪、同心等思念與施為來外顯出因死亡接踵而來的悲愁與傷感。這種表現方式可說是他們對死亡與愛情糾葛的控訴與吶喊。

「為愛而死」是從堅持愛情的精神中產生的崇高氣質。這種氣質造成「同生同死」信念而投射心中「長恨」，成為表露悼念傷感，或獲得再生契機的重要因素。如〈錢舍人題詩燕子樓〉（警10）中的關盼盼透過「長恨」來表達「生前之情，死後之戀」；〈眾名姬春風弔柳七〉（喻12）中的謝玉英是以「弔喪」舉動感懷「生死恩情」；〈樂小舍拚生覓偶〉（警23）中的樂和、〈陳多壽生死夫妻〉（醒9）中的陳多壽與朱多福，可為對方犧牲生命來呈現「生死與共」的意志。尤其是多福、多壽與樂和追求「同生同死」愛情的過程中，在生死攸關之際，可以心甘情願犧牲自己而使愛情理想實現。這種崇高的感情，已超越肉體歡悅，邁向精神愛情的境界。〈閒雲菴阮三償冤債〉（喻4）中，陳玉蘭的「守節」，也是「生死恩情」中相當重要的部分。「生死恩情」中最痛苦的事，便是因前情深篤而在情人逝後悲哀無限，故小說將這種感情以「守節」此一具體形式來表現。「守節」以自發堅持愛情為根基，才能達到愛情的理想境界。

雖然作品中人物的社會環境、身分地位各自不同，亦都以獨特方式來實現愛情，但追求愛情的堅固信念是不變的。這些作品都有著超越肉體生死，邁向精神的傾向。他們透過精神愛情，永遠享受理想愛情的甜美果實，進而證明愛情的長度超越生命的長度，愛情濃厚的深度是生死所無法阻隔與稀釋的。

第四節　生離死別

在「愛與死」的主題思想中，雖無具體肉體死亡，但有比肉體死亡更痛苦的死亡經驗，就是「生離死別」。《三言》作品中「生離死別」的模式，經常表現出愛情死亡的過程，及以愛情力量來成就圓滿和諧的結局。主角選擇肉體死亡時，產生心理矛盾與痛苦，而成為死者則很容易從現實苦惱中解脫。在生離或相思而產生的死亡過程中，心理留下比肉體死亡而更深刻的傷痕，就是屈原〈少司命〉所言：「悲莫悲兮生別離。」若情人活著，但因外在環境、距離障礙而不能見面，這對相愛的情人是最殘酷的刑罰。「生離死別」的相愛過程表現在不能忘記舊情而持續盼望再會，將自己所有生命意志都投注在重逢的希望，於是生離死

別之後，經過幾年或幾十年，女性會堅決守節，男性則不娶，來盼望再會。

　　《三言》中以「生離死別」為主題的作品，具有堅持愛情意志的特色，並大致以重逢為圓滿的結尾。〈范鰍兒雙鏡重圓〉（警12）中范希周與呂順哥要實現自由愛情而私奔，而遭遇「生離死別」；〈白玉孃忍苦成夫〉（醒19）的白玉孃與程萬里，在生死不保的緊急情況之下，不得不分離而求生；〈張舜美燈宵得麗女〉（喻23）的張舜美與劉素香，一起渡過愛情的困難後，就產生了生離的悲劇等，可見作品中「生離死別」多樣的情形。這樣「生離死別」的過程，不論經歷時間長短，都在心理留下深刻的傷痕。這些作品雖歷經短暫「生離死別」，但之後雙方都將重逢而得到幸福生活[36]，或雖沒見面，卻能建立精神聯繫，而成就圓滿。在「生離死別」過程中所產生的心理煩惱和猶豫，從而引起巨大的心理悲傷，在將來重會時，所有的悲哀與懊惱就一一融化了。

　　在離別而相思的過程中，相互的空間隔阻，或被禮教傳統倫理壓迫，而無法持續進行的愛情，就形成強化羈絆的外在條件。大部分男女雙方由於客觀原因不得不分居兩處，彼此情感聯繫構成重會的目標。這屬於一種雙向建構，在文學作品上一般體現為一方思念另一方的形式[37]。《三言》作品中所表現因生離而相思的愛情故事，都有雙向思念愛情的模式。堅持愛情重逢的心理機制背後，應有對成就愛情理想的迫切盼望，所以即使歷經漫長時間，仍然堅持著愛情。但在等待重逢的漫長時間中，雙方都有深沈的心理傷痕，所有生命意志集中在盼望跟情人圓滿結合。「生離死別」的心理死亡過程，大致經過一段生死未卜的狀況，身處亂世或種種緣故，終致長時間渺無音訊，最後雙方見面恍如隔世。

一、生離與會合的愛情曲線
——〈范鰍兒雙鏡重圓〉（警12）

　　〈范鰍兒雙鏡重圓〉（警12）的范希周與呂順哥之間「生離死別」故事在生離死別的死亡觀中，具有重要的意義。

---

[36] 白玉孃、劉素香堅持「一女不更二夫」而生死不明的丈夫守節，終於與丈夫團圓，百年偕老。為夫守節的婦女在《三言》的生離相思作品中有盡得善終的作品，由此可反映出馮夢龍對以愛情為基礎的貞節觀念的認同與鼓勵。

[37] 參見王立，〈中國古代文學中的相思主題〉，《中國古代文學十大主題》（臺北：文史哲出版社，1994年），頁59。

南宋建炎年間，建州飢荒，民不聊生。強盜范汝為聚眾起事自稱元帥，凡范氏子弟都封為將。外號「范鰍兒」的族侄范希周也在其中，但他不做壞事，反而經常救人。福建稅監呂忠翊在赴任途中，遭范汝為搶劫。他的女兒順哥被掠入寨。范希周見她是宦家女，便好言相慰而結為夫妻。紹興年間，高宗命韓蘄王諱世忠統領大軍十萬，韓公用呂忠翊，捕范汝為，官軍攻圍城中，范希周與呂順哥失散分離。范氏宗族全被擒殺，而呂順哥在荒屋中自縊時，恰被其父所救。呂忠翊勸女兒出嫁，順哥不肯。十二年後，廣州守將派人來送信，順哥認出此人便是范希周，各人拿出鏡子合對，夫妻終於團圓。

在韓世忠統兵討伐的緊急情況下，范希周與呂順哥生死不明，雖然順哥是被盜賊兒掠奪過來的，但已與范汝為的姪兒范希周有婚姻關係，而韓世忠統領大軍十萬攻城，必定誅滅范氏宗族，連自己的生命也不能保全。後雖幸而得存，但因以為范希周死而殉之。她當初是被掠奪過來的，但跟范希周已有生死不負的恩愛，所以強調夫妻不能生離。若范希周死亡，自己也將跟隨，充分表達強烈生死與共的意志。

> 城中日夜號哭，范汝為幾遍要奪門而出，都被官軍殺回，勢甚危急。順哥向丈夫說道：「妾聞『忠臣不事二君，烈女不更二夫』。妾被賊軍所掠，自誓必死。蒙君救拔，遂為君家之婦，此身乃君之身矣。大軍臨城，其勢必破。城既破，則君乃賊人之親黨，必不能免。妾願先君而死，不忍見君之就戮也。」引狀頭利劍便欲自刎。希周慌忙抱住，奪去其刀，安慰道：「我陷在賊中，原非本意，今無計自明，玉石俱焚，已付之於命了。你是宦家兒女，據劫在此，與你何干。韓元帥部下將士，都是北人，你也是北人，言語相合，豈無鄉曲之情；或有親舊相逢，宛轉聞知於令尊，骨肉團圓，尚不絕望，人命至重，豈可無益而就死地乎？」順哥道：「若果有再生之日，妾誓不再嫁。便恐被軍校所據，妾寧死於刀下，決無失節之理。」希周道：「承娘子心節自許，吾死亦瞑目。萬一漏網之魚，苟延殘喘，亦誓願終身不娶，以答娘子今日之心。」順哥道：「『鴛鴦寶鏡』，乃是君家行聘之物，妾與君共分一面，牢藏在身。他日此鏡重圓，夫妻再合。」說罷相對而泣。

呂順哥對范希周的愛情心理應有報恩的成分，起初順哥被盜賊所掠，自誓

必死，但蒙范希周所救拔遂為夫人，從而產生跟范希周之間的「救命之恩」與「生死愛情」。所以在生死存亡之際，寧可選擇死亡，也不能接受與范希周離別。呂順哥的「願先君而死，不忍見君之就戮也」，就有不願分離之感，且具有跟范希周「同生同死」的愛情意志，並在「自刎」的具體行為中凸顯出來。呂順哥以范氏家族的寶物「鴛鴦寶鏡」為分手後的憑證。「鴛鴦寶鏡」是在作品中表達相思之情，追求愛情理想的象徵，也含有愛情成功的期盼[38]。雖然兩人各分帶「鴛鴦寶鏡」，但他們之間存有堅固的信賴，並以「鴛鴦寶鏡」來表示相互堅持愛情的意志，不屈服於外部威脅。之後他們把「鴛鴦寶鏡」隨身不離，表示對鞏固愛情的信念。兩人離別之後，順哥以為范希周已經死了，所以欲自縊而死，幸而被順哥的父親救活；但父母逼她改嫁的時候，她欲再度自盡來表達對范希周的愛情：

> 呂公與夫人商議，女兒青年無偶，終是不了之事，兩口雙雙的來勸女兒改嫁。順哥述與丈夫交誓之言，堅意不肯。呂公又道：「好人家兒女，嫁了反賊，一時無奈。天幸死了，出脫了你，你還想他怎麼？」順哥含淚而告道：「范家郎君，本是讀書君子，為族人所逼，實非得已。他雖在賊中，每行方便，不做傷天害理的事。倘若天公有眼，此人必脫虎口。大海浮萍，或有相逢之日。孩兒如今情願奉道在家，侍養二親，便終身守寡，死而不怨。若必欲孩兒改嫁，不如容孩兒自盡，不失為完節之婦。」

過了十年之後，范希周改名為賀承信，以「鴛鴦寶鏡」為證表，終於與順哥結合。他們之間堅貞的愛情意志，不因時間長短改變。范希周看二鏡符合，便「不覺悲泣失聲」，與呂順哥「各各大哭」。范希周與呂順哥十年離別的苦惱與憂思，全在瞬間湧現。二人之間對於愛情的強烈意志，都融為一體而

---

[38] 表達生離相思上一個引人注目的特徵，是情感寄寓與傳遞的中介——凝結著主體滿腹深情的信物。《詩經》中的投木桃報瓊瑤，美人貽彤管，「贈之以芍藥」，「雜佩以報之」及《左傳》中夏姬贈袓服等，已見出贈物表情悠久的民俗風習。屈賦也多以物象徵，如〈離騷〉以美人喻君主，要「解佩纕以結言」；〈山鬼〉寫人神戀愛，要「折芳馨兮遺所思」；湘君和湘夫人在相思念絕時都將「余佩」、「余褋」遺於河中，而希望尚存則心想到要贈對方「杜若」香草。在漢魏六朝相思之作裏這類情物多為釵、簪、珠、鏡等人們室內與近身佩物。因物及人，見物思人，因此相思情物往往是相思主體身邊之物，帶有鮮明的主體性記，其旨多半在提高相思情趣的精神品類。參見王立，《中國古代文學十大主題——原型與流變》（臺北：文史哲出版社，1994年），頁65-66。

昇華。愛情的昇華，必然要經過肉體與心理巨大的考驗，才能真正體會到其中的真義。因有這樣的經歷與考驗，使他們「生離死別」的過程不同於一般「分離」的情形，更包涵以「生死不負」實現愛情的堅強意志。順哥不能違背對范希周的誓約，也不放棄彼此的愛情，守節以待。范希周以堅信愛情的態度，將「鴛鴦寶鏡」帶在身邊十年之久，且維持對順哥的真情，沒有另娶。如此真心相愛的過程，就是對愛情堅強信念的一種表現，也是超越肉慾建立精神愛情的關鍵。

故堅持愛情的過程，等同於邁向肉體死亡，或比肉體死亡更為痛苦的過程。「生離死別」的愛情是帶有雙方對愛情無法實踐的巨大苦悶，因此生者之間不能實現愛情而產生的悲哀，比實際肉體死亡更為沮喪。但若有繼續堅持的勇氣，直到完成愛情的理想為止；這就是實現理想愛情時，可以自我犧牲的原因。

二、相思難忘，盼望重會
—— 〈白玉孃忍苦成夫〉（醒19）、〈張舜美燈宵得麗女〉（喻23）

〈白玉孃忍苦成夫〉（醒19）白玉孃與程萬里的「生離死別」愛情是相思難忘，導致心理死亡的重要例子。他們在心理死亡的過程中，並無放棄實現愛情的意志，終至得到重會，而獲得再生。

宋末彭城人程萬里，被元將張萬戶擄為家丁，居住在張萬戶老家中，張萬戶將婢女白玉孃嫁給他。白玉孃是嘉定府宋將白忠之女，元兵破城時擄去為張萬戶之婢。婚姻之後三天，白玉孃勸程萬里逃走。程萬里以為張萬戶使她試探自己的忠心，便向張萬戶告發而白玉孃幾乎挨打。二天後，白玉孃再勸程萬里逃走，程萬里更為懷疑，又去告發張萬戶。張萬戶便把白玉孃賣給開酒店的顧大郎。程萬里十分後悔，臨別時，白玉孃以繡鞋一隻給程萬里為證。此後程萬里以公幹脫身到臨安。二十餘年後也思念白玉孃而不肯再娶。其後，元朝統一中國，程萬里任陝西行省參知政事。當年白玉娘被賣給顧大郎後，堅持守節而出家為尼姑。程萬里家人尋到尼菴，以繡鞋為證，二人團圓。

程萬里與白玉孃成親後三天，玉孃看丈夫的臉色不好，而心中瞭解到乃其心情不樂之故。玉孃勸他逃走，但他以為張猛叫她故意考驗自己，所以直接告訴張猛。張猛要拷打玉孃時，程萬里才知玉孃的勸他逃走，其實是真心而發，但夫人援救之後心中又發出懷疑的念頭。玉孃回來之後並沒有怨恨的意思，三日後，

玉孃又勸丈夫逃走，程萬里心中仍懷疑就又告訴張猛，結果就欲造成玉孃被賣給別人，程萬里才知玉孃的勸意是真心，而後悔不已：

> 程萬里見張萬戶決意要賣，心中不忍割捨，坐在房中暗泣。直到晚間，玉
> 孃出來，對丈夫哭道：「妾以君為夫，故誠心相告，不想君反疑妾有異
> 念，數告主人。主人性氣粗雄，必然懷恨。妾不知死所矣！然妾死不足
> 惜，但君堂堂儀表，甘為下賤，不圖歸計為恨耳！」程萬里聽說，淚如雨
> 下，道：「賢妻良言指迷，自恨一時錯見，疑主人使汝試我，故此告知。
> 不想反累賢妻！」玉孃道：「君若肯聽妾言，雖死無恨。」程萬里見妻子
> 恁般情真，又思明日就要分離，愈加痛泣。……天未明，即便起身梳洗。
> 玉孃將所穿繡鞋一隻，與丈夫換了一隻舊履，道：「後日倘有見期，以此
> 為證。萬一永別，妾抱此而死，有如同穴。」說罷，復相抱而泣，各將鞋
> 子收藏。……玉孃向張萬戶拜了兩拜，起來對著丈夫道聲保重，含著眼
> 淚，同兩個家人去了。程萬里腹中如割，無可奈何，送出大門而回，正
> 是：世上萬般哀苦事，無非死別與生離。

程萬里兩次懷疑白玉孃的真心，不但不聽勸反害玉孃陷入困境。最後他們只能在分離時，相擁而泣，互換一只鞋，並賦予再相會的希望。在這裏「鞋子」象徵著對愛情的忠實，並盼望重逢的表徵（兩隻鞋子成對才有其價值），這跟范希周與呂順哥的「鴛鴦寶鏡」一樣，表示他們之間已有堅定的信念建成愛情的精神聯繫。特定的情感需要通過一個載體來作為中轉媒介，人與物的關係巧妙地變成了人與人的特定關係[39]。他們各自帶有的一隻鞋，要成對才能發揮其效用，象徵他們之間愛情也像鞋子，透過鞋子成雙充分表達將來團圓的內心願望。

玉孃賣給別人之後仍堅持守節，不僅睡時不解衣，並常帶著程萬里的一隻鞋，顧老就道：「立性貞烈，不敢相犯，到認做義女。」程萬里用計從張猛住處逃走之後得官，不肯再娶，叫程惠尋找玉孃，過了二十年後，在曇花菴找到妻子。兩人拿鞋相看，正好是一對，令玉孃流淚不止。程惠勸她回去，但她拒絕了。從玉孃的立場來說，她的心事只在於鞋子對合，只要確認程萬里對自己的真心，就已心滿意足。最後程萬里派地方官員行禮，而去曇花菴陪白玉孃回來，夫

---

[39]　參考王立，《中國古代文學十大主題──原型與流變》（臺北：文史哲出版社，1994年），頁66。

妻終於再會：

> 夫妻相見，拜了四雙八拜，起來相抱而哭。各把別後之事，細說一遍。說
> 罷，又哭。……可憐成親止得六日，分離到有二十餘年。此夜再合，猶如
> 一夢。……後人有詩為證：六日夫妻廿載別，剛腸一樣堅如鐵。分鞋今日
> 再成雙，留與千秋作話說。

　　他們離別二十餘年，持續堅持實現愛情的信念，這樣的過程確實像肉體死
亡般痛苦的歲月。白玉孃出家守節，而程萬里不再娶，兩人將所有生命意志投注
於重會的希望之上，忍耐二十年來的懊悶。惟有通過這種考驗，才能達到理想愛
情。玉孃二十年的守節過程，是表示愛情的強烈意志。雖然肉體沒有直接死亡，
但在心理層面已經歷死亡。程萬里同樣也受到巨大的心理創傷，二十年不娶而堅
信愛情的態度，與玉孃守節無異，建構起會合的信念。堅信的過程兩人共享精神
愛情的重要基礎，使他們二十年來的精神聯繫，更具價值。
　　〈張舜美燈宵得麗女〉（喻23）張舜美與劉素香的「生離」也與玉孃、程
萬里的情形一樣，在「愛情離別」過程中，仍然一直堅持理想的愛情。
　　張舜美與劉素香的愛情非常鞏固，且主動追求愛情。上元節，張舜美上街
遊玩遇到劉素香，不覺心醉。劉素香也有意於張舜美，他們意亂情迷。之後約期
相會，終於完成心願。他們二人欲出城私奔之時，因人群沖散，而分離。劉素香
脫下一只繡鞋在江邊，表示拒絕父母之姻緣，張舜美以為她投水而死，傷心過度
得了病。劉素香也在跟舜美分離之後意欲自盡，但只恨舜美將不知己死之所，不
得已到大慈菴中為尼姑。在菴中一直祈求兩人重會：

> 這舜美自因受了一晝夜辛苦，不曾喫些飯食，況又痛傷那女子死於非命，
> 回至店中，一臥不起，寒熱交作，病勢沉重將危。正是：相思相見知何
> 日？多病多愁損少年。卻說劉素香自北關門失散了舜美，從二更直走到五
> 更，方至新馬頭。……偶到江停，少憩之次，此時乃是正月二十二日，況
> 是月出較遲，是夜夜色蒼然，漁燈隱映，不能辨認咫尺。素香自思，為他
> 拋離鄉井父母兄弟，又無消息，不若從浣紗女遊於江中。哭了多時，只恨
> 那人不知妾之死所。不覺半夜光景，停隙中射下月光來。遂移步憑欄，因
> 顧澄江，渺茫千里。正是：一江流水三更月，兩岸青山六代都。

天明，隨至大慈菴。屏去俗衣，束髮簪冠，獨處一室。諸品經咒，目過輒
能成誦。旦夕參禮神佛，拜告白衣大士，并持大士經文，哀求再會。……
再說舜美在那店中，延醫調治，日漸平復。不肯回鄉，只在邸舍中溫習經
史。光陰荏苒，又逢著上元燈夕。舜美追思去年之事，仍往十官子巷中一
看，可憐景物依然，只是少箇人在目前。悶悶歸房，因誦秦少游學士所作
〈生查子〉詞云：去年元夜時，花市燈如晝。月在柳梢頭，人約黃昏後。
今年元夜時，月與燈依舊，不見去年人，淚濕春衫袖。舜美無情無緒，洒
淚而歸。慚愧物是人非，悵然絕望，立誓終身不娶，以答素香之情。

　　兩人分離之後相思害病，而盼望重會的日子。他們堅持愛情的過程，在不
知能否再會的「生離死別」現實中，形成強大的痛苦而產生悲哀[40]。為了實現愛
情而犧牲生命的人，是呈現出追求愛情的強烈信念，而思念情人且一輩子悲傷
者，也是選擇自我死亡的不同表現。在追求愛情的現實中，若有「生離死別」的
情況，則選擇一輩子守節，或持續盼望與追思。雖然沒有具體死亡，但強大的心
理悲傷比肉體死亡更為痛苦。兩人之間有強烈的精神聯繫，劉素香在菴中一直盼
望再獲重逢的機會，張舜美也感念素香之情，終身不再娶，最後他們終於成就團
圓的願望。
　　〈張舜美燈宵得麗女〉（喻23）張舜美與劉素香歷經三年「生離死別」的
憂思過程，和〈白玉孃忍苦成夫〉（醒19）白玉孃與程萬里二十年「相思難忘」
的過程，就愛情的考驗與情感程度而言，並無差別。「生離死別」過程中產生的
苦衷，已成為有如心理死亡般難以形容的痛苦，等到團圓時，心理傷痕才得以消
弭。愛情的自主，堅持的努力都在成就自己愛情時，發揮動力，使他們的愛情精
神具有永恆的價值。

---

[40] 「悲哀」感情是在現實世界無可奈何情況下所表現出的悲傷的心理情況。「悲哀」是痛苦的發展與延
　　伸，往往由分離、失敗、遭遇不公等類似「丟失」的情境所引起。悲傷的結果則常常是將痛苦加以宣
　　洩，一場宣洩之後，痛苦獲得釋放，心情反而容易趨向平靜。詳見俞汝捷，《人心可測──小說人物心
　　理探索》（北京：中國青年出版社，1993年），頁37-38。

三、分離的悲傷
　　——〈楊謙之客舫遇俠僧〉（喻19）

　　以「生離死別」過程來成就愛情理想時，有非常沉重的考驗。這樣的考驗雖在心理留下深刻傷痕，但有再會而回復愛情幸福的餘地。然而若一輩子沒有重逢的機會，僅徒留無盡想念，則「生離死別」就成為愛情中最深刻的心理死亡。〈楊謙之客舫遇俠僧〉（喻19）的楊謙之與李氏之間「生離死別」，那種被傷害的心情與失意經歷，等於接近死亡的心理挫折。

　　楊謙之授貴州安莊縣令，安莊縣就是「南通巴蜀，蠻獠錯雜，人好蠱毒戰鬥，不知禮義文字，事鬼信神，俗尚妖法」的地方，因此心中甚為擔心。經過鎮江時，有自稱伏牛山僧人的長老同行。長老向楊謙之介紹一美人李氏。李氏通曉天文，使楊謙之一路平安。到達安莊後，有一紅衣土人龐老兒尋事，又施妖法作祟，也為李氏制服。楊謙之在任三年，宦囊豐盛，告退回家。返任的船回到李氏家時，俠僧等他回來說李氏應回去原來丈夫的身邊，因而不得不離別：

> 　　長老回話道：「我都曉得了，不必說。今日小僧來此，別無甚話，專為舍姪女一事。他原有丈夫，我因見足下去不得，以此不顧廉恥，使姪女相伴足下，到那縣裏。謝天地，無事故回來，十分好了。姪女其實不得去了，還要送歸前夫，財物恁憑你處。」楊公聽得說，兩淚交流，大哭起來，拜倒在奶奶、長老面前，說道：「丟得我好苦！我只是死了罷。」拔出一把小解手刀來，望著咽喉便剆。李氏慌忙抱住，奪了刀，也就啼哭起來。長老來勸，說道：「不要苦了，終須一別。我原許還他丈夫，出家人不說謊。」楊知縣帶著眼淚，說道：「財物恁憑長老、奶奶取去，只是痛苦不得過。」長老見這楊公如此情真，說道：「我自有處，且在船裏宿了，明日作別。」楊公與李氏一夜不曾合眼，淚不曾乾，說了一夜。到明日早起來，梳洗飯畢，長老主張把宦資作十分。……李氏與楊公兩箇抱住，那裏肯捨，真箇是生離死別。……這和尚直送楊知縣到臨安，楊知縣苦死留這僧人在家住了兩月。楊公又厚贈這長老，又修書致意李氏，自此信使不絕。

　　這個「生離死別」的過程，對楊謙之而言，有著特別悲哀之處，因為自己授貴州安莊縣令時所遭遇的艱難，皆受到李氏之幫助而解決，才得以終無事故任期居滿回鄉。任期中他們兩人建立起「生死不負」、「同生同死」的深厚愛情，他未曾想過要跟李氏分離，故突然的生離死別給他帶來致命衝擊，而當兩人強制被分離的時候，他所有的生命意志也隨之消滅。因而以自盡來面對殘酷的現實。楊謙之選擇自盡的心理機制，可說是對無法和李氏同在的現實之反抗的迫切表現。他回去以後一直寫信給李氏，表示自己堅持的愛情。這個行為是基於對李氏的真情，而且是面對自身心靈受創的自療方法。

　　以上觀察《三言》中有關「生離死別」死亡主題的作品。「生離死別」會產生比肉體死亡更痛苦的心理傷痕，作品中大部分經歷「生離死別」之後，會產生新的局面，進而達到圓滿結局。但「生離死別」造成心理死亡的過程，最少三年，最多二十餘年，甚至是一輩子，持續處在相互追念，盼望重會的迴圈。期間所產生的悲哀難以形容，使人易於選擇死亡來結束殘酷的現實，解脫無奈的悲傷。例如，〈楊謙之客舫遇俠僧〉（喻19）的楊謙之和李氏在離別之時，就欲以自刎表現出對李氏難捨難分的愛戀心情；〈張舜美燈宵得麗女〉（喻23）中的張舜美與劉素香，透過守節、不娶的具體行為充分表現兩人始終堅持實現愛情的強烈意志；〈范鰍兒雙鏡重圓〉（警12）中的范希周與呂順哥之間的「生離死別」，反應在十年間一直帶著「鴛鴦寶鏡」，彼此想念而不另娶嫁；〈白玉孃忍苦成夫〉（醒19）中的白玉孃與程萬里，也在二十年間各自帶著一隻鞋子，這些都是基於實現愛情的強烈意志，也象徵著堅強的精神紐帶。

　　在實現愛情中面臨不得不分離的情形，使當事人心情受到強烈衝擊而留下深刻傷痕。而漫長的時間內，信念持續受到考驗而感覺悲傷，於是產生像肉體死亡般深重的心理死亡模式。不過，在引起心理死亡的殘酷現實中，自己必須堅持生命意志，即形成再會的盼望，他們只有活著才會有重逢的機會。在這樣的過程中，他們已經脫離以性愛為基礎的情愛方式，而以更高尚的精神聯繫來建構相愛的境界。

第五節　結語

　　在中國傳統社會中,愛情生活往往受到傳統婚姻制度和社會倫理的規範。一對男女常遭受社會與家庭的勢力介入而被迫分離。既然活著不能實現愛情,就在死中實現,「死亡」因此成為實現理想愛情的極端形式。

　　在《三言》中有關「愛與死」的作品可見,因追求愛情而發生種種與傳統社會道德觀念的衝突,常以死亡來克服。超越肉體生命的限制,進而呈現出「情」的生命價值,可說以死亡來實現對愛情的滿足,這種表達方式更呈現人們對追求愛情圓滿的強烈渴求。中國古代文學中有許多追求愛情的形式,在社會倫理與傳統道德觀念中被逼迫,或受到強制屈從的人,身亡之後會主動地尋找對象,她們為了愛情能犧牲一切,但最後被男性休棄,而終至身亡;或因生前對情人的想念,使自己漸漸接近死亡的過程,或為了爭取愛情理想,不顧生死而勇敢地選擇死亡;情人之間,因外在環境、時空距離的阻隔不能見面,引發比肉體死亡更痛苦的死亡經驗等,皆明顯地突出自「愛情」引起「死亡」的真切過程,從而凸顯出「情」在生命中的意義。

　　從這些故事,可看出人們雖為愛情而死亡,但無論在世或死後皆不能拋棄愛情的意念,終究要追求成就理想愛情的現象。「愛與死」主題思想中重要部分,乃把愛情自主的堅強意志、冤恨的消除、同生死的念頭,如何具體而直接的呈現出來。雖然社會壓迫與自由戀愛之間形成緊繃的張力,逼迫女性拋棄愛情,或必須長時間忍耐孤寂,但她們仍持續以獨特的方式來克服社會種種阻礙,堅持追求自由戀愛,消除冤枉,並達到生死與共的堅定意志,來實現愛情理想。小夫人、秀秀、愛愛、周勝仙受傳統道德和社會秩序約制,但仍以肉體死亡來跳脫社會壓力,任意追求自己的愛情。王嬌鸞、鄭意娘、杜十娘則以「長恨」、「憤怒」表達內心冤恨的心情,並對負心之人報仇來消除冤恨;樂和、陳多壽與朱多福、陳玉蘭等,則因愛人既死,自己也不願獨活在現實世界,從而跟隨已故的情人尋死,或勉強維持肉體生命,以一生守節教導兒子來想念亡夫;范希周與呂順哥、白玉孃與程萬里、張舜美與劉素香等,面對「生離死別」的現實,具有堅持愛情意志的特色。雖然追求、實現愛情的方式各自不同,但皆因愛情悲劇而遭受極大的痛苦。這樣為了爭取愛情理想而不顧生命的「愛與死」過程,或跟隨情人

死亡、或兩人殉情，或被負義而產生冤枉，生離死別後盼望重會等狀況，都會遭受不同程度的心理掙扎與煩惱，引起巨大的心理創傷。

「愛與死」此一重要觀點都建構在「冤」、「恨」的意向上，因此在作品情節展現中，皆隱含「冤」、「恨」的情感因素。這種「冤」、「恨」的舒解過程大部分與雪冤念頭有密切關係。從報恩觀念而言，「冤」、「恨」的圓滿解決，能使心理精神獲致安慰。作品中每人都懷有「冤」、「恨」的感情，造成「冤」、「恨」的原因各自不同，且解決「冤」而得到平靜的方式亦不同。在追求愛情的過程中，理解「冤」、「恨」的形成原因、「冤」的心理狀態，以及消除方式，具有重要意義。她們把所有的精神和生命意志集中在實現愛情，但往往因被拒絕或拋棄，使生命意志受到致命的傷痕，以致於喪失生命意志，而邁向死亡之路。因此自然會將愛情的失敗歸因於男性及傳統社會，透過責咎，試圖獲得心理平靜。她們的愛情失敗程度愈慘重，將造成悲劇的原因歸向負心漢的程度愈明顯，及其憤怒程度也更深。

愛情的強烈意志在「愛與死」作品中呈現得相當明確，透過他們獨特實現愛情的方式，表現出不斷追求愛情的生命情志。雖然肉體生命已不存在，但為了心之所愛犧牲自己，在精神上已感到心滿意足。他們對死亡的態度非常果決，倘若追求不到想望中的愛情，便無悔實踐死亡。因為他們將所有精神生命力全投注於追求愛情，對愛情的希望愈強烈，愈無暇顧及自己的生命。這種死亡的處境與愛情考驗過程，對於成就幸福和自我信念的追尋，是為不容忽視的一環。

第四章　超越死亡──仙境與悟境

　　在人類對待死亡的態度中，否定死亡、追求不朽是自古以來最強烈的一種衝動。追求不朽即超越死亡，是來自於人不願接受死亡之必然命運，亦是來自於對死亡至深的恐懼，亦能說不甘讓死亡奪去希望的不可遏止的情緒性要求，也是對最終幸福的迫切渴望。所以超越死亡不僅使人能解脫一切，更成為人類文化創造的根本動力之一。然而現實不可避免死亡來臨，所以人類以「超越死亡」的宗教意識來面對死亡，試圖尋求精神慰藉。若偏重「超越死亡」的辭義，在皈依宗教之外，通常人類逃避死亡的他種面貌，常以道德觀念來實現目標，即透過行俠仗義、忠烈孝義、捨生取義，或以追求理想來克服現實的挫折，或男女相愛而追求生死姻緣等，都是超越死亡的不同面貌。但若以超越的深意觀察其中要義，則不在於超越死亡的表面現象，而是在超脫所有現實中的拘束、執著與掙扎；不再受任何主義、觀念、意識的主導，自然覺悟人生存在的價值，以看破世界的本質。所以在宗教的修行中，得到精神覺悟並達成超脫死亡的成就，有十分重要的意義。覺悟過程所產生新的自我意識和人自覺生，有別於覺悟之前的散漫的情況。從死亡的角度來看，精神覺悟就是產生新自我的過程，也是消滅舊我的死亡過程。

　　舊我的死亡是一項過程，透過死亡（身體、心理死亡），一個人體驗到人生的道理或覺悟，從而由死亡的畏懼、煎熬中得到解脫心理的新生。因為舊有的自我死亡，而產生新的自我。精神覺悟能使一個人趨向真實生命，並使他面對死亡時沒有困惑，也放下對生命的執著。這一切變化，關鍵在於舊我的死亡促使個人自覺與再生。心理死亡與舊我死亡的涵意往往互為混淆難以區分，但其實心理死亡比起舊我死亡具有不同的特徵：一方面它含有精神層次大為轉換的機會，促使人進入肯定人生的境界，這是屬於正面提昇的層面；另一方面則是它有強制引導肉體死亡的反面層面。但舊我死亡的覺醒作用在相較之下，就顯得更具體、強烈，更明顯表現出超越生死的掙扎與焦慮。雖然心理死亡有著正反兩種不同的面貌，卻沒有像舊我死亡那樣強烈地要解脫生死的焦慮。

　　在《三言》作品中，有在現實生活中覺悟的情形，也有受宗教思想影響引導而覺醒的情形，如佛門坐化、逍遙成仙等。一般而言，肉體的死亡，僅只照著

生命生滅自然產生，因此沒有對生死問題產生思考；但心理的死亡本質上是要超越對於死亡的困惑，以有限（對內沉著的方式：相思、弔喪等）或否定（對外轉向的方式：復仇、怨恨）的方式來克服心理對於他人死亡而產生的情感悲哀，如相思、弔喪、復仇、怨恨等。舊我的死亡，是人們面臨生死焦慮時，以無限持續的努力和增進，來克服對於死亡的畏懼和困惑，進而達到超越生死的精神境界。

第一節　歷經鬼域幻境後之精神超越——道教死亡思維的呈現

　　自古以來，每當人們感到生命無比短暫，死亡日益迫近的威脅時，便試圖以各種方式來延續生命，以逃避死亡，其中最主要的就是希望能「長生不死」。人們不斷幻想並試驗種種自以為可能「長生不死」的方法，故養生之道、靈丹妙藥等與「長生不死」思想相關的技術與手段便應運而生。道教中不少觀念是從道家發展而來。老、莊雖然不明講「長生不死」，但他們某些思想卻為後來道教的長生不死思想「引導先路」[1]。雖然道教與道家的學說旨趣截然不同，但在「長生」——即注重現實人生無限期的享受上，卻有著一致性。在念念不忘「不死」這一點上，兩者都重視「全生」，長久活著便成為最高遠而重要的人生目標。

　　道教雖然追求「長生不死」，但實際上內心盼望人與宇宙自然和諧，所以他們所建立的獨特學說集中在於「生」與「死」的關鍵上，超越死亡以期能享受理想境界。中國佛教視現實為苦海，因而不斷地行善、積善，以求死後能解脫令人苦惱的俗世，升往極樂世界，並以業報輪迴、生前行善來決定死後在地獄或極樂之境的差異。道教觀點則不是享受死後在仙境的理想生活，而是強調維持現世生命，以求在仙境享受不死的生活，這樣的觀點由「養生求仙之術」中明顯地呈現出來[2]。道教超越境界的關鍵在於現實上維持肉體生命，而在精神上享受超越

---

[1]　參見張三夕，《死亡之思》（臺北：洪葉文化出版公司，1996年），頁92-94。

[2]　體現道教核心精神的莫過於中國傳統的養生求仙之術。戰國時流行於燕齊之地的「方仙道」，已經形成方士的職業團體，並有了服食、行氣、房中等諸多求仙方術。秦漢以降，讖緯之學大興，甚至威脅至正統的儒學思想，講災異、好方術的氣氛籠罩整個社會，各種神仙、方技之書卷帙浩繁，而修仙的吐納、導引、胎息、辟穀、內視、存神、符籙、金丹、黃白、玄素等各種道教方術也已大致完備。及魏晉神仙道教形成時，這種主要為皇帝和士大夫所享用的上層社會宗教更是以長生修仙作為教旨，此時期出現的葛洪的《抱朴子》也成了集神仙思想和道教方術之大成的道教典籍。總之，養生求仙之術就是一整套延年益壽，進而不死成仙的修鍊功法。參見郭于華，《死的困惑生的執著》（臺北：洪葉文化事業有限公

生死境界；所以活著就是一切，這是以現實生命為主的核心精神。若沒有生命的極限，則可享受沒有死亡的世界，但這樣的現實難以實現，所以道教往往從「如何長生」的疑問中，尋找「永恆不死」的答案。這樣的過程中，他們以自己的方式來創造仙境，並賦予超越生死關頭的理想境界各種意義。神仙可以長生不老，實現願望，並享受快樂，所以人們不斷努力追求仙境。仙境能安居樂業，享受天年的，是不受災害、戰爭、疫病侵擾的地方。所以道教所設想的「仙境」是人們迫切訴願的具體表現。人們尋求仙境的強烈意志，是為了實現沒有死亡的理想國度[3]。

中國古代小說中表現「仙境」、「神仙」主題的作品相當多，而且影響也不小[4]，這可看出當時民眾對神仙寄託的憧憬。小說作品中以各種各樣的方式來突破生命有限的現實，並試圖進入仙境。在《三言》作品中，有關神仙故事的作品不少，情節大為受到道教影響，但並不全部直接呈現面臨生死關頭、超越死亡的過程。例如，〈沈小霞相會出師表〉（喻40）中的沈鍊、馮主事，〈張孝基陳留認舅〉（醒17）中的張孝基夫婦，〈任孝子烈性為神〉（喻38）中的任圭，都

司，1993年），頁166-167。

[3] 任何宗教都有它理想的境地與追求，而道教所主張和追求的理想境界是有兩重的。第一是在現實世界上，按道教教義建立一個理想的王國，即一個極大公平、和平的世界，人人都安居樂業，竟其天年，沒有水旱災害、戰爭、疫病。道教宣揚的另一種理想境地就「仙境」，得道成仙便可以外生死、極虛靜、超脫自在、不為物累，在仙境過仙人的生活。道教的「仙境」並不完全指渺茫的天國，如道教所宣稱的三十六洞天、七十二福地，便都是中國一些十分秀麗的境地。所謂成仙，也並不是說人死後靈魂入「仙境」，而是說人的形體可以長生不死，可以和人們生活在一起當活神仙，也可以到「仙境」去超越自在。由於這種追求的渺茫、虛幻，後來才興起所謂「屍解」、「蟬蛻」。正因為道教理想是要實現一個公平、和平的境地，故而在一定程度上也主張向邪魔等惡勢力作斗爭；正因為幻想形體長生不死而成仙，故而也在一定程度鼓勵人向自然作斗爭，爭取延年益壽，甚而長生久視。參見李養正，〈談論道教的幾點特徵〉，《文史知識》編輯部編，《儒、佛、道與傳統文化》（北京：中華書局，1995年），頁362-365。

[4] 六朝志怪小說的內容取源於古代神話和民間傳說，但六朝志怪小說的泛濫，卻與神仙方術的盛行息息相關。所謂志怪小說，龐雜離奇，怪誕不經，大都涉及道教神仙鬼怪，仙山瓊閣，災異變幻，不死之方等，如《十洲記》、《洞冥記》、《神異記》、《漢武帝內傳》、《漢武帝故事》、《搜神記》等。唐代傳奇小說中有關道教的神仙思想有關的作品是〈古鏡記〉、〈枕中記〉、〈霍小玉〉、〈柳毅傳〉、〈杜子春〉等，作品大都故弄玄虛，著力於超現實的描寫，尋找仙境之事，獲得理想世界，大肆渲染道教思想觀念。明清出現的各類小說中，神魔小說專言神仙鬼魔，其他古典小說如《三國演義》、《水游傳》等，雖然基本以歷史人物、歷史事件和社會世俗風情為題材，但仍留有道教的痕跡，《聊齋志異》與道教神鬼觀念有一定聯係，而《西游記》則有較濃厚的神怪氣味。有關中國古典小說與道教神仙思想影響關係參考于民雄，《道教文化概說》（貴州：貴州人民出版社，1992年），頁214-223；卿希泰主編，《道教與中國傳統文化》（福建：福建人民出版社，1992年），頁244-246。

在死後成神；〈眾名姬春風弔柳七〉（喻12）中的柳永，〈李謫仙醉草嚇蠻書〉（警9）中的王勃，〈馬當神風送滕王閣〉（醒40）中的李白等，都在死後成仙升天。死後能成神、成仙，是因為生前的善行和苦行，在死後獲得了一種補償。這些作品中的主要人物在生前並無超越死亡而邁向仙境的情形。然以遇仙成道和成仙為主要描寫的作品，情形便截然不同，他們並非因生前積善而死後成仙，而是在活著時，便能超過生死侷限而「成仙升天」。例如，〈莊子休鼓盆成大道〉（警2）中的莊子、〈一窟鬼癩道人除怪〉（警14）中的吳洪、〈灌園叟晚逢仙女〉（醒4）中的秋先、〈薛錄事魚服證仙〉（醒26）中的薛偉與顧夫人、〈盧太學詩酒傲公侯〉（醒29）中的盧柟，〈張道陵七試趙昇〉（喻13）中的張道陵、王長、趙昇等。在道教思想中，要超越有限生命才可享受真正長生不老的理想。超越生死的觀念著重於在實現延長生命的思考中，呈現出尋求超越的強烈意志。不過，達到長生不老的境界，必須超越生死的關卡才能達到；而欲達到仙境目的，一定要斷絕現實所有拘束，包括生命與七情等，方可實現。因此長生不老的境界不只展現於外在仙境，當自我超越生死時，內在心裏也自然產生仙境狀態，而逍遙自在。

以活著成仙而逍遙自在的方式來超越現實有限生命的作品，在《三言》中占了相當重要的位置。這類作品都以道教的「養生求仙」、「長生不死」觀念為基本骨架，追求超越生死而享受仙境的彼岸世界。值得注意的是，作品人物在超越生死關頭而進入仙界的過程中，都經過不同的人生歷程，從而看破覺悟，修行成道；且「成仙逍遙」的過程中，企圖超越的方式並不是單方面，而是分為客體存在的事物（自然）與主體存在的自身，以主體存在的實踐來創發事物的價值意義。所以自我實踐以達到仙境，在其中享受與自然一體化成的境界，這就是道教追求超越的死亡觀，亦是與自然和諧的理想目標，其中自身的存在意義、價值全都融合於自然之中。《三言》中強調「逍遙自在」的作品，也大多以自然和諧的理想實現為主要意義。

《三言》中以「逍遙自在」方式來超越死亡的作品，可以分為道士成仙與平凡人物成仙兩個部分[5]。他們都不是以死後成仙、成神來作為生前積善的補償，而是活著達到仙人之鄉。但人物成仙的經歷並不相同，各有獨特的方式來突

---

[5] 參考小野四平著‧施小煒等譯，《中國近代白話短篇小說研究》（上海：上海古籍出版社，1997年），頁213-216。

破現實中的生死束縛，而實現逍遙自在的理想境界。冷酷的死亡現實，從出生到死亡降臨瞬間，一生跟隨著人，成為人生最大的困擾；但若在現實上能超越生死而享受「永生」，則悲哀的現實便可以轉換成歡樂的仙境。《三言》中以「逍遙自在」的方式來呈現超越死亡的作品，幾乎都沒有擺脫這樣的模式。他們的現實歷程各自不同，但追求理想境界而達到仙境的目的卻是一致的。

一、看破「鬼趣」、「變魚」後的精神開悟
──〈一窟鬼癩道人除怪〉（警14）、〈薛錄事魚服證仙〉（醒26）

　　〈薛錄事魚服證仙〉（醒26）中的薛偉與〈一窟鬼癩道人除怪〉（警14）中的吳洪，以不同的方式來看破真假的本質，從而達致仙界。〈薛錄事魚服證仙〉（醒26）中的薛偉以夢醒的關頭來突破現實的有限障礙；〈一窟鬼癩道人除怪〉（警14）中的吳洪在鬼、人混雜的現實中區分真假，從而得到覺醒。其中的共同特徵是他們都透過關鍵考驗，看破真假的真諦，從而實現心中的仙境。這樣的經歷提供他們一種覺悟人生，進而超越生死的重要契機。

　　〈一窟鬼癩道人除怪〉（警14）中的吳洪是經過現實「鬼趣」歷程之後，修行而成仙。宋紹興間，福州秀才吳洪至臨安去求功名，考試不中，教館度日。鄰居王婆替吳洪做媒，與官府出身的李樂娘成親。某一天，吳洪與王七三官人同到郊外飲酒，回家途中碰到大雨，眾人因避雨找到隱處，但遇到很多鬼魂，嚇得魂不附體，幸虧癩道人作法，將鬼魂都納入葫蘆中，最後才發現其實李樂娘、王婆以及從嫁錦兒都是鬼魂。

　　吳洪經歷過陰鬼的世界，而遇到神仙，因此便修道升天。吳洪碰到鬼魂是修道試煉的象徵，識破事實真假，在成仙升天的過程中有著重要意義。在修道過程中，最關鍵的要求是「斷情」，但本作品中所重視的部分卻是吳洪如何看破真假的關卡。鬼魂與生人相混的現實中難以區別真假，甚至自認是「活人」的李樂娘、王婆也是鬼魂的現實，對吳洪造成巨大的心理衝擊，這些事實擾亂了他正常的思路，他的人生價值觀也隨之崩解。在吳洪心目中，鬼與人的世界有明確區分，雖然吳洪見到的鬼魂對他沒有直接的傷害或威脅，但他深感恐懼，將所有精神集中在排解現實的困擾，要逃離鬼魂所掌握的世界。他對人鬼混淆有著強烈的心理抗拒，這些恐懼與混亂的心理，在躲避鬼魂時具體地表現出來：

> 吳教授和王七三官人見了，背膝展展，兩股不搖而自顫。看那雨卻住了，
> 兩個又走。地下又滑，肚裏又怕，心頭一似小鹿兒跳，一雙腳一似鬥敗公
> 雞，後面一似千軍萬馬趕來，再也不敢回頭。

對鬼魂的恐懼與不安使人們完全失去思考的能力，一旦理性崩潰，便不能
以正常的認知來控制自己，猛烈的不安迫使人喪失理性而產生極度的恐懼，心裏
僅想要逃脫，再無餘進行理性思惟。當他後來發現李樂娘也是鬼魂時，不知如何
辨別「鬼與人」、「真與假」等現實事物的真偽時，他的理性便失控了。當他在
失去判斷力而感到混亂時，正好遇到道人，得到精神上的援助。道人幫他遏止鬼
魂，此時他的意志都仰賴道人的支撐，所以馬上表達出家的念頭：

> 吳教授直下拜道：「吳洪肉眼不識神仙，情願相隨出家，望真仙救度弟子
> 則個！」只見道人道：「我乃上界甘真人，你原是我舊日採藥的弟子。
> 因你凡心不淨，中道有退悔之意，因此墮落。今生罰為貧儒，教你備嘗鬼
> 趣，消遣色情。你今既已看破，便可離塵辦道，直待一紀之年，吾當度
> 汝。」說罷，化陣清風不見了。吳教授從此捨俗出家，雲遊天下。十二年
> 後，遇甘真人於終南山中，從之而去。

那時道人才告訴他彼此的前生因緣，之後吳洪便一直修行，而終於成仙。
在現實人間，鬼與神對人們來說都有距離，皆屬於「異類」，他對鬼魂具有強大
的恐懼，而對神仙卻具有尊敬憧憬的態度[6]。吳洪不能接受與鬼魂在同樣時空中
存在的事實，卻能接受與神仙同在的矛盾心理，是因為在傳統中國人觀念，鬼連
結到死亡，而神卻是連結永生的。故人面對鬼覺得恐懼而失控的情形，其實便是
面對死亡所呈現的精神狀態。吳洪認為人鬼殊途，各屬不同的世界，所以當人鬼

---

[6]　中國古代鬼神信仰中的一個觀念，即死者不僅可以福佑於人，也能為禍於人。中國古人將鬼分為善鬼和
　　惡鬼兩大類，等級高的善鬼其實就是神。惡鬼又稱「厲」，通常是不盡天年而橫死者，如溺死者、難產
　　死者、無子嗣而死者、被殺死者等都是不自然死亡，所以其鬼魂無所依歸，故游盪於人間而作祟。死
　　後為厲的，其實都是在人世生活中存在某一方面的缺失者。用人世的眼光看待，他們必有所怨，必有所
　　恨，在陰界無所歸依，故時常打擾世人生活。所以自然產生對鬼魂的恐懼，而為了消滅祛禍，人們對惡
　　鬼的生活安排，有所祭祀，使其不復為厲。參閱袁陽，《生死事大——生死智慧與中國文化》（北京：
　　東方出版社，1996年），頁15。

混合，他在精神狀態便呈現出不安與混亂的情形。但透過如此紛亂的狀態，覺悟自我存在的真諦，產生對人生價值、人鬼分別、現實真假的思索，從而決定修行，終於達到仙界。

　　從死亡的角度來看吳洪的成仙歷程，可說一種精神覺悟的過程。若由肉體毀滅的角度來看，精神覺悟不屬於有限生命的結束。但由死亡的意義而言，死亡不限於肉體生命的告別，心理層面強烈受創與精神的覺悟，也是一種不同面貌的死亡。吳洪碰到鬼魂之前的精神狀態與價值觀，是追求富貴功名的典型士人心態，但經過鬼魂世界而得到的精神覺悟，他在修行時展現的精神狀態就和以前完全不同。雖然肉體仍然維持覺悟之前的狀態，但他對現實世界的看法、認識態度和理想，完全產生了新的見解；也就是以前的自我已經死亡，從而產生新的自我，即另一個吳洪再生了。拋棄舊有的價值觀，突破現實拘束，才成就逍遙自在的理想境界[7]。

　　以新的自我觀念來看新的世界時，以前的價值觀念重新開始調整。透過修行成道、看破事物的過程，進行對生命本質的深沉思索，而產生對鬼、人、神之間明確的洞察力。領悟到鬼、人、神之間事實上並無差別，差異只在於世界的區分，因而吳洪覺醒到鬼、人、神可以成為一體、融合為一的境界，而超越世俗價值觀的限制，修行成為神仙，享受著長生不死的仙鄉。〈薛錄事魚服證仙〉（醒26）中的薛偉與〈一窟鬼癩道人除怪〉（警14）中的吳洪一樣，經過現實歷程之後得道成仙。作品中薛偉變成為魚，在水裏逍遙自在，進入龍宮以及夢醒之境等經歷，皆描繪得相當周密。相較於吳洪覺悟而進入仙界的過程，薛偉的故事則著重於現實中鬼、人的真假分別，進而看破事物本質的面貌。薛偉的得道過程是以「夢醒」為手段，來覺悟人生本質。但兩篇作品的共同點是：在得道而成仙的過程中，必須先經驗一種關鍵性的試煉，之後才遇仙而覺悟人生價值、生死存亡的本質，終至進入仙境。差別只在遇到神仙得到不死藥、靈丹之類，與延長生命的方式不同。作品的主要意義，不是在獲得到不死藥後延長肉體性命，而在於覺悟人生的本質，從而修道以進入仙界。薛偉的得道過程，即是從周遊夢幻世界而覺

---

[7]　對於人類來說，束縛是與生俱來的，自由卻是由束縛激發產生的。綑綁人類的鎖鏈無論多麼堅固，它也是外在、死亡的，人對自由的追求卻是內在的，具有無窮的活力。束縛可以使人類一代一代地死去，與束縛的搏斗也可以使人類一代一代地獲得更多的自由。外在的束縛越緊，人類追求自由的願望便越強烈。外在的束縛和內在的自由追求這樣一對尖銳的矛盾，如此奇妙地統一在人的身上。而人就在放對尖銳的矛盾中掙紮、拼鬥，以自己的衝動和旺盛的意志去衝破束縛，渴望自由，追求自由。參見王景琳，《鬼神的魔力——漢民族的鬼神精神》（北京：三聯書店，1996年），頁78-79。

悟人生意義，實現逍遙自在的仙境。

　　夢魂的世界隨時可以實現心中所想之事，且不受具體時空條件拘束，而升天入地，享受超時空的精神活動[8]，就說：「元來想極成夢，夢魂兒覺得如此，這身子依舊還在床上，怎麼去得？單苦了守屍的哭哭啼啼，無明無夜，只望著死裏求生。豈知他（薛偉）做夢的飄飄忽忽，無礙無拘，到也自苦中取樂。」在薛偉的人生歷程與修煉歷程中，現實與夢幻相混合，薛偉潭中洗澡、變金色鯉魚，隨其意向，無不游適，確實是真實，所以他毫無疑問地相信；相反的，現實中的他沈睡不醒，夫人甚至認為他已經死了。如此相反地認識觀念中，正如莊周夢蝶，難以區辨「真假」。在夢幻過程中，薛偉認為自己變魚，周遊龍宮的事情是現實經驗。這是由於他心中潛意識的精神願望，受到外在條件的限制，故以「夢魂」的形式將內在願望呈現出來[9]。所以當他變魚時，他的內在慾望比理性思考更為強烈，他當下一直夢認為是真實情境，並沒有透過理性態度拒絕自己變成魚的現實。由於他內心渴望清涼爽暢的地方，故夢中接近江邊時，就依心中所想徜徉在水裏。之後被趙幹抓去做鮓之時，無論他如何拼命哭訴、哀求，大家仍不知他變魚的事實，而在進鍋的瞬間就驚醒了。

　　當他面臨被殺而作鮓之際，他已經親身經驗過死亡。薛偉一直認為夢幻是真實，所以殺魚的瞬間對他而言，也與實際的死亡無差別，所以認為「這次磨快了刀來，就是我命盡之日了。」他在面對死亡時，表達出強烈感情起伏、迫切的生存意志。也是因為殺魚的場景才使他從夢中醒來；反之，若沒有殺身的威脅，便不能醒來。這就反面地呈現出死亡之後才有再生的象徵。夢醒的過程代表拋棄

---

[8]　中國先民的自我體驗中意識可以超越身體活動為範圍而活動。在睡夢中，人更是可以不受身體存在的具體時空條件拘束，而恍若親歷地升天入地，追前啟後，從事種種超時空活動。因此，中國人相信在人的身體中存在一種可以獨立於肉體，而存在和活動的精神要素，這就是靈魂。在直覺類比思維看來，既然人在睡眠情況下，靈魂可以脫離身體而自行活動，那麼死便與此相類似，是靈魂對肉體的永久脫離，因而靈魂一定是不死的，只是不知歸於何處而已。

[9]　莊子〈齊物論〉云：「其寐也魂交，其覺也形開。」說明人在睡眠的過程中也有著「魂交」的精神活動，此一精神活動就為夢，不同於人在覺醒狀態下的心理意識。一般以為夢是不能自我控制的自行意識，如荀子〈解蔽篇〉云：「心耿則夢，偷則自行」；墨子〈經上〉云：「夢，臥而以為然也。」「臥，知無知也。」夢是一種不自覺的知，其意志若有若無，不同覺時之知，但人在夢中又常自以為覺，如莊子云：「方其夢也，不知其夢也。夢之中又占其夢焉，覺而后如其夢，且有大覺而后如此其大夢也，而患者自以為覺。」夢與覺的相互交錯，顯示了夢雖然不能在清醒時由心神來自作主宰，卻也是一種潛伏狀態下的精神活動，與「形」、「魂」的宗教觀念有密切的關係，一般以為精神的「魂」必須依倚於肉體的「形」，但在「形」停止於休息的狀態，其「魂」可以自行運作，表現其沉然潛隱的虛靈知覺。參見鄭志明，《中國文學與宗教》（臺北：學生書局，1992年），頁60-65。

俗世所有價值、生存意義而覺醒的考驗過程。這過程對薛偉來說，不只是夢醒，而是現實的一部分；雖然在現實中，人似乎不可能變成魚，但他在這樣幻象中所感受到的比現實更為逼真。從自由自在的周遊到垂死掙扎的經歷，即使全部變成一場夢境，對薛偉心理也產生了巨大的衝擊，從而覺悟「夢／實」、「真／假」的根本差別。所以他去拜青城山的途中見到牧童，從而知覺前世仙界因緣，因李八百引導之下恍然大悟，終於回復神仙之籍。

> （李八百）一見少府，便問道：「你做夢可醒了未？」少府撲地拜下，答道：「弟子如今醒了。只求師父指教，使弟子脫離風塵，早聞大道。」李八百笑道：「你須不是沒根基的，要去燒丹煉火。你前世原是神仙謫下，太上老君已明明的對你說破。自家身子，還不省得，還來問人？敢是你只認得青城縣主簿麼？」當下少府恍然大悟，拜謝道：「弟子如今真個醒了！只是老君廟裏香願，尚未償還。待弟子了願之後，即便棄了官職，挈了妻子，同師父出家，證還仙籍，未為晚也。」

　　他在經歷夢幻的前後，有截然不同的變化，即「夢前之身」、「夢中之身」、「夢醒之身」其實是有分別的。夢前之身是意識的存在，夢中之身即已非意識存在的形體。夢中之身的薛偉，雖然不斷自我強調為人身，但在夢中的「現實」世界，他已經是魚，而不是人，此故事裏薛偉擁有三種身份：一、夢前的人，二、夢中的人魚（或魚），三、夢醒的人。夢醒以後，即使回復原來身份，但已非從前之人，亦無法再回到夢前之人。夢前與夢醒的差別在於知道身世，經歷了生死，生存意識也因此擴大。由此可知，薛偉原來的身份雖然是人，卻是一個不斷在變化的人[10]。從這樣的過程中，薛偉看待世界的觀念也變得完全不同。新的自我不受現實束縛，而是解脫現實所有的拘束。夢醒之後的薛偉，現實條件在他心目中已失去價值，因為他已突破現實的生死價值觀，享受更崇高的理想境界。逍遙自在的關鍵在於精神徹底地超脫現實的限制，而在作品中以「活者成仙」的超越方式來達到自由自在的境界；成仙真正的目標，不在於成仙本身，而在於以成仙的手段去享受逍遙自在的境界。新的自我通過看破現實的限制，而把

---

[10]　參見張錯，〈魚身夢幻〉，陳鵬翔、張靜二合編，《從影響研究到中國文學》（臺北：書林出版有限公司，1992年），頁94。

思考轉向無限的彼岸。

　　現實生活中，最關鍵的時刻是生死存亡的瞬間，當薛偉面對死亡時的掙扎、反抗與訴求，使他最後經驗死亡而看破存在的意義。「成道」最難的關卡，即是克服面對死亡時，對生命的不捨，但死亡的來臨卻無可抗拒。他醒過來時，感到所有的價值標準與生死存亡皆已失去意義，恍然大悟。必須經歷如此考驗，才能突破現實拘囿，以夢醒的過程來超越生死觀念而得道，具有重要意義。

　　上述兩篇作品皆以具體的覺悟過程，呈現得道的特徵，且凸顯考驗過程具有特殊的作用，如以「鬼趣」、「變魚」來使人開悟人生本質，進而超越生死；以夢醒、鬼神等獨特的經驗來突破現實拘束等，這樣的試煉過程比現實因素更具逼真效果。透過現實人生經歷「鬼趣」和「幻境」歷程中，自然而然地覺悟生死的關頭而超脫死亡，其寓意深遠。雖然對現實人生來說，這些經驗只是從心理衝擊產生巨大的悲傷而已，但若以精神的角度來看，如此歷程是跨越生死執著的迫切動力，也是能夠開悟而進入仙境的重要關鍵。

二、經過「惜花」、「傲物」歷程後的人生省察
──〈灌園叟晚逢仙女〉（醒4）、〈盧太學詩酒傲公侯〉（醒29）

　　〈灌園叟晚逢仙女〉（醒4）中的秋先和〈盧太學詩酒傲公侯〉（醒29）中盧柟成仙的故事，不是修道後自然成仙，而是經歷現實種種考驗後，反省束縛於物質生命、外在快樂「樂生惡死」的生活，而徹悟逍遙之理。秋先以「惜花」具體表達惋惜外在物質的生命有限；盧柟以「傲才」呈現出偏重於內在自傲之氣的逍遙自在。他們都突破現實的限制，覺悟生死本質，脫離「人我」之區別，而獲得修行之法，最後進入仙境。所以精神覺悟使新的自我誕生，從前執著於現實生活的觀念已經消滅。從再生的角度而言，精神覺悟意味著死亡以後的自我重生，也就是誕生第二個「我」。

　　〈灌園叟晚逢仙女〉（醒4）中的秋先經歷花園從茂盛到凋落，並與仙女相逢的歷程，獲得精神覺醒，從此逍遙自在。在故事情節中，主題思想集中在秋先（灌園叟）開悟的過程，從張委破壞花園的細節中刻劃秋先的心理，精彩細緻，描情入微。秋先原本的人生價值觀，是伴隨著花木而逍遙於人世，花木使他具有人生喜樂之生活態度；正因他將所有生命意志與人生價值都投注於養花一事，所以張委踐踏花園之事，對他的衝擊彷彿像自我失去性命一樣。花朵從生長繁盛到

消殞謝落的過程,如同世間所有生命歷經的路程;隨著花期的生長與凋落,自己的情緒也因此高低起伏[11]:「若有一花將開,不勝歡躍。」;「若花到謝時,則累日歎息,常至墮淚。」;「直至乾枯,裝入淨甕。滿甕之日,再用茶酒澆奠,慘然若不忍釋。」

　　然而他對花的關心,只停留在惋惜有限生命的結束,卻沒有看破死亡的本質。花必然有生死的過程,但他對花的生命態度仍是「樂生惡死」的,把死亡當作是畏避的事情。故他儘量保護它,不讓別人傷害花園,希望花能持續生長,與他共同享受逍遙自在的生活。但這樣的過程卻引發更慘重的後果,當張委徹底地破壞花園時,他便死揪住對方不放:「衙內便殺了老漢,這花決不與你摘的。」此時他心理情感上已受到巨大衝擊,喪失所有生命意志,就「不捨得這些殘花,走向前將手去檢起來看,見踐踏得凋殘零落,塵垢沾污,心中悽慘,又哭道:『花阿!我一生愛護,從不曾損壞一瓣一葉,那知今日遭此大難!』」秋先對花小心翼翼的關心與愛護,此時全被破壞殆盡。幸好得到仙女相助,使花園回復到損傷以前的情況,那時他忽然開悟道:「此皆是我平日心胸褊窄,故外侮得至。若神仙汪洋度量,無所不容,安得有此!」因而至次早,他將園門大開,任人觀賞。此時他已經解脫對花的執著,這和先前為了保全花木,堅持將外人阻隔在外的心態截然不同。

　　秋先對花的態度隱含著「樂生惡死」的觀念,表面上對花木生命的延長相當執著,因而不讓人傷害花的保護心理機制十分強烈。由於其將內在所有的生命意志投注於養花工作,故文本以他對花的情緒變化來呈現他對於物質生命的執著變遷。對生命的執著,是一種退縮心境的具體表現。當他受到致命的衝擊後,即時得到仙女的幫助,從失而復得的歷程突破自己退縮的心理,克服了對有限物質生命的執著。其後,他被張委誣陷為妖人而坐牢,但夢中仙女告以成仙之道,秋先即因仙女之助而脫獄,甚至因花得道,成為神仙。

　　　仙女道:「修仙徑路甚多,須認本源。汝原以惜花有功,今亦當以花成

---

[11]　郭豫適認為:「秋先是住在長樂村裏的一位養花人,他的主要性格特點,就是惜花如命,或者說是以花為命。這個身邊沒有妻兒的育花人,把自己的生命和無數花卉緊緊地連結在一起。他為鮮花的開放而無限快樂,也為鮮花的凋零而傷心落淚。」秋先的喜、怒、哀、樂、愛,都關連著花木的榮枯存亡。秋先把花木之命看得比自己的生命更為重要,以至於必要的時候,將為護花而舍自己的生命。參閱郭豫適,〈善與惡、美與醜的鬥爭——評明代小說〈灌園叟晚逢仙女〉〉,《中國古代小說論集(修訂三版)》(上海:華東師範大學出版社,1992年),頁280。

道。汝但餌百花，自能身輕飛舉。」……自此之後，秋公日餌百花，漸漸習慣，遂謝絕了煙火之物。所鬻果實之資，悉皆布施。不數年間，髮白更黑，顏色轉如童子。一日正值八月十五，麗日當天，萬里無瑕。秋公正在房中趺坐，忽然祥風微拂，彩雲如蒸，空中音樂嘹亮，異香撲鼻，青鸞白鶴，盤旋翔舞，漸至庭前。……秋公向空叩首謝恩訖，隨著眾仙，登時帶了花木，一齊冉冉升起，向南而去。

在秋先的成仙過程中，具有外修與內修兩種修行方式[12]，但更重要的是看破生死自然，而回歸本性的修道。秋先的經歷表現在因花而產生的具體考驗，從中脫離對花的執著和對生命的惋惜，而找到解脫現實束縛的方式。從執著到解脫的變化中，他覺悟到人生不強求、不固執的真諦，因此才能使自己與世界融合為一，徹底地認識到面對生死執著的現實自我。雖然「長生不老」的思維有著生命延長的表象，但若由人生價值、意義的觀點而言，與世界和諧一體，看破生死本質以順應自然，而後在無限世界中展現絕對自由的精神狀態，才是「長生不老」的理想模式。「長生不老」享受永遠生命的方式，不只以生命延長為目的，更在於精神開悟，超脫肉體生死，而進入永恆的理想境界。

〈盧太學詩酒傲公侯〉（醒29）中的盧柟也是在現實中打破束縛而得以逍遙自在，誕生出不同於以前執著於肉體性命、富貴榮華的自我，超越現實所有拘束，從而獲得逍遙自由的第二個「自我」。

大名府濬縣才子名盧柟，家財萬貫，常與名公巨卿往來，平時逍遙於花與

---

[12] 道教追求長生不死的方法可以分為兩個大的方面，一個方面是不假外求，僅靠自身條件對內部精、氣、神的修煉。一個方面是藉助一定外物的功用以補養身體。這兩個方面的修煉方法，可以稱之為內外雙修。一、外修：外修的主要途徑是服餌。所謂服餌就是服食一些特定的藥物以補益身體，鞏固生命。幻想服用不死之藥來長生成仙，是古代神仙方術中的一大傳統。道教便放棄了方士到仙島仙山尋找現成的不死仙藥的做法，轉而自行研制不死之藥，從已知的草藥中尋覓不死之方。但真正具有令人服之即能長生成仙特效的自然藥物是不存在的，各種相信不死藥物很容易被經驗證偽，因而道教最推崇的不死仙藥還是「金丹」。道教以金丹為至上不死仙藥。除認識和信仰方面的原因外，其可操作之處在於金丹須經人工煉制方能成藥。二、內修：道教認為，人的內在生命由通的流布——「精」、「氣」、「神」構成，因而內修的主要思路是保住體內之「精」、「氣」、「神」，不便其外逸流失。內修中的「內觀」、「守靜」、「存思」、「守一」諸術，主要依據的是道教形神相依、形賴神立的生命理論，以存神為目的。內修中的「服氣」、「行氣」、「胎息」、「導引」諸術，皆為煉氣之法。道教認為：「人與物類，皆稟一元之氣而得生成，生成長養，最尊最貴者莫過人之氣也。」（《雲笈七籤·元氣論》）所以道教非常重視煉氣，強調「人欲壽者，乃當愛氣。」（《太平經》）參閱袁陽，《生死事大——生死智慧與中國文化》（北京：東方出版社，1996年），頁137-146。

酒之間，笑傲其間，傲氣豪放。知縣汪岑也喜歡喝酒而「若擎著酒杯，便直飲到天明」。汪岑知道盧柟好酒大放的性格，就連請盧柟五六次，但盧柟全然拒絕，因為盧柟「才高天下，眼底無人，天生就一副俠腸傲骨，視功名如敝屣，等富貴猶雲。就是王侯卿相，不曾來拜訪，要請去相見，他也斷然不肯先馳。」他之所以對世俗功名富貴有超然的態度，是因為他自認為才子，蔑視追求名譽富華的俗人，態度十分怠慢驕傲，且心中認為王侯卿相也應對自己有結交之心。他心中滿懷著自負，不屑追求逐利功名的現實世界，以逍遙於花、酒之間的獨特方式超然於世俗之外。汪岑連次請他，但沒有互應，後來便親自上門盧柟家。汪岑與盧柟約定了「梅花之約」、「遊春之約」、「牡丹之約」、「荷花之約」、「中秋賞月之約」、「桂花之約」，但汪岑總是恰巧發生緊要之事而不能前往，因而與盧柟的約定全部爽約。最後有「菊花之約」時，彼此錯認約定的時間，使得汪岑認為盧柟是故意羞辱，故兩人的好因緣遂成滿腔仇恨。汪岑故意誣陷盧柟坐牢，進而要謀殺他。盧柟從往昔的榮華富貴陷落到牢獄的淒慘悲哀情境，心裡產生深沈的傷感。因為他最初表面看起來瀟灑自在的基底，並不是對現實限制有明確地觀照與反省，而是建立在怠慢驕傲的精神基礎上；由於追求功名失敗的憂鬱情緒，自然產生對現實功名不屑一顧的態度，以逍遙於酒、花之間來舒解心中的憂思。這仍是偏向物質豐盛、傲氣十足的自我逍遙，並沒達到精神超脫的逍遙境界。

　　這樣縮限在現實的逍遙自在，本身已經有所限制，不能完全呈現出逍遙自在的理想世界。以至於他突然落入不同的生活境遇，心裡留下巨大傷痕，就說：「住的卻是鑽頭不進半塌不倒的房子；眼前見的無非死犯重囚，言語嘈雜，面目兇頑，分明一班妖魔鬼怪；耳中聞的，不過是腳鐐手杻鐵鏈之聲。到了晚間，提鈴喝號，擊柝鳴鑼，唱那歌兒，何等悽慘！」「要這性命何用？不如尋個自盡，到得乾淨。」每次新的知縣來時，試圖要解放盧柟，但汪岑故意誣陷他們而使之罷官免職，所以每次新任的知縣都不敢提出盧柟的解放，使他坐牢十餘年。十餘年牢獄歷程，使盧柟深沈地省察到自我心胸狹隘，他回顧過往人生意義，悔悟自己不肯容納別人的驕傲態度。在與以前完全不同的經驗中，覺悟了逍遙的真正意義。以後由陸光祖的幫助，才從牢獄中解脫而重回自由之身。他餘生與詩酒遊，不再介意現實的淪落，其後遇仙同飲而飄然從世間消失了。

　　　　一日遊采石李學士祠，遇一赤腳道人，風致飄然，盧柟邀之同飲。道人亦
　　　　出葫蘆中玉液以酌盧柟。柟飲之，甘美異常，問道：「此酒出於何處？」

道人答道：「此酒乃貧道所自造也。貧道結菴於廬山五老峰下，居士若能
同遊，當日日斟酌耳。」盧柟道：「既有美醞，何憚相從！」即刻到李
學士祠中，作書寄謝陸公，不攜行李，隨著那赤腳道人而去。陸公見書，
嘆道：「翛然而來，翛然而去，以乾坤為逆旅，以七尺為蜉蝣，真狂士
也！」屢遣人於廬山五老峰下訪之不獲。後十年，陸公致政歸家，朝廷遣
官存問，陸公使其次子往京謝恩，從人遇之於京都。寄問陸公安否。或
云：遇仙成道矣。

　　在盧柟現實境遇的轉變中，覺悟到富貴功名如浮雲。經驗過現實中的富貴
與落魄，甚至於坐牢等極端的考驗；原本只是表面看似逍遙自在的性格，已經從
磨練中昇華。若沒有障礙的試煉，他也不能覺知到逍遙遊的真諦，只能停留在外
在行樂上的閒遊層次而已。盧柟雖然遭遇現實肉體的折磨，但卻從此能享受精神
上的自由，真正地踏進逍遙境界。人生苦難對他而言，是完成逍遙境界的一種必
然過程，是成就逍遙境界的關鍵因素。他轉化之前的價值觀，超越了肉體生死及
所有現實拘束，產生了新的自我觀念。把之前以物質為主的偏差逍遙觀，透過精
神開悟而轉化為真正的自在逍遙觀。
　　秋先與盧柟在人生經歷中皆面臨巨大的心理創傷，他們透過現實困境看透
生命本質，才獲得覺悟而進入仙界。他們融合人生的苦衷、歡樂、哀傷、挫折等
情緒，昇華為覺醒的必經之路。透過舊我的死亡和精神層面的再生，對達到理想
境界，完成真正的逍遙自在，有著不可忽略的重要意義，因而常以精神覺悟來開
啟新的內心世界而成就自我重生。

三、成仙考驗而邁向永生
──〈張道陵七試趙昇〉（喻13）、〈杜子春三入長安〉（醒37）

　　《三言》作品中，具有重視經由人間的幻滅、徹悟的過程而進入仙境的人
物，如〈一窟鬼癩道人除怪〉（警14）中的吳洪、〈薛錄事魚服證仙〉（醒26）
中的薛偉、〈灌園叟晚逢仙女〉（醒4）中的秋先、〈盧太學詩酒傲公侯〉（醒
29）中的盧柟等。其中〈張道陵七試趙昇〉（喻13）中的趙昇、〈杜子春三入長
安〉（醒37）中的杜子春，都以道教的斷情、煉丹等手段來呈現出成仙與逍遙自
在的理想目標。

〈張道陵七試趙昇〉（喻13）中趙昇的考驗過程是修道中必須通過的重要關卡，張道陵以七種方式來考驗張昇的堅強修道意志。這種考驗的過程是一種「斷情」作用，沒有禁絕一切慾望，就不能達到神仙的境界[13]。

> 第一試：辱罵不去；第二試：美色不動心；第三試：見金不取；第四試：見虎不懼；第五試：償絹不吝，被誣不辯；第六試：存心濟物；第七試：捨命從師。原來這七試，都是真人的主意。那黃金、美女、大蟲、乞丐，都是他役使精靈變化來的；賣絹主人，也是假的；這叫做將假試真。凡入道之人，先要斷除七情，那七情？喜、怒、憂、懼、愛、惡、慾。真人先前對諸弟子說過的：「汝等俗氣未除，安能遺世？」正謂此也。

張道陵故意安排七種考驗來試趙昇，然而趙昇卻沒有動搖，堅決維持修道的信心。突破世俗所有情慾羈絆，就有機會進入仙界的路徑，因為世俗的所有事情都因七情而發生連結，若沒有斷情，就容易入魔而破壞修心，所以文中敘述者也特別強調「斷情」的難中之難[14]。

趙昇對考驗的態度始終沒有變化，當張道陵以極端的方式來考驗他時，他也誠懇地接受。在張道陵考驗趙昇的過程中，十分具有意義的階段是超越生死而捨生奉道的要求。若能連自己的生命都可以拋棄，為奉道而捨身，就能得道成仙。若他面對死亡仍有恐懼，與其他弟子一樣仍然執著於貪生怕死，則不能達到永生的神仙境界：

---

[13] 仙人雖不禁欲，但那是成仙以後的事。「欲得之，先棄之」。該進則進，該退則退，甚至以退為進。這些實用道理，用於成仙也是一樣。人要想入仙境長生不死永久享樂，滿足世間難以滿足的欲望，首要的一關卡，卻是要禁絕一切慾望。在道教看來，人可以成仙，但就因了眼前的這欲壑難填。錯過了多少成仙的良機，只能在人間受苦，享受不到那暫時禁欲之後的大欲。參見王景琳，《鬼神的魔力——漢民族的鬼神精神》（北京：三聯書店，1996年），頁84-87。

[14] 「且說如今世俗之人，驕心傲氣，見在的師長說話略重了些，兀白氣憤憤地，況肯為求師上，受人辱罵？著甚麼緊加添四十餘日露宿之苦？……至於『色』之一字，人都在這裏頭生，在這裏頭死，那箇不著迷的？……在路上捨得一文錢，卻也叫聲吉利，眉花眼笑，眼見造一窖黃金無主之物，那箇不起貪心？……今人見一隻惡犬走來，心頭也諕一跳；況三箇大蟲，全不怖畏，便是呂純陽祖師捨身餧虎，也只好是這般了。再說買絹這一節，你看如今做買做賣的，討得一分便宜，兀自歡喜；平日間冤枉他一言半字，便要賭神罰咒，那箇肯重疊還價？……路旁乞食之人，那解衣推食，又算做小事了？結末來，兩遍投崖，是信得帥父十分真切，雖死不悔。造七件都試過，纔見得趙昇七情上毫不曾粘帶，俗氣盡除，方可入道。」（〈張道陵七試趙昇〉）

真人一日會集諸弟子，同登天柱峰絕頂。那天柱峰在鶴鳴山之左，三面懸
絕，其狀如城。真人引弟子於峰頭下規，有一桃樹，傍生石壁，如人舒出
一臂相似，下臨不測深淵。那桃樹上結下許多桃子，紅得可愛。真人謂諸
弟子曰：「有人能得此桃賈，當告以至道之要。」那時諸弟子除了王長、
趙昇外，共二百三十四人。皆臨崖窺瞰，莫不股戰流汗，連腳頭也站不
定。略看一看，慌忙退步，惟恐墜下。只有一人挺然而出，乃趙昇也。對
眾人曰：「吾師命我取桃，必此桃有可得之理；且聖師在此，鬼神呵護，
必不便我死於深谷之中。」乃看準了桃樹之處，縱身望下便跳。

達到成仙而逍遙自在的重要考驗，即在「斷情」過程，嚴格來說，這就是
一種心理死亡的過程。斷絕「七情」的過程，對凡人而言，比實際死亡更為痛
苦。但若對世界的本質徹悟時，心理上所產生的疑惑與不捨，矛盾和衝突就容易
和解了，這就進入「長生不死」的神仙境界。在由「有情」到「無情」的看破過
程中，最重要關鍵在於拋棄對肉體性命的執著。趙昇將自己所有的精神力量集中
於超越生死而達致成道之境。其實長生不死的觀念不只限於現實的生命延長，而
是超越生死的精神開悟，才是更為重要的關頭。趙昇的考驗過程不只是肉體性命
的延長，更重要在於超脫現實的所有束縛，而享受超然自在。

所謂「達到仙境」，就是覺悟生死本質所產生新自我的觀念。考驗的過程
中雖然仍有對生死感到猶豫的心理掙扎，但透過考驗後已產生超越生死的自我，
因而成仙是超越自我限制的具體化過程，使自己的價值觀符合於仙界的要求。以
試煉肉身為目標來看種種考驗，只是殘酷的磨練過程而已，但以精神解脫的觀念
來看，必須通過嚴格的試煉才使之醒悟而得道，並其中關鍵性的內涵就隱藏在考
驗過程裡，只要通過考驗，自然就能突破現實有限的拘束與纏擾。「斷情」是斷
絕人本來的俗性，加以斷絕生存中帶來所有現實的束縛與懊惱，從而超越生死與
自然合一的「一體化」過程。所以趙昇順利地通過七種斷情的試煉而成仙，與張
道陵與王長一起升天。新的自我觀念絕不會因現實的束縛，而阻隔無限思考的進
展。在神仙世界中逍遙自在，享受理想境界，必須通過精神覺悟、產生新自我之
後才能達到。

〈杜子春三入長安〉（醒37）中的杜子春也是經過一種嚴峻考驗之後才進
入仙界的人物。趙昇的考驗過程中雖有心理掙扎，但在情節進行過程中並無明顯

刻畫，而著重於描繪堅持修道的強烈意志，最後終至成功的狀況。而杜子春成仙過程中的情節變化曲折，且不同於趙昇一就成功，作為考驗的「斷情」在杜子春身上卻經常失敗，但他並無放棄，繼續修道。趙昇的成功與杜子春的失敗差別在於二人對考驗的態度不同，趙昇已經斷絕世俗所引的七情而專心修道，所以張道陵的「七試」過程對他而言，不過是加強成仙意志的磨練，然而杜子春成仙的意志沒那麼堅固，對老人的報恩觀念較強，因而斷情考驗難免走向失敗的命運[15]。二人對考驗的不同態度，從而產生不同的結果。但杜子春因自己的失敗，也破壞了老人的重要事業，因而後悔重新正視修道一事，之後再返道場修道，終於成仙。

　　〈杜子春三入長安〉關於「情」與「欲」的掙扎表現得非常強烈。尤其是在「現世」情節中[16]，最突出之處是老人三次贈與杜子春大量金錢的部分。老人初次給他錢，他虛擲浪費，他前後的心理反應不一樣。道士問他：「良君為何這般長嘆？」杜子春的反應是：「這一肚子氣惱，正莫發脫處，遇著這老者來問，就從頭備訴一遍。」以他當時的情況，是對一個素昧平生的陌生人訴說。等到拿了老人所送的三百萬錢後，老人連姓名也不告知便走了。他以為財自天降，不必負擔任何精神上的不安與壓力，因此「不及兩年，早已罄盡無餘。」第二次遇見老人給錢時，杜子春就「不勝感愧，早把一個臉都掙得通紅了。」不像第一次那樣毫不客氣。但錢既入手，心又翻然。此時他心理的轉折已較第一次更複雜，這種心理的起伏使「情」與「欲」的衝突更為凸顯。但他得到錢之後，心底潛伏的「欲」又漸漸上升。老人給他的錢，過一、二年後又全部散盡。第三次見

---

[15] 「報恩」情緒的根本基於人情，杜子春在不知不覺中獲得了對「人性本質」的間接覺悟。作丹藥之時必須斷絕人情，才能完成，但杜子春試煉的動機並不是要斷絕人情而享受長生不老，而只是為了守和道士的誓約而報恩意圖而已。但這個報恩心理的根本基礎為何？其實也就是人性的本質——「人之常情」。僅管「報」的基本觀念非常複雜，也包含「人與超自然之間的因果關係」、「社會上的交換行為」，不限於「人情」方面，但從「情感性」來分析，可以確定報恩的心理屬於情感，具體地說便是「人情」。所以杜子春根本不能成功達到成仙的境界，因為他通過試煉的所有原動力就從報恩的心理機制上出發，而並沒有自己想要成仙的願望。他不能捨棄基於人情的報恩思想，所以也就絕對無法達到成仙的境界。

[16] 〈杜子春三入長安〉（醒37）作品表面上以時間與空間的限制來分成「現世」、「幻境」兩個世界。但「物理時間」與「物理空間」的觀念藉主角的主觀意識，而有變成「心理時間」與「心理空間」的可能性。其實詳細地分析〈杜子春〉，可以分為「現世」、「幻境」、「迴環現世」三個結構部分。因為杜子春在長安三次收到老人贈錢的心理態度，和經過人情考驗與煉丹失敗後，再尋找道士蹤跡的心理態度完全不同，雖然各個段落的篇幅長短、時空的安排不同，但分成三個結構來分析作品，或許會比較接近本來作品完整的思想意義。

到老人時，他就「連忙的躲在眾人叢裏，思量避他」，羞慚之情比第二次更深。老人背後叫道：「郎君，好負心也！」只這一聲，就羞得杜子春再無容身之地。在老人面前謝罪道：「我杜子春，單只不會做人家，心肝是有的，寧不知感老翁大恩！只是兩次銀子，都一造的蕩廢，望見老翁，不勝慚愧，就恨不得立時死了。」有了這種反省，才使他決心改邪歸正，立志為善。這前後三次心理轉變，使杜子春終於甘受一切痛苦考驗，為老人效命。老人第三次給他錢時，他終於成功克服慾望。他通過前二次的失敗經驗後，體會到必須以堅強的意志來突破「人欲」的誘惑。作品中的「現世」情節是杜子春從縱慾回復到性善本質的轉移過程，其中不斷出現「情」與「欲」的衝突，呈現杜子春心理上的掙扎，但歷經三次考驗後，逐漸體會到「人情」的品德。

　　徹悟「人欲」是進入仙境必要的過程之一，首先須看破「情慾」才進入斷情的過程，克服成仙的艱難，所以前三次考驗慾望的過程是以後杜子春進入地獄、母子情試煉的重要基礎之一。首先必須控制自己情慾，才能進入下一步更嚴格的考驗。老人的三次考驗相當周密，使杜子春從意志及行為實踐上體會並看破現實人世。杜子春在三次機會裏，往往在縱慾和節制慾望之間掙扎，雖然慾望是人性中的一部分，但若不能斷離，就無法完成煉丹藥的事業。

　　考驗「幻境」的情節在〈杜子春三入長安〉作品中極為重要。若以時間、空間來區分人情的考驗，大致以「名山」──「幽冥」──「輪迴」為構成[17]。首先杜子春跟著老人進入名山，通過仙境上的考驗；再到閻王面前受到「地獄」的苦痛，他仍然堅守老人的戒言；終於輪迴到現實世界的空間，卻在看到兒子將被逼死之際發出聲音，以致不能煉丹成功。「名山」、「地獄」、「輪迴」三個不同世界使他受到了身體與精神殘酷的痛苦。對杜子春而言，三個考驗的難度以愈來愈強的試煉強度來逼他出聲。作品中面對這三層困難而掙扎的過程描寫得相當細緻。這三段情節在全體結構中占了相當重要的位置，而且造成高潮的緊張局面。

　　杜子春到名山之後，才知道老人的身分是會煉丹的人，此時他卻沒有任何

---

[17] 佛教「轉世」觀念作為結構小說的一種形式，固然會有宣揚因果報應思想的一面，但畢竟也有相對獨立的價值和意義。孫遜認為：「〈杜子春〉本事講道家出世的，但在結構上卻借用『轉世』作為一轉捩點。……作品在表現愛心勝於道性這一主題時，『轉世』模式在結構上起了一個非常關鍵和轉捩的作用。」參考孫遜，〈釋道「轉世」、「謫世」觀念與中國古代小說結構〉，《文學遺產》（北京），1997年第4期，頁70。

的心理變化。因為他的心意在跟隨老人之前已經篤定，已經抱持著發生任何情況都可以接受的心理準備。老人回復道士的身分警告杜子春試煉上的重要要求，即「不可開言」：

> 那老者分付道：「郎君不遠千里，冒暑而來，所約用你去處，單在於此。須要安神定氣，坐到天明。但有所見，皆非實境。任他怎生樣兇險，怎生樣苦毒，都只忍著，不可開言。」分付已畢，自向藥灶前去，卻又回頭叮囑道：「郎君切不可忘了我的分付，便是一聲也則不得的。牢記！牢記！」

「不可開言」的意象內涵相當深密，老人為何認為「不可開言」的方式才是通過所有考驗的關鍵？「開言」是執著於慾望表達的表層意義，而且從凡人來講，可算是人本能中最根本的素質之一。反觀「不可開言」的深層意義，即是意味著能控制慾望的象徵。不能控制慾望則發生「著魔」的結果，所以道士特地吩咐說：「但有所見，皆非實境。」天魔無相，並無實質，魔由心生，乃修道第一剋星。「不可開言」是「慎勿欲」，不動慾念就不會墜入痛苦的深淵。其實「開不開言」是自己內心表現出「放縱」與「節制」間不斷掙扎的表象。若繼續維持「不可開言」的戒言，則可達到仙界，這就是斷絕人情的重要關鍵。若「仙境」、「地獄」、「輪迴」上的痛苦是從外面來的考驗，「不可開言」的誓約就是對自己內心嚴峻的試煉。這對精神造成的苦痛比身體更甚，且加上肉體的苦痛，就成為人間最無法忍受的考驗：一方面肉體、精神上受到嚴重的雙重傷害，一方面心理又在「有情」與「斷情」之間不斷地掙扎，還得堅持「不可開言」。

杜子春在仙境修煉之時，突然出現千乘萬騎的大將軍，來威脅杜子春出聲。猛虎、毒龍、猊㺜、獅子、蝮蝎也妨害他修煉，甚至在杜子春面前執妻前來試驗夫婦之情。他斷絕了權勢的逼迫、猛獸的威脅及夫婦之情，堅持不動不語，終於被斬死落入地獄。在此仙境的考驗，可說是現實世界最難以承受的困境。杜子春被斬死後，魂魄被領去見閻王，左右皆說：「子春是個雲臺峰上妖民，合該押赴鄷都地獄，遍受百般苦楚，身軀糜爛。」杜子春的靈魂落到地獄之後受到殘酷的極刑痛苦。雖然在地獄遭遇難以想像的苦痛，但他始終堅持「不可開言」，不曾出聲。通過地獄的刑法試煉後再輪迴，出生為女子之身。但「從小多災多病，針灸蕩藥，無時間斷」，也經過痛苦的生活，最後更遭受喪子之痛：

> 盧珏怒道：「我與你結髮三載，未嘗肯出一聲，這是明明鄙賤著我，還說
> 甚恩情那裏，總要兒子何用？」到提著兩隻腳，向石塊上只一撲，可憐掌
> 上明珠，撲做一團肉醬。子春卻忘記了王家啞女兒，就是他的前身，看見
> 兒子被丈夫活活撲死了，不勝愛惜，剛叫得一個噎字。

　　杜子春以男子剛性試煉成功了，但他的「無情無覺」，究竟不為閻王所
容，所以使他重入凡間脫胎為女人。作者安排一世為男，一世為女，更見其謀篇
周密之處。雖然杜子春出生為啞女，也結婚生子過著幸福的生活。但這不是全部
考驗的結束，而是將要以比過去更殘酷的刑罰來逼迫她。最後丈夫因妻子無言而
憤怒，要撲殺兒子之際，救子勢必發聲使之不得不然發出驚呼的「似言非言」。
身為男子「無言」的關鍵在於斷絕人倫關係、消滅七情六慾，而女子的「無言」
也必須在消滅人性中之喜、怒、哀、懼、愛、惡、慾的條件中。但人之愛情中最
難割捨的就是母子之愛。這種強加壓抑又無法抑制的心聲，可以想像杜子春意識
中未經思考地、自然交叉著道士誓約與母子親情的矛盾掙扎。「噎」這聲「似言
非言」的驚呼，包括的含意十分廣泛。身體的苦痛、心理的掙扎、精神的煩惱，
全部藉「噎」聲來發洩出壓抑人情的全部。「噎」只是一個潛意識的「不似語
言」而已，但卻把他在仙境、地獄試煉中所有壓抑住的情感困惑、刑罰的煩惱全
部吐盡。從地獄的折磨到輪迴的苦痛，先使杜子春感受到人生所有的悲苦與喜
悅，最後在考驗母子之情時給他致命的一擊。「噎」一聲，是用最強烈的衝擊來
打破所有以前忍耐過的苦痛與煩惱。
　　在這裏的三次考驗，每次試煉都各具特色。雖然現實身體、靈魂精神、輪
迴現世上所展現的形式不同，但都安排在各個時空上最難度過的關卡。杜子春雖
然不能成功，卻讓他體會到高尚人性的機會。他通過所有艱難，最後卻在試煉母
子愛時沒有辦法堅持「不可開言」的誓約，而無法達到神仙的境界，因而不得不
歸於世俗世界。老人嘆道：

> 人有七情，乃是喜怒憂懼愛惡慾。我看你六情都盡，惟有愛情未除。若再
> 忍得一刻，我的丹藥已成，和你都昇仙了。今我丹藥還好修煉，只是你的
> 凡胎，卻幾時脫得？可惜老大世界，要尋一個仙才，難得如此！

　　杜子春因違背和道士的誓約而心生愧悔，說道：「我杜子善不才，有負老師囑付。如今情願跟著老師出家，只望哀憐弟子，收道在山上罷。」但老人搖手道：「我這所在，如何留得你？可速回去，不必多言。」以後杜子春回世俗，繼續修道，三年後再往華山，但卻沒有老人蹤跡，便留在仙域修道，三年後老人終於出現，那時才知老人即是太上老君，杜子春得了神丹並與妻子一起升天。

　　杜子春雖然歷經仙界、地獄、輪迴三次慾望的試煉鎩羽而歸，但這樣的考驗過程，使他得到修道的本義，終於超越生死而進入仙界。雖然在考驗過程中，使杜子春心理產生嚴重的傷害，但他把心理傷害轉化為追求精神覺悟的堅定信念。得到神丹，只是長生不死的外在條件，主要的意義還是在心理層次超越世俗束縛。杜子春在歷經考驗前後的自我完全不同，通過考驗過程自然而然地覺悟得道，從而超越生死達致神仙境界。經過殘酷的考驗與舊我死亡，使之產生新的自我，這是將自我導引到精神覺悟而達到仙境的關鍵因素。

四、逍遙遊的精神超越
——〈莊子休鼓盆成大道〉（警2）、〈陳希夷四辭朝命〉（喻14）

　　在〈莊子休鼓盆成大道〉（警2）和〈陳希夷四辭朝命〉（喻14）的情節中，沒有具體的成仙考驗、人生歷程，卻有自己修道而成仙，並有濃厚「逍遙自在」的處世觀念。作品中的主要人物，不是一般俗人，而是修道者，因此並無凡人需克服的試煉與過程，只呈現在世俗達到逍遙自在的仙境。作品中的人物，對逍遙的觀念皆有獨特的個人價值觀，雖然纏繞於世俗而追求精神自由的過程中，沒有具體修道歷程，而是以雲遊的方式來脫離對於死的困惑和生的執著。他們心裏已有逍遙自在態度來超脫繁雜俗事，故能在世俗中維持仙遊態度，享受自己嚮往的仙鄉。

　　〈莊子休鼓盆成大道〉（警2）中的莊子是表現出遊仙自在人生態度的重要例子。他修道成仙的過程，與其他人的覺悟過程有點不同，他自身已具有某種程度的覺悟，但還沒歸於仙界，而是在世俗中，以凡人肉體保持逍遙自在的心境。這比進入仙界成仙更具現實意義，因為在他的生活中，仙界與世俗之間並無差異；對他而言，能在現實生活超越生死而達到自由自在、逍遙雲遊的境界，即是仙界。但因現實上能享受的理想境界還是有所限制，最後還是要歸於仙界。成仙

最重要的因素可謂「斷情」，在七情的起伏、周折中自然會產生執著與懊惱的情緒，若沒有斷情，就無法獲得解脫，逍遙態度也會受到限制。雖然現實的莊子生活逍遙自在，但一方面仍維持著夫婦之情。夫婦之情比其他的情感活動更為親密，所以說：「近世人情惡薄，父子兄弟倒也平常，兒孫雖是疼痛，總此不得夫婦之情。他溺的是閨中之愛，聽的是枕上之言。」莊子把世情看作行雲流水，但不斷絕夫妻之倫。

　　有一天，莊子路見一婦人舉扇搧墳，因為其夫死前，相約墳乾後能再嫁。莊子十分感嘆，回家對田氏說：「生前個個說恩深，死後人人欲搧墳。畫龍畫虎難畫骨，知人知面不知心。」田氏不以為然，而發怒表示維護貞節的強烈意志。數日後，莊子病故，七天之後有楚王孫來訪，田氏一見他人才標致就動了心，不久便成婚。成婚之日，楚王孫忽然心痛，說要食生人腦髓才可痊愈。田氏便用斧頭砍開莊子棺材想取腦髓，當棺材被劈開時，莊子挺身而起，田氏羞愧自縊。莊子便以瓦盆為樂器，倚棺擊盆而歌，歌畢，打碎瓦盆，燒去草屋，遨遊四方，得道成仙。

　　莊子故意考驗田氏的貞節意志，作品情節乃以田氏因傳統貞節觀而自殺貫穿整個主題；但若從莊子成仙的角度來看，則不只是單純地襯托貞節觀而已，而是莊子成仙的內在省察，是他在修道過程中必須面對的一種考驗。如此安排全是莊子本身的計畫，他原本深信夫婦之情，但看到扇墳寡婦之後，對世俗夫婦之情有了深沈的懷疑。他回家將此事告訴妻時，田氏憤而發怒，而莊子卻在心中產生考驗田氏貞節的念頭。在此之前，他原以為自己與田氏之愛是永恆的。雖然莊子已拋卻世俗所有拘束，仍然放不下夫婦之情，但歷經此事，他與田氏之情也徹底被破壞了。他覺悟於世俗的愛情並不永恆，過去因七情的纏綿而掩蓋真相。他理解到，現實中所有事情都因「心」而發起情緒活動，因為心有執著才產生慾望，若不能斷絕慾望，便不能真正享有逍遙自在之境界。

> 　莊生見田氏已死，解將下來，就將劈破棺木盛放了他，把瓦盆為樂器，鼓之成韻，倚棺而作歌。歌曰：「大塊無心兮，生我與伊。我非伊夫兮，伊非我妻。偶然邂逅兮，一室同居。大限既終兮，有合有離。人之無良兮，生死情移。真情既見兮，不死何為！伊生兮揀擇去取，伊死兮還返空虛。伊弔我兮，贈我以巨斧；我弔伊兮，慰伊以歌詞。斧聲起兮我復活，歌聲發兮伊可知！噫嘻，敲碎瓦盆不再鼓，伊是何人我是誰！」莊生歌

罷,又吟詩四句:「你死我必埋,我死你必嫁。我若真個死,一場大笑話!」莊生大笑一聲,將瓦盆打碎。取火從草堂放起,屋宇俱焚,連棺木化為灰燼。

　　莊子在現實生活的逍遙自在,對「真假」的真諦有著根源性的覺悟,其徹悟關鍵還在夫婦之情。田氏在莊子生前的鶼鰈情深,與他裝死後琵琶別抱的情愛中,究竟哪一個是真情?哪一個是假情?莊子對真假的分別、你我的存在和生死的執著,都有著深沈的懷疑,他因此大悟紅塵,鼓盆而歌。此時關乎世俗的人生價值、生死存亡、世俗情感等一切,對他而言已再也沒有重要意義。他看破世界的象徵則表現在「笑」;「笑」是對現實的超越、真假的解脫,原本難以斷情的躊躇與心理掙扎,皆從具體的「笑」與「歌」中昇華[18]。現實掙扎如同一場「大笑」,所有的執著、掙扎、猶豫,全為空虛一場。他看清夫婦之情的真假,看破生命執著的虛無,認為人生一切瞬息萬變,沒有永恆。當他開悟時,就重新反思起自我與他人的存在意義,故他說:「大塊無心兮,生我與伊。我非伊夫兮,伊非我妻。」在世俗生活中自感逍遙自在的莊子,因對田氏的考驗而對夫婦之情的真假產生了強烈懷疑,這當中他精神所經歷巨大的變化,使他創造出新的超越觀念。由此而生的觀念,比之前的逍遙精神更推進一層,即徹悟世間所有一切皆為「空虛」,而更接近真正的逍遙境界。這種對世界的新觀念,即是超越「你我」、「生死」的執著,將全部融合一體,忘懷自我與他人,以及俗事,追尋「空虛」的真諦。若心境中已無「你我」、「生死」的區別,就能超脫現實纏縛,而成就「逍遙遊」[19]的境界。

　　鼓盆而歌的莊子著重於現實上因斷情而引起真假、生死本質觀念的突破,而〈陳希夷四辭朝命〉(喻14)的陳摶則是在現實上已有逍遙自在的神仙人物,

---

[18] 「笑」對每一個人來說,都不會陌生。「喜則笑,悲則泣」,是可以隨口說出的。但「笑」所伴隨的並不總是歡悅,作為一種復雜的生理現象,笑的奧秘並不為常人所熟知,而作為一種「藝術現象」。中國古典小說藝術中「笑」的重要特徵之一,就揭示人物的內心世界。〈杜十娘怒沉百寶箱〉(警32)中對杜十娘的一段描寫,就「十娘放開手,冷笑一聲」,也是以「笑」揭示人物內心的出色例證。雖然在古典小說中所描寫的笑「形態」、「聲音」、「模樣」,都是各式各樣,即大笑、冷笑、強笑、奸笑等,不一而足,使人難以例舉,但呈現出作品裏人物的心理世界做了重要作用。參見張振軍,《傳統小說與中國文化》(桂林:廣西師範大學出版社,1996年),頁286-287。

[19] 有關「逍遙遊」釋義,可以參考王邦雄,〈逍遙遊〉,《鵝湖月刊》第18卷第6期,1992年12月,頁12;林秀珍,〈莊子「逍遙遊」的超個人心理分析〉,《鵝湖月刊》第21卷第9期,1996年3月,頁38;陳建樑,〈莊子「逍遙」義闡論〉,《中國文化月刊》第201期,1996年12月,頁25-28。

並無超越俗事之考驗，從而覺悟的過程。陳摶從小遇毛女授《易經》，成年後得道隱居，有人前來拜謁，他卻高臥不理。即使是唐明宗御筆親召，入朝後他僅長揖不拜，不願為官。明宗用女色相引，陳摶便不辭而別，到武當隱居。陳摶在山中遇五老傳授「蟄法」，能辟穀數月。二十餘年後，又有神龍帶他到太華山居住。周世宗聞陳摶之名，擬封極品，陳摶不肯應命，周世宗賜號「白雲先生」。宋太祖平定天下後，召迎陳摶入朝，也不肯應命。太宗即位後，再次賜封召見，陳摶奉召進東京，見皇帝仍不拜，睡了三個月後回山。又過了二十年，為了幫太宗立嗣，僅下山一次便歸隱山林，直至一百十八歲，無疾而逝。

　　他在現實中實踐逍遙的形式，就是以「睡」、「閒」、「遊」的方式自由生活。「遊」是逍遙自在的基本要素，也是能進入無拘束理想境界的關鍵。作品中的「遊」具有重要意義，在現實中能超越所有糾纏而遊仙，實則與「遊」的精神有著相當密切關係[20]，且「遊」的觀念，在作品中常以「閒」的內涵表現出來：

> 且說箇「閒」字，是「門」字中著箇「月」字，你看那一輪明月，只見他忙忙的穿窗入戶，那天上清光不動，卻是冷淡無心。人學得他，便是鬧中取靜，纔算做真閒。有的說：人生在世，忙一半，閒一半。假如日裏做事是忙，夜間睡去便是閒了。卻不知日裏忙忙做事的，精神散亂，晝之所思，夜之所夢，連睡去的魂魄，都是忙的，那得清閒自在？

　　「閒」的生活態度是逍遙的重要方式。現實中所有事情都因「七情」發生種種慾望，卡在現實慾望衝突中，閒視之事，是具有限制的，所以修道人經常試圖以「回歸自然」、「拋棄慾望」來進入「閒」的境界，陳摶更加以「睡」的方式呈現「閒」的境界。其實「睡」是在現實中放開肉身所有拘束，從而逍遙在另外一個世界的一種精神活動。從這樣的觀念而言，「睡」即是一種逍遙自在的具體體現。

---

[20] 遊仙思想的成因是複雜、多元的。在人類對肉體生命與精神想永恆和幸福追求的過程中，形成了對現實世界、現有文化的否定意識，由此派生出變革現實超越塵世的心理，設想一個非現性的神仙世界，遂產生遊仙動機。詳見王立，〈中國古代文學中的遊仙主題〉，《中國古代文學十大主題》（臺北：文史哲出版社，1994年），頁207-209。

太華山道士見具所居沒有鍋灶，心中甚異。悄地察之，更無他事，惟鼾睡而已。一日，陳摶下九石巖，數月不歸，道士疑他往別處去了。後於柴房中，忽見一物。近前看之，乃先生也。正不知幾時睡在那裏的，搬柴的堆積在上，真待燒柴將盡，方纔看見。又一日，有箇樵夫在山下割草，見山凹裏一箇屍骸，塵埃起寸。樵夫心中憐憫，欲取而埋之。提起來看時，卻認得是陳摶先生。樵夫道：「好箇陳摶先生，不知如何死在這裏。」只見先生把腰一伸，睜開雙眼說道：「正睡得快活，何人攪醒我來？」

陳摶沈眠於「睡」世界，擺脫了現實上因「七情」而難以自在的所有糾纏。所以他讓自己沉睡了長久的時間，甚至於樵夫認為他已死亡而欲埋之，這可說明他已自由自在逍遙於「睡」之境界，全然不受外在的拘束與肉身的纏擾。雖然他的肉體生命在現實中仍然維持，但精神以「睡遊」的狀態享受逍遙之樂，以至於「尸解」而進入仙界。「尸解」的境界在道教是指解脫於肉體外殼，實現內在自我[21]。「尸解」過程與「睡」的逍遙方式有著密切的關係。平時以「睡」來表現逍遙自在，而「睡」的形式又如同現實上的死亡過程，人在「睡」的過程中會停止所有外在的表象活動，但內在的心理、精神活動還持續進行。他的修道特徵是解脫外在的軀殼，而成就內在的真我。他不執著於外在軀殼，他認為那只是精神暫留的空間，所以就「屈膝而坐，揮門人使去，右手支頤，閉目而逝。」以「尸解」的方式從表象的外殼中解脫，而享受內在的逍遙。

從精神開悟的角度來觀察陳摶之「睡遊」，似乎沒有明顯超越世俗的行為表現。雖然他能在現實中維持肉體生命，讓精神逍遙自在，但總還是被現實的肉體所束縛，所以為了邁向精神自由，不得以「睡」的方式來呈現其逍遙精神。之後的「尸解」，可解脫繫於現實肉體的束縛，真正享受沒有限制的睡夢。在現實

---

[21] 「尸解」則是具體中人變為神仙的方式。《太平經》中談到過尸解情況：「或有尸解分形，骨體以分，尸在一身，精神為人尸。使人見之，皆見已死，後有如者，見其在也，此尸解人也。」也就是說，「尸解」，是人的精神和肉體相分離的狀態。但在葛洪引用《仙經》曰：「上士舉形升虛，謂之天仙，中士遊名山，謂之地仙，下士先死後蛻，謂之尸解。」尸解只是「下士」死後神形相離而成仙的方式。陶弘景在《真誥》中認為：「受大戒者，死滅度煉，神上補天官，謂之尸解。」而在《登真隱訣》中談到人在尸解時的狀況：「尸解者，當死之時，或刀兵水火痛楚之切不異世人也，既死之後，其神方得仙逝，形不能去爾。」而《太平禦覽》收錄的《寶劍上經》中記載，更為奇異：「尸解之法，有死而更生者，有頭斷從一旁出者，有形存而無骨者。」總之，「尸解」是指得道之人，身體的一部分，或者是人的精神，從原來的形體中飛升脫逸而去，以得永生。參閱李慶，《中國文化中人的觀念》（上海：學林出版社，1996年），頁237-238。

中，以「睡」的方式來超越軀體拘束，最後以「尸解」來解脫肉體限制，完成肉體與精神的超越境界。舊我死亡並不一定為經過現實考驗而獲得覺悟，也能以「睡」的形式來達成逍遙自在而進入仙界。總之，維持肉體生命而享受「睡」的境界，更為進入逍遙之境的開明大道。

以上透過《三言》作品觀察其「逍遙自在」的死亡意識，其中有著以道教「長生不死」作為重要思想觀念的作品，也有道教、道家的思想較稀薄的作品，但無論其主題思想與意識觀念如何，總之主角最終歸於仙界，而獲得逍遙自在。「逍遙自在」的人生哲學原來就與道家的「生死如一」、「超越世俗」的思想觀念關係密切，所以《三言》中許多作品，就和道教「長生不死」的思想連結於道家思想，呈現出「逍遙自在」的人生態度。大部分的作品是以最後獲得長生不死並實現神仙升天為結束，而「逍遙自在」的理想則在實現成仙願望的具體過程中凸顯出來。「逍遙自在」的人生態度是不受現實拘束，依靠自我本性追尋真我價值，以及與自然和諧而完成理想境界。除了以成仙達到逍遙以外，也有以自己獨特的人生哲學與覺悟來維持逍遙態度，縱使其過程呈現的各種修道方式不同，但都歸於「神仙升天」的同一模式。

「長生不老」對於生命延長的願望，便易於產生成仙以獲得逍遙自在的期望。《三言》中有關成仙的作品，以實現神仙升天為基礎，大為享受無限生命的喜樂與無為的逍遙自在，其中具有共同特徵：

第一，要達到舊我死亡、精神覺悟都須經過一種考驗過程。這樣的考驗過程，有的是刻意安排，有的則是在人生歷程中偶遇，總之，都以人生經歷為其中心。從得到神仙境界的過程而言，無論考驗的過程嚴格與否，和時間長短多少，都成為使人物得到逍遙自在的關鍵因素。考驗程度較強烈時，人物心理受到的傷害也是致命的。例如，〈灌園叟晚逢仙女〉（醒4）中的秋先視花如命，當花園被張委壞破時，心理遭受致命衝擊而喪失生命意志；〈杜子春三入長安〉（醒37）的杜子春，在仙境、轉世考驗中皆面臨肉體生命的威脅，且遭遇割斷母子情，已產生巨大的創傷。除此之外，〈張道陵七試趙昇〉（喻13）中的趙昇考驗斷七情的過程和〈一窟鬼癩道人除怪〉（警14）中的吳洪遇鬼之事以及〈薛錄事魚服證仙〉（醒26）中薛偉的夢醒過程等，都是歷經考驗之後才進入仙境。因此「考驗」為人物在進入仙界的過程中，提供了醒悟的基礎，也是他們邁向開悟的精神起點。其中遭受的致命傷害與痛苦，反而使人在覺悟哲理時具有重要作用。

第二，人物經歷考驗之後，獲得覺悟而進入仙界之前，都有明察世界、看

破真相的過程，如〈薛錄事魚服證仙〉（醒26）中的薛偉，夢中變魚而周遊，但夢醒之後只是認為奇事，沒有具體的覺悟，直到他去青城山途中見到牧童，再次見到李八百聽到醒語之後，才覺醒而修行歸仙。在作品中看破的共同特徵上，亦有不同的看破方式。不同的看破形式與內容，和其人思想、經歷有著密切關係，考驗本身也決定看破內容之不同。例如，〈莊子休鼓盆成大道〉（警2）中的莊子看破夫婦之情的「真相」；〈一窟鬼癩道人除怪〉（警14）中的吳洪，在鬼、人、仙混合的現實中分別「真假」；〈灌園叟晚逢仙女〉（醒4）中秋先之「覺悟」；〈薛錄事魚服證仙〉（醒26）中的薛偉的「夢醒」；〈杜子春三入長安〉（醒37）的杜子春覺悟斷情的「覺醒」等，都是以不同的方式與過程來獲得人生覺悟。不同的看破方式與內容就產生不同的逍遙形式，如〈盧太學詩酒傲公侯〉（醒29）中的盧柟，以「詩酒」為逍遙自在；〈灌園叟晚逢仙女〉（醒4）中的秋先，以「花」為閒遊；〈陳希夷四辭朝命〉（喻14）的陳摶，以「睡」為優閒等，皆以自己獨特的方式，享受逍遙的仙界。

　　作品人物經過嚴苛的考驗而看破真相之後，才得以建立逍遙自在的人生哲學，歸於享有絕對自由的理想境界。在各種考驗背後，其覺悟的目的與基本心理需求是一樣的，就是期望在「長生不老」的彼岸世界中享受「逍遙自在」。在生死掙扎的現實困難、憂思的纏擾中，若能得到解脫而進入仙境，這是有限生命必然產生的憧憬，故作品中達到理想境界一定通過舊我死亡的過程，才能超越死亡。舊我死亡是解脫有限生命的掙扎而成就逍遙自在的關鍵，自己的一部分必須死去，才能完成另外的新生命，亦即經過精神覺悟才能實現絕對自由的不變道理。

第二節　超越因果輪迴後的涅槃世界──佛教死亡思惟的呈現

　　佛教的死亡思惟，在傳統中國死亡觀中占了相當重要的位置。佛教追求的理想國度，與現實中呈現永生、仙鄉的道教思想不同，它是在死後以生前罪惡善行的程度，來決定來生的窮苦潦倒或富貴榮華，以輪迴轉生過程中不斷積累的「業」來決定來生。佛教自印度傳入中國以後，在中國傳統社會的土壤上，經過

嫁接、生根、成長，產生了自己獨特的特徵[22]，並形成了具有民族特色的宗教體系，呈現出可謂中國的氣象和特質[23]。從而成為中國社會文化的組成部分和中國古代思想文化的重要內容。

佛教思想目標尋求「解脫」，就是能離「苦」得「樂」，獲得「真正的自由」。且佛教死亡觀的最高境界是「解脫」而進入「涅槃」。「涅槃」的境界[24]，是超越生死存亡的限制，進入覺悟「生生死死」即「空」的世界。進入這樣境界，已經看破生命長短、死亡恐懼、現實掙扎等，歸於「無我」的境界。人們一旦通達了「無我」的原理，其思想境界也就得到昇華。沒有了「我」，就不起貪念，就能節制慾望；沒有了「我」，才能心地磊落，胸懷坦蕩，才會捨身忘己為大眾服務，且能勇往直前、無所畏懼的走人生之路。破除了「我」，因而才通達「無我」之境，品德、人格才會得到圓滿與完善，精神心靈才會得到充實與淨化。

佛教傳入中國以後，也衍生許多佛教宗派，而對現在影響較大的宗派，就是禪宗與淨土宗。禪宗特別強調「見性成佛」和「頓悟佛性」的觀念。禪宗認為人人都具有佛性（本性），「佛性常清淨」；人人先天具有成佛的智慧（菩

---

[22] 方立天認為，中國佛教的特徵分成三個部分，就是調和性、融攝性與簡易性。調和性：所謂中國佛教的調和性，指對佛教外部的不同思想、觀點的妥協、依從、迎合、附會，自然更包括對某些類似或一致的觀點的贊同、推崇，吸取和融合。融攝性：這是指中國佛教統攝內部各類經典和各派學說、統一一各地學風的特性。簡易性：這是中國佛教延綿不絕的特性有著密切關係，尤其是已為久遠流傳的禪宗和淨土宗，與他們的教義和修行方法的簡易分不開的。參見方立天，〈略論中國佛教的特質〉，趙樸初、任繼愈等著，《佛教與中國文化》（臺北：國文天地雜誌社，1990年），頁34-43。

[23] 佛教自入漢土始，的確有向道教和儒學靠近的傾向，在其後的流傳發展中，佛學不斷調整與固有傳統的矛盾，從而適應中國的政治、倫理、哲學和文化而演變。佛教初入時，首先與講究「清虛無為」的老莊之學找到了相通之處。人們把佛和黃老視為同樣的神，又並列為祠祭崇拜的對象。佛教適應在中國文化土壤中，不僅憑藉於道教神仙思想，也絕離不開儒家思想。佛教原理所主張的了斷生死、超脫世俗、離棄家庭以及眾生平等的觀念，主張都與儒家的倫理政治和道德規範相衝突，形成矛盾和對立。但佛教面對儒學的抨擊挑戰總是採取調和妥協態度，在不斷的適應協調中找到自己的立足之地。雖然佛教吸收中國的傳統文化過程中，有所改變，使得本來的面貌與適應中國傳統文化的佛教面貌有一點不同，但重視生死的這一個觀念卻沒有改變。參考郭于華，《死的困惑與生的執著》（臺北：洪葉文化實業有限公司，1994年），頁173-175。

[24] 原始佛教借用婆羅門教的涅槃概念，來標明佛教的最高理想境界。涅槃是梵文Nirvana的音譯，也譯為「泥曰」、「泥洹」。其意譯，鳩摩羅什譯為「滅」或「滅度」，唐玄奘則譯為「圓寂」。所謂滅、滅度，是指滅煩惱，滅生死因果。所謂圓寂，圓者圓滿，不可增減；寂者寂靜，不可變壞。圓寂是說涅槃體周遍一切，真性湛然。中國在玄奘以前，多用滅或滅度，玄奘以後，多用圓寂。參考方立天，《中國佛教與傳統文化》（臺北：桂冠圖書有限公司，1994年），頁140-141。

提），因而能夠覺悟佛性而成佛。淨土宗則是強調「西方淨土」，建立只有快樂而沒有痛苦的再生世界。淨土宗之所以影響甚鉅，不僅在於西方極樂世界美妙的特色、死後往生極樂世界的美好想望，還在其修行方法極其簡單易行，透過不停地誠心「念佛」就能實現死後往生極樂世界的願望[25]。人們只須專心致志地沉浸在西方淨土的想像性精神生活中，耐心地、充滿希望地去迎接死亡的到來。因而中國人受這兩種宗派混合的影響，以佛法來解脫現實苦難，以佛教的精神力量來克服所有現實煩惱之事，而邁向精神安慰之處。以平民為主角，並以平民生活為主要背景的話本小說，受佛教的影響相當濃厚[26]，甚至是以道教的神仙思想做為外衣，以佛教來構成內涵的作品也頗為不少，而有些作品表面上雖然沒有具體呈現宗教思想，但主要人物、情節結構卻明確地表現出佛教思想的痕跡。正因為小說反應當時人民的生活，自然顯現這樣的現象。《三言》作品中的佛教思想，就是以各宗派的佛教思想混合[27]，或將佛、道思想融合於小說各處[28]。

　　《三言》作品中有關佛教題材作品相當多，包括彰顯宗教事跡的神魔鬼怪故事，以和尚、尼姑為主角的社會故事，以寺院為現場的公案故事等，例如，〈月明和尚度柳翠〉（喻29）、〈呂洞賓飛劍斬黃龍〉（醒22）、〈楊謙之客舫遇俠僧〉（喻19）、〈佛印師四調琴娘〉（醒12）、〈赫大卿遺恨鴛鴦絛〉（醒15）、〈汪大尹火燒寶蓮寺〉（醒39）等。雖然許多佛教題材故事在《三言》

---

[25]　淨土宗的具體修行法門是「念佛」。淨土宗的先驅、北魏名僧曇鸞，提出成佛有難行和易行二道，只靠「自力」，沒有「他力」（佛的本願力）的扶持，想要修行成佛的，是極為痛苦的、也是困難的。反之，乘著阿彌陀佛的本願力以往生淨土，就非常快樂，也易於達到目的。唐代道綽繼承曇鸞的思想，進一步把佛的教法分為聖道、淨土二門。宣揚離聖人久遠，聖道門不是一般眾生所能悟證的，只有淨土門簡要易行，乘阿彌陀佛的本願力就能往生淨土。參見方立天，〈略論中國佛教的特質〉，趙樸初、任繼愈等著，《佛教與中國文化》（臺北：國文天地雜誌社，1990年），頁39。

[26]　關於話本小說與佛教思想影響關係之論述，可以參考熊琬，〈中國小說與佛理之會通〉，中國古典文學研究會主編，《文學與佛學關係》（臺北：學生書局，1994年），頁35-36；孫昌武，《佛教與中國文學》（上海：上海人民出版社，1996年），頁266-269；袁陽，《生死事大——生死智慧與中國文化》（北京：東方出版社，1996年），頁168-169。

[27]　如〈梁武帝累修歸極樂〉（喻37）述說梁武帝覺悟前世輪迴業報之事而產生佛性，也放棄痛苦與快樂共存的世俗世界，跟支長老同往西天竺極樂國去，則有呈現禪宗的「見性成佛」、「頓悟佛性」觀念和淨土宗的「西方淨土」思想。

[28]　如〈薛錄事魚服證仙〉（醒26）是道教故事，縣尹薛偉因為重病熱極魂魄離體附在鯉魚身上，結果被釣回縣署，聽到其中一個衙役提議把鯉魚放生，而戒殺放生主要是佛教的義理。除此之外，〈白娘子永鎮雷峰塔〉（警28）中的缽盂鎮妖的法海便是個和尚。不過，和尚驅邪，較接近書符召將、授劍斬妖的道士形象。參考潘銘燊，〈「三言」「二拍」中的佛道關係〉，黃子平主編，《中國小說與宗教》（香港：中華書局，1998年），頁141-142。

中實為占有頗大的比重，但其中呈現佛教死亡意義的作品，即輪迴轉生、因果報應、佛門坐化觀念為主的故事卻極為有限。

《三言》有關佛教超越死亡觀作品是：〈陳可常端陽仙化〉（警7）、〈白娘子永鎮雷峰塔〉（警28）、〈明悟禪師趕五戒〉（喻30）、〈梁武帝累修歸極樂〉（喻37）、〈鬧陰司司馬貌斷獄〉（喻31）、〈遊酆都胡母迪吟詩〉（喻32）等，其中有些作品特別強調佛教的「輪迴轉生」、「因緣說法」，有些作品僅只強調地獄苦楚。雖然周遊「地獄」、「冥府」的小說作品，較之其他以超越生死為主要對象的作品，佛教死亡觀念成分更淡泊，但就佛教解脫現實苦惱的「醒悟」過程而言，均有共同特性。「覺悟」不只是佛教的專用名詞，且對解脫現世懊惱而進入涅槃的作用上，發揮相當重要的功能；而佛教宗派中，禪宗思想特別強調「頓悟」特質，因而在《三言》有關佛教生死觀的作品中，具有大量關於「覺悟」、「喚醒」的特質。

「覺悟」過程在道教的成仙作品中也經常出現，但佛教與道教覺悟的方式各有不同。道教的覺悟過程是透過現實考驗，經過某一種試煉之後覺悟，但其主要意義並不限於強調覺悟過程，也在覺悟之後成仙的落實。通過考驗之後，就能超越現實拘束而進入仙境，或繼續修道、作神丹服食，以成就長生的理想。因此其主要內容，還是以現實中的長生為死亡觀的基礎。而佛教的覺悟過程與道教截然不同，佛教的覺悟過程中，特別值得注意的是「覺悟本體」，即覺悟什麼？但《三言》有關佛教死亡觀的作品中，無法詮釋出全部的答案。佛教的覺悟過程，難以具體用生死、情慾等範圍簡單劃分，因為精神覺悟是精神上的一種衝擊，是喚醒「自我」的過程，產生新「自我」的動力。佛教思想主要目標在於「解脫」以達到「涅槃」，「解脫」是指已經超越生死，且覺悟目的不是著迷現實的「富貴功名」，而是解脫於現實所有限制，了悟「四大皆空」[29]，歸於「涅槃」境界。《三言》佛教死亡觀的作品，都因覺悟到生命的本質，而進入涅槃境界。

---

[29] 「四大皆空」，這是佛教的基本思想。「四大」，是梵文（aturmanabnuta）的意譯，也叫「四界」，具體指的是地、水、火、風。印度古代認為這四種是構成一切物質的元素，故名之為「四大」。佛教所稱「四大」，除含有上述意義外，主要指的是堅、濕、暖、動四種性能。佛教認為，四大和合而身生，分散而身滅，成壞無常，虛幻不實。正是基於人的身體是四大的組成物，四大最終分離而消散，所以人就根本沒有一個真實的本體存在。同時，佛教之所謂「空」，並不是待人死後四大分裂才說它是「空」，而是在未死時，也是四大假合，也是空的。四大只是暫時的聚合，並不是真實不變的實體，所以說「四大皆空」。參考聖輝，〈何謂「四大皆空」〉，趙樸初、任繼愈等著，《佛教與中國文化》（臺北：國文天地雜誌社，1990年），頁351-353。

無論是自己直接經驗輪迴，或目睹別人的輪迴，這個覺悟的過程都強調「輪迴轉生」和「因果報應」的觀念，這些被豐富表現在作品裏，經過不同時代、許多人物來確認「業報輪迴」的事實，強烈呈現出「因緣說法」的概念。雖然人物透過佛法覺悟而超越生死，但並未圓寂，還留在世俗，必須等到現世因緣成熟才結束。因此作品人物經過佛教的磨練、頓悟之後，就產生出與試煉前完全不同的自我，其人生意義與精神價值都改變了。在現實中追求功名富貴之心、生死存亡之事，全轉化為「空」。不過有些作品較淡化「四大皆空」的觀念，但就人物精神覺悟後皈依佛門，或通過考驗而頓悟的過程來看，都呈現出以精神覺悟來超越生死，邁向「涅槃」境界的表現。

一、覺悟色空而修行坐化
——〈陳可常端陽仙化〉（警7）、〈白娘子永鎮雷峰塔〉（警28）

《三言》中以佛教方式來超越生死的主要作品是〈陳可常端陽仙化〉（警7）。陳可常三試不中，就投靈隱寺中，在十個侍者中做了第二位侍者。紹興十一年端午節，高宗母舅吳七郡王到靈隱齋僧，見壁上題詩，知是陳可常所題，便將他剃度為僧。第二年端午，郡王把陳可常帶回府中，要他作詞，並叫歌婢新荷歌唱。後來新荷懷孕，供說曾與陳可常奸宿。可常被拷打而坐牢，供稱是實，但免斬死。為眾僧所不齒，但只長老知道可常的真心。其實姦污新荷的是郡王府幹辦錢原。後來新荷向錢原索供養費不得，才說出實情。郡王知陳可常蒙冤受辱，派人去請他。正逢端午，他寫下一首〈辭世頌〉後，便在草舍坐化圓寂。

情節中佛教色彩濃厚，且將陳可常在現實追求功名富貴的挫折、憂鬱，表現得相當獨特。佛教死亡觀的主要目標，就在解脫現世拘束，包括生死。陳可常以沈默接受世俗所有責難，終於解脫而坐化。從「佛門坐化」的事實來看整個作品的情節結構，坐化前一連串事件，使他看破世俗真假，所以能在對質審問時有超然的態度相對。他由掙扎、憂鬱轉向超然的心理變化，都在端午節的感想中逼真地表現出來。每逢端午，他對人生苦悶的憂鬱情緒就猛烈地湧出。陳可常不僅於端午節時特別感傷，且有緊密的因緣，在端午節出生、出家、與圓寂。以解脫現世的歷程而言，端午節對他的意識變化具有重要的意義。端午節不只使陳可常看破現實富貴功名的虛飾，使他產生出家修行的意志，且亦是超越生死的重要關鍵。所有事情因端午節發生而結束，出生、出家、考驗、解脫都以端午節

為轉捩點。

　　陳可常於被拷打的現實考驗中，內心有著很大的掙扎。他初次被審問時，持否認態度；但被再次審問時，卻承擔起所有與新荷有姦的責任。人家對他的看法就瞬間轉為強烈斥責，並無留意他有無辜的可能。他雖然心懷不滿而怨恨的情感，但他將這樣的怨恨昇華為消除前世宿債的意念，所以願意承受巨大的處罰。若他堅決否認與新荷奸宿的事情，或許能解除自身嚴重的責難負擔，但新荷卻會被嚴格懲罰。他明白若這樣則會誕生新的惡因，落入因果循環，所以他情願替新荷受罰，承擔苦難。雖然他第一次被審問時，表達否認的態度，但人們在初次碰到意外之事，即刻出現頑強拒絕的反應是可以預期的，更何況是平時沒有傷害別人的陳可常，突然被抓到官府審問與新荷私通之事，自然會否認。但當他知道事實的全貌後，為免除新荷的懲罰，了卻前世因緣，所以選擇自我犧牲。最後以新荷的證明來揭露陳可常的無辜，他就作〈辭世頌〉來表達心情感受：

> 生時重午，為僧重午，得罪重午，死時重午。為前生欠他債負，若不當時承認，又恐他人受苦。今日事已分明，不若抽身回去！五月五日午時書，赤口白舌盡消除；五月五日天中節，赤口白舌盡消滅。

　　陳可常作了〈辭世頌〉，走出草舍邊，有一泉水，就脫了衣裳，遍身抹淨，入草舍結跏趺坐圓寂了。現實的苦難、誣陷此時對他不再有重大影響，因為看破前世因緣所連結的現世苦難，且了悟世俗富貴功名都虛相不實，所以徹底地覺悟現實的虛無。若沒有突破前世因緣的拘束，就不能超越世俗限制而達到「涅槃」境界；必須超越世俗因緣業報中的衝突，才昇華為「空」。當他寫了〈辭世頌〉時，已分明了悟前世因緣的所生果。雖然看破現實富貴功名的虛相而出家修行，但前世的宿債還未了結，所以他擔下奸事責任，試行解開前世宿債之結。最後當事情真相大白時，便從所有因果、前世業報的纏擾中解脫，超越了肉體束縛而進入圓寂。

　　〈白娘子永鎮雷峰塔〉（警28）的許宣也與陳可常一樣經過現實的嚴格考驗，醒悟佛教道理後出家而坐化。其實〈白娘子永鎮雷峰塔〉（警28）作品也從許宣與白娘子非常之愛，或宗教事跡的神魔鬼怪觀念等，可以許多方式來進行分析，但許宣覺悟世俗之空虛、超越生死存亡的觀念變化，在作品中有著不可忽略的重要因素。在許宣與白娘子的愛情中，次次因白娘子的好意使許宣遭遇現實危

難，而達到極度危難之地步後才消除。白娘子一再出現使許宣落於為難之事，終於使他看破白娘子的真身，從而拒絕白娘子的愛情。最後白娘子被法海永鎮雷峰塔下，許宣就此覺悟出家而坐化。

在許宣與白娘子的愛情過程中，許宣因白娘子的偷物而連累入獄，每次因白娘子而坐牢時，許宣心裏皆充滿悔意，並對白娘子產生強烈的憤怒，但白娘子一再為自己辯護為不得已的情況，如此一連三次。三次的過程中，許宣已知白娘子身份的真相，甚至對白娘子哀求饒命。他為離開白娘子，用盡請道士、呼蛇先生抓白蛇等種種方法，都沒有效果，反而被白娘子所打敗。白娘子威脅許宣：「你好大膽，又叫什麼捉蛇的來！你若和我好意，佛眼相看，若不好時，帶累一城百姓受苦，都死於非命！」他無法脫離白娘子的掌心，因而心中產生極大失意，活著的價值意義也消失了。對白娘子的愛情，轉變為強大恐懼，也形成對妖怪有不能除止的無力感。他對白娘子的愛情早已消逝，只剩下要擺脫掉妖怪的不安與恐懼，但現實中無法逃脫而產生煩惱，就使他悶悶不樂。他之後去找法海禪師未果，心中更為懊惱。自己追求愛情的幻覺，不能脫離白娘子的束縛，心中產生對人生的懷疑，瞬間湧出，形成他對人生產生強烈的疑惑。在許宣心中，對白娘子的愛已不存在，他對現實所有的希望和自由生命意志也因此全部消失。

> 折身便回來長橋堍下，自言自語道：「『時衰鬼弄人』，我要性命何用？」看著一湖清水，卻待要跳！正是：閻王判你三更到，定不容人到四更。許宣正欲跳水，只聽得背後有人叫道：「男子漢何故輕生？死了一萬口，只當五千雙，有事何不問我？」許宣回頭看時，正是法海禪師。背馱衣缽，手提禪杖，原來真個纏到。也是不該命盡，再遲一碗飯時，性命也休了。

正當他要跳水自盡時，被法海禪師救活，又在法海的幫助下，使白娘子受鎮於雷峰塔。經過這樣的歷程，許宣對白娘子的感情變為巨大的憤怒，在人妖混合的人生中，徹底醒悟人妖不能共存的冷漠現實。許宣看清白娘子的身份真相後，立刻以對付妖怪的態度來面對她，而忘記白娘子給他的許多恩愛；因為許宣的愛情是以人為前提的條件之下形成的，加以人妖不能共存的現實理性，比與白娘子共存的愛情更為強烈，自然轉為強大的恐懼而將她排斥在外。相對而言，白娘子對許宣的愛情則更為執著。許宣對白娘子的愛情，是在對人的條件之下成立

的，這樣的基礎有所動搖時，愛情也就不能成立，而且使他頓失人生意義，引發精神崩潰，欲以自盡的方式來脫離現實衝擊。後來法海鎮壓白娘子後，他決定出家，修行數年就坐化了。經過與白娘子的愛戀過程，他醒悟人生意義與生死之理，並分辨人鬼混合的真假事實，看破生死感傷與現世執著。他主要從「色」的意念對人生價值意義展開省察，最後得到「色」、「空」、「生」、「死」全部歸於「無我」，因而對生命現象不再執著，自然覺悟生死輪迴的道理。

> 惟有許宣情願出家，禮拜禪師為師，就雷峰塔披剃為僧。修行數年，一夕坐化去了。眾僧買龕燒化，造一座骨塔，千年不朽。臨去世時，亦有請四句，留以警世，詩曰：「祖師度我出紅塵，鐵樹開花始見春；化化輪迴重化化，生生轉變再生生，欲知有色還無色，須識無形卻有形；色即是空空即色，空空色色要分明。」

雖然許宣出家之前是著迷於「色」相，但也因「色」的纏擾過程而重新省察人生本質的問題，最後終於從現實的限制中超脫而坐化。如此的精神覺悟過程，使他對死亡的觀念產生改變，終於醒悟一切皆「空」，而歸於「無我」境界。

陳可常與許宣的覺悟與坐化，是經過具體的現實考驗，才抵達解脫境界的重要例子。解脫境界是超越所有現實拘束，而覺悟於「無我」、「空」的絕對境界。他們經過精神覺悟的過程，在精神方面產生了新的自我。他們透過考驗了悟前世因緣的業報和現實苦難的根源，透過這樣的苦境，超越現實肉體生死，看透世事。

超越死亡而了悟輪迴業報，會了解現實的死亡只是邁向解脫的一道關卡，若已超越死亡而覺悟前世、現世、來世都相互連結、補償的原理，就抓到了脫離「輪迴業報」的關鍵。陳可常真正地領悟「三世」的業報[30]，解脫因果報應、輪迴轉生。要達到絕對自由的境界，必定通過現世因緣上的考驗使之覺悟。精神覺

---

[30] 佛教的「三世」概念，是輪迴報應說的主要理論依據，所謂「三世」，是把個體一生的存在時間劃分為過去（前世、前生）、現在（現世、現生）、未來（來世、來生）三個部分。儘管佛教各派對「三世」有不同的講法，但它的基本思想無外乎是鑄造一組人生因果鏈。「前世」的作用是為「現世」的存在找到一種無法驗證的「因」，而「來世」的功能是為「現世」的存在預設一種無法驗證的「果」。前世和來世的因果報應，無非是給現世的人以一種精神上或心理上的安慰、開導。參考張三夕，《死亡之思》（臺北：洪葉文化實業有限公司，1996年），頁112-113；方立天，《中國佛教與傳統文化》（臺北：桂冠圖書有限公司，1994年），頁136。

悟對他們而言，必得帶有嚴重的肉體折磨和巨大的心理創傷，才能看破「三世」因緣輪迴的真相。他們出家之前只是一般落第的文人，而經過現世考驗，終於才從現實「因果」、「輪迴」中解脫而獲得佛道，進入涅槃的境界。

二、解脫三世輪迴業報以成就涅槃
——〈明悟禪師趕五戒〉（喻30）、〈梁武帝累修歸極樂〉（喻37）

　　《三言》中以修行僧身分體驗輪迴轉生，終於覺悟而圓寂，重視佛教前世業報思想的作品，相當出色。〈明悟禪師趕五戒〉（喻30）是強調輪迴轉世思想，其中以解脫現世苦難而明悟與五戒禪師同達涅槃為主要內容。〈明悟禪師趕五戒〉（喻30）的主要結構分為兩部分，一個是五戒禪師破戒而坐化，因而明悟禪師趕上五戒禪師的轉生；另外一個是五戒禪師轉生為蘇軾，而明悟禪師轉生為佛印啟導蘇軾，兩人於是一起超脫於現實苦難而歸於「涅槃」。

　　五戒禪師與明悟禪師在南山淨慈孝光禪寺共同修行。忽逢天降大雪，發現一個嬰兒，便收養在寺中，託清一撫育長大。過了十餘年，五戒禪師突然想起這件事，喚來清一與紅蓮相見，結果竟產生與紅蓮私通的私心，被明悟禪師所識破，故作詩斥責他，告誡破色戒的罪過。五戒禪師當下「心中一時解悟，面皮紅一回、青一回，便轉身辭回臥房」頓悟而坐化，明悟禪師知道五戒禪師轉生墜落現實的苦海，自身也隨五戒禪師坐化。明悟禪師擔心五戒禪師墮落的苦心，以及急於救渡五戒禪師的努力，可知五戒禪師與明悟禪師之間深厚的感情，這是具有佛教思想背景的友誼故事[31]。

　　明悟禪師以「紅蓮」的詩題斥責五戒禪師時，使五戒禪師心生慚愧而一時覺悟，作〈辭世頌〉：

> 「吾年四十七，萬法本歸一；只為念頭差，今朝去得急。傳與悟和尚，何勞苦相逼？幻身如雷電，依舊蒼天碧。」寫罷〈辭世頌〉，教焚一爐香在面前，長老上禪椅上，左腳壓右腳，右腳壓左腳，合掌坐化。

---

[31] 參見小野四平著・施小煒等譯，《中國近代白話短篇小說研究》（上海：上海古籍出版社，1997年），頁184。

在五戒禪師的坐化歷程中，對明悟禪師生起的慚愧之心相當重要。在此之前，五戒禪師還沒察覺破色戒的嚴重性，但被明悟禪師斥責之後，情況就不同了，僥倖寬待自我的妥協思想，突然變為嚴酷的自我省視。他覺悟「色慾」之事與現實的生死執著，都歸於「空虛」，了悟「色即空空即色，生即死死即生」之後，思想發生了巨大的變化。如此的精神覺醒引發不執著於肉體的思考，進而從現實生命中超脫。雖然如此，但仍不能免除業報輪迴的作用，所以明悟禪師要趕上五戒禪師的轉生，要來啟導他。

五戒禪師轉生為蘇軾，明悟禪師則轉生為謝瑞卿，二人追求的理想目標完全不同，蘇軾追求富貴功名，而謝瑞卿卻一直想出家。二人每次都因為追求不同目標上而產生衝突，但反而因此成為竹馬之友。後來謝瑞卿由仁宗御賜度牒，剃髮為僧，法名佛印。佛印常勸蘇軾皈依佛門，蘇軾不肯，佛印則以自己當和尚的事情再勸他修行。後來蘇軾得罪王安石而被貶杭州通判，佛印隨行。而後又身陷囹圄時，才產生了對人生的感嘆和生命的惋惜，而深刻體悟到現實人生的苦難，懷悔對佛印遁入空門的規勸充耳不聞。

經歷過現實苦難才有機會回顧人生的真義，平時不聽佛印之言的蘇軾，處於生死不明的極限狀況時，自然興起對過去人生反思。在獄中生死未卜的情況，一方面在他心裡產生巨大的衝擊；另一方面透過心理死亡的過程，而引發精神覺悟的啟蒙作用。蘇軾在獄中感嘆人生苦惱，透過夢境與佛印一起拜訪光禪寺，喚起了前世與紅蓮之事的記憶。

> 醒將轉來，乃是南柯一夢，獄中更鼓正打五更。東坡尋思，此夢非常，四句詩一字不忘，正不知甚麼緣故。忽聽得遠遠曉鐘聲響，心中頓然開悟：「分明前世在孝光寺出家，為色慾墮落，今生受此苦楚。若得佛力覆庇，重見天日，當一心護法，學佛修行。」

蘇軾從夢中醒來時，渺渺聽到遠遠的鐘聲，心中突然開悟。他透過夢境領悟前世業報，產生皈依佛門的念頭。在作品中，夢境有著相當重要的作用，若夢境意義只限於逃離現實苦難、試圖尋求精神安慰的作用，夢醒之後只會使他心理更加憂鬱而已，無法覺悟因果業報的道理。但在他精神覺悟的過程中，心理已經遭受巨大衝擊，且將心理衝擊轉為對人生深沈的省察。他因此覺悟「三世」業報的真理，而決定歸於佛門。「夢境」使蘇軾的心理有了巨大的轉變，也是引發他

開悟的關鍵。

　　他歷經多災多難的過程，就此頓悟而欲出家，但佛印不允從，他叮囑蘇軾「宦緣未斷，二十年後，方能脫離塵俗。但願堅持道心，休得改變。」以後蘇軾在現實中修行，而從此「不殺生，不多飲酒，渾身內外，皆穿布衣，每日看經禮佛。」故蘇軾雖實際上並未出家，但他的精神方面已如同出家人，實踐精心修行。追求富貴功名之時的蘇軾，及經過坐牢與透過夢境覺醒的蘇軾，人生態度前後有著巨大變化。他透過現實苦難而覺悟三世業報，實踐了不執著現實虛假，不追求富貴功名虛相的修行。他雖然因緣業報還沒有結束而持續任官，但精神層面已經超越現實的富貴功名和生死存亡，達到「有餘涅槃」的境界[32]。後來佛印在相國寺圓寂，蘇軾也無疾而逝。二人的死亡方式不同，是因為各自身分、空間的不同，不過他們超越生死而進入「涅槃」境界的內涵是一樣的。

　　〈梁武帝累修歸極樂〉（喻37）的故事內容也是強調佛教的輪迴轉生、因果業報的思想。〈梁武帝累修歸極樂〉（喻37）全篇情節分成三個部分，都以宣揚輪迴業報的觀念貫穿。三段情節之主角相同，只是同樣人物轉生為不同時代的不同人物，而襯托輪迴轉生與因果業報的道理。首先，蚯蟺轉生為普能；其次，普能轉生為黃復仁；再者，黃復仁、童小姐轉生為蕭衍、道林支長老。普能、黃復仁、童小姐、蕭衍、道林支長老，他們的超越死亡方式，都是覺悟而後坐化，解脫輪迴業報的過程。

　　千佛寺大通禪師房中，有一條蚯蟺，因常聽講經而有了佛性。一天小和尚鋤地鋤死了蚯蟺。蚯蟺轉生為普能，捨身於光化寺，而在空谷禪師座下做一個火工道人，常時念誦修行。在寺二十餘年，突然「聞得千佛寺大通禪師坐化了，去得甚是脫洒，動了個念頭。」大通禪師圓寂的事情使普能喚起前世因緣、輪迴轉世的啟發，所以找長老說請安身去處，表示欲進入圓寂的意思。他在兩次嘗試之後，終於坐化了。雖然他修行的過程不同於其他和尚那樣以正統而有體系的方式，但樸實修行，終於也進入解脫之境。

---

[32] 涅槃的分類很多，通常分為有餘涅槃（有餘依涅槃）和無餘涅槃（無餘依涅槃）兩種。有餘涅槃是指斷除貪欲，斷絕煩惱，即已滅除生死的因，但作為前世惑業造成的果報身即肉身還在，仍然活在世間，而且還有思慮活動，是不徹底的涅槃。無餘涅槃是相對於有餘涅槃而言，是比有餘涅槃更高一層的境界。在這種境界中，不僅滅除生死的因，也滅盡生死的果，即不僅原來的肉體不存在了，而且思慮也沒有了，灰身（死後焚骨揚灰）滅智，生死的因果都盡，不再受生，是最高理想境界。這兩種涅槃有區別也有聯繫，無餘涅槃是有餘涅槃的繼續和發展。參考方立天，《中國佛教與傳統文化》（臺北：桂冠圖書有限公司，1994年），頁140-141。

　　普能圓寂之後，轉生為黃復仁，娶童小姐，二人都信佛而想要出家，所以成為兄妹一起修行。三年有餘的修行中，黃復仁被美女誘惑而落於色魔，突然驚醒。二人找空谷禪師求取解脫啟發，空谷長老道：「慾念一興，四大無著。再求轉脫，方始圓明。」後來夫婦二人一起坐化了。

　　黃復仁與童小姐轉生為蕭衍與支長老，蕭衍從小時「長於談兵，料敵制勝，謀無遺策。」計破叛將李賁，名聲大振，得齊明帝眷寵，官至雍州刺史，後為帝。蕭衍為帝之後，以夢境遊冥府，周遊冥府的經驗使他更明確覺悟業報輪迴、因果報應的事實。以後拜見支長老，因支長老的幾句話而頓悟，因而明白前世輪迴業報之事。

　　支公說道：「陛下講坐，受和尚的拜。」武帝說道：「那曾見師拜弟？」支公答道：「亦不曾見妻抗夫。」只這一句話頭，武帝聽了，就如提一桶冷水，從頂門上澆下來，遍身蘇麻。此時武帝心地不知怎地忽然開明，就省悟前世黃復仁、童小姐之事，二人點頭解意，眷眷不已。武帝就請支公一同在鑾輿裏回朝，供養在便殿齋閣裏。武帝每日退朝，使到閣子中，與支公參究禪理，求解了悟。

　　武帝平時信佛教而修行，聽到支長老的話，突然覺悟前世輪迴業報之事。以後與支長老關係深密，信奉佛教更篤。有一天昭明太子患病被支長老救活，其後武帝便與太子一起捨身出家，但為支長老所反對：「愛慾一念，輾轉相侵，與陛下還有數年魔債未完，如何便能解脫得去？陛下必須還朝，了這孽緣，待時日到來，自無仕礙。」經群臣贖出才回朝為帝[33]。後來東魏侯景降梁後復反，圍臺城而拘蕭衍。蕭衍既為侯景所制，不得來見支公，因此「所求多不遂意，飲膳亦

[33] 歷史上梁武帝信佛教程度達到極度的地步，他採取各種各樣的形式和手段提倡佛教，竭力抬高佛教的地位，強化信仰佛教的社會效果。其信仰生活中，除了建寺造像、舉辦齋會、講經說法之外，最有反映梁武帝迷信佛教活動是「捨身」之事件。按照佛教的說法，所謂「捨身」，一是捨資財，即將個人所有的身資服用捨結寺院，二是捨自身，即自願入手為僧眾執役。據《梁書‧本紀》載，梁武帝捨身第一次是大通元年（西元527），時年64歲。第二次是中大通元年（西元529）。第三次是太清元年（西元547），時年84歲。這三次捨身，在佛寺停留的時間，第一次是4天，第二次是16天，第三次是37天，時間越來越長。群臣奏表上書，稱蕭衍為「皇帝菩薩」，並且公卿以下以錢一億萬奉贖。有關梁武帝捨身之事，可以參考方立天，〈三次捨身寺院的梁武帝〉，趙樸初、任繼愈等著，《佛教與中國文化》（臺北：國文天地雜誌社，1990年），頁248-251；陳永正，《三言二拍的世界》（臺北：遠流出版有限公司，1994年），頁174-176。

為所裁節。憂憤成疾，口苦索蜜不得，荷荷而殂。」以後跟支長老同往西天竺極樂國去。

　　武帝憂憤而死的過程，在表面上與普能、黃復仁、童小姐、道林支長老的坐化過程，有不同之處，但其跨越世俗限制而進入解脫境界的意義是相同的。武帝憂死之前，已經超越肉體生死，只是前世宿債未有結束，因而不得不在現實上繼續以維持生命的方式修行。他憂死的主因不是對現實生命的惋惜，而在於不能見支長老一面的情況下引起強烈的失意感，便斷食身亡了。雖然全編故事中普能、黃復仁的身分並非屬於修行僧（其實普能是空谷禪師的火工道人，黃復仁是修行之人），但佛門死亡方式中，仍是以坐化來解脫現實拘束；反而蕭衍的世俗身分是帝王，其解脫的方式不是坐化，而是以世俗死亡的形式呈現，但兩者在歸於佛門而解脫的內涵並無差別。武帝與支長老的死亡過程，與〈明悟禪師趕五戒〉（喻30）的蘇軾與佛印相當相似，且故事的主題思想與結構也十分類似。他們都在同天圓寂，蘇軾與武帝的死亡方式都不限於坐化，都由輪迴轉生而覺悟，歸於佛門而修行，雖然故事情節有著不同的面貌，但在全篇的結構上，具有緊密聯繫的特徵。

　　現世追求的富貴功名、生死存亡都歸於「空」，前世的業力決定現世的果報，來世也是因現世的業力來輪迴。「四大皆空」、「輪迴轉生」、「因果業報」的佛教觀念，在作品中有相當重要的份量。前兩篇故事中，五戒禪師與蘇軾，明悟禪師與佛印；普能、黃復仁、蕭衍、童小姐、道林支長老等，這些主要人物的外表形象不同，但其內面人物性格、意志傾向都是一樣的。他們皆覺悟輪迴、業報與「空虛」的事實，因而超脫一切現實拘束，而走向極樂世界。他們在醒悟、修行、坐化的過程中歷現實障礙，覺悟前的自我，在經過巨大的心理衝擊之下，產生新自我的動力，而最終歸依佛門修行，脫離生死限制。不再執著於自我與一切之不同，將一切與自我都轉化為「空虛」。

　　其實肉體的生死現象占據生活的主要部分，但不一定絕對掌握人生的精神世界，武帝在修行過程中，雖然表面維持如常的生存活動，但已覺悟輪迴轉生的道理而脫離肉體生死的束縛。《三言》有關佛教思想意義的作品中，有醒悟後立刻圓寂的人物，也有經過修行後才坐化的人物，其過程都和前世宿債、因緣的了結與否，具有密切關係，但皆有瞬間覺悟、失去肉體生死意義的特徵。死亡雖是人生不可避免的事，但以歸於佛門、成就涅槃的佛教理想觀念而言，如果有著可以超越被世俗之物纏擾的人生觀，就能永遠超越生死，而進入「無我」境界。

三、周遊地獄後體會「天地無私」、「因果報應」
　　——〈鬧陰司司馬貌斷獄〉（喻31）、〈遊酆都胡母迪吟詩〉（喻32）

　　和前例的一些作品不同，這裡提到的文本情節中沒有闡述佛教輪迴轉生的說法，但其內容思想方面，以周遊地獄為媒介宣揚「因果報應」、「天地無私」，在超越死亡的主題中有獨特的特質。雖然表面上以恐怖、殘酷刑罰之地獄、冥府來強調佛教因果報應的思想，但其內在涵意是失意之人吐露現實不滿，藉此消除心理的憂憤。主要人物在周遊地獄之前，心裏充滿對現實坎坷遭遇的不滿與「天地有私」的憤怒，然而周遊地獄過程使主角產生不同的自我觀念，從而開始擁護「因果報應」、「天地無私」的思想，且不再介意肉體的生死問題，認為今生的苦難可以在來世被補償。在進入地獄之前後，主要人物在肉體生死問題上，呈現出截然不同的人生態度。這個經歷使得主角在現實的憂鬱、煩惱、苦悶，皆消滅於在來世能保障幸福的信念上。

　　〈鬧陰司司馬貌斷獄〉（喻31）是以地獄為題材的獨特作品之一。司馬貌從小資性聰明，縱筆成文，但出言不遜冒犯了試官，被打落下去。心中雖有雄志，但在鄉里推薦之時，屢次被有權勢的人奪去，抑鬱不得志。對現實懷有強烈的不滿，趁酒醉寫〈怨詞〉：

> 詞曰：「天生我才兮，豈無用之？豪杰自期兮，奈此數奇。五十不遇兮，因跡蓬藋。紛紛金紫兮，彼何人斯？胸無一物兮，囊有餘貲。富者乘雲兮，貧者墮泥。賢愚顛倒兮，題雄為雌。世運淪夷兮，俾我嵁崎。天道何知兮，將無有私？欲叩末曲兮，悲涕淋漓。」寫畢，諷詠再四。餘情不盡，又題八句：「得失與窮通，前生都注定；問彼注定時，何不判忠佞？善士歎沉埋，兇人得暴橫；我若作閻羅，世事皆更正。」

　　他在這篇〈怨詞〉中，把自己對現實沈積的憂憤與不如意的鬱悶盡數吐露。將個人對現實的不滿擴大到對現世的憤怒，進而懷疑「天道無私」的真理。對他而言，無法在現實伸展宏圖，就是冷酷的現實障礙，甚至為此喪失生命意志。因此他被鬼卒抓到陰司時，為了得以抒發胸中不平之氣，面對閻王竟毫無畏懼，勇敢地提出訴訟。這可說明他心理抑鬱的程度，已經遠過於憂懼生死存亡的

地步。他不顧一切向閻王大申訴天道不平的強烈憤慨：

> 閻君，你說奉天行道，天道以愛人為心，以勸善懲惡為公。如今世人有等
> 慳吝的，偏教他財積如山；有等肯做好事的，偏救他手中空乏；有等刻薄
> 害人的，偏教他處富貴之位，得肆其惡；有等忠厚肯扶持人的，偏教他喫
> 虧受辱，不遂其願。……一生苦志讀書，力行孝弟，有甚不合天心處，卻
> 教我終身蹭蹬，屈於庸流之下？似此顛倒賢愚，要你閻君何用？若讓我司
> 馬貌坐於森羅殿上，怎得有此不平之事？

　　面對閻王威脅的死亡恐懼中，呈現維持強烈信念與迫切抗議的態度。閻王
對司馬貌提出「天地有私」的回答，就是「天道報應，或遲成早，若明若暗；或
食報於前生，或留報於後代。」「人見目前，天見久遠。人每不能測天，致汝紛
紜議繪，皆由淺見薄識之故也。」但這樣的解說非但不能紓解司馬貌心中的不
滿，反而更強烈斥責閻王所說為藉口，並反問「既說陰司報應不爽，陰間豈無冤
鬼？」玉帝認為司馬貌是凡人情有可原，便使他代理閻王半天，處理地獄訟事。
司馬貌首先從前案卷解決起，有些懸而未決的訟事，由他再次考察、問案。他毫
無畏懼於替閻王判決訟事，具有十分自信。所有訟事的種種恩怨，都判分清楚。
他以「逆之報之」、「因果報應」的方式作為解決訟事的準則，來消除前世冤
情，並以來世的互相補償與交換，來試圖達到圓滿解決。例如，使韓信、彭越、
英布三人轉世為曹操、劉備、孫權，三分漢家；劉邦、呂氏轉世為獻帝夫婦，受
曹操欺凌；項羽轉世為關羽，王翳、楊喜等轉世為曹將，被關羽過五關時斬訖；
丁公轉世為周瑜，戚氏轉世為劉備正宮等。判決過程中值得注意的部分，是司馬
貌價值觀的巨大轉變。他入地獄前對「天地無私」、「因果報應」這些觀念有著
深厚的懷疑。然而當他裁決地獄訟事的時候，卻是以之前自己十分懷疑、反抗的
道德觀念，即以「因果報應」來做為判決標準。
　　司馬貌通過擔任地獄判官的過程中，以「因果報應」的思想觀念來處理訟
事，致使他深刻地領悟「天地無私」的道理。他判決地獄訟事過程中已經覺悟，
且開始宣揚「天地無私」、「因果報應」的觀念，他原本在現實累積的憂憤就從
中消解，且產生對「天地無私」強烈的信念。「天地無私」觀念的肯定，使他對
現實生活的態度有了重大變化，對人生產生完全不同的價值觀。他確信來世必有
補償的信念來克服現世的憂思與不滿，那個充滿憂鬱並懷疑「天地無私」的舊我

消失了，並重建立起確信「因果報應」、「天地無私」的新自我。

然而〈遊酆都胡母迪吟詩〉（喻32）中的胡母迪與司馬貌判決地獄訟事所呈現勇敢、積極的態度不同，雖然胡母迪心中同樣具有憂憤，但解決憂思的表現是以較溫和、消極的面貌呈現。胡母迪與司馬貌一樣進入地獄，但在威嚴的冥王面前表現相當退縮，但他也因確信「天地無私」、「因果報應」的真理，而引發精神覺悟。胡母迪與司馬貌的周遊地獄不同點是，他遊酆都的許多地獄，目睹殘酷的地獄刑罰之後[34]，心中的疑惑就消失了，故回返現世時，已超脫世俗眼界的限制且願意投身修行。他精神上的重大變化，使得現實的歡樂已對他沒有重要意義，他徹底覺悟到「因果報應」、「天地無私」的道理，從而產生出新的自我價值。

胡母迪為人剛直無私，常說：「我若一朝際會風雲，定要扶持善類，驅盡奸邪，使朝正清明，方遂其願。」但時運不利，十科不中，心中充滿不平之氣，因讀《秦檜東窗傳》而湧起深沈的憂憤，大罵奸臣，又見《文文山丞相遺稿》以後，更加憂思，對天道存在與否產生強烈懷疑，因而被抓到酆都見閻王。閻王雖以因果報應說服胡母迪，但胡母迪仍請求遊觀地獄各府。在看過「風雷之獄」、「火車之獄」、「金剛之獄」、「溟冷之獄」、「奸回之獄」、「不忠內臣之獄」[35]而目睹秦檜、万俊契、王俊、王氏等都在受苦，或轉生為畜類之後，才確信「天地無私」、「因果報應」的事實。其後又再請求看「天爵之府」，由閻王親自領他見證歷代忠良之臣在「天爵之府」享受天樂，每遇明君治世，則生為王侯將相。胡母迪遊歷各種地獄與「天爵之府」之後，對世界的正義觀產生變化，以前對現實不滿且質疑因果報應說的態度全部消失了。遊歷地獄的經驗對他而言，是喚醒精神反省的重要因素，使他返回世俗後就脫離對現實的掙扎進而邁入修道之路。

---

[34] 地獄的統治者叫做閻羅亦譯「閻魔王」，他屬下有18判官，分管18地獄。一千多年來，地獄的陰影，籠罩在中國大地無數的善男信女的心上。佛教的地獄，與中國本地的原始信仰相結合，已成為恐怖的象徵了。〈遊酆都胡母迪吟詩〉（喻32）中有關地獄的描寫，正是民眾心目中地獄的情狀：「被髮裸體，以臣釘釘其手足於鐵床之上，項荷鐵伽，舉身皆刀杖痕，膿血腥穢不可近……一夜叉以沸湯澆之，皮肉潰爛……一卒以鞭扣其環，即有風刀亂至，遍刺其身，檜等體如篩底。良久，震雷一聲，擊其身如齏粉，血流凝地。少頃，惡風盤旋，吹其骨肉，復聚為人形……吏呼夜叉擲於鑊湯中烹之，但見皮肉消融，只存白骨。」

[35] 在酆都（曜靈之府）裏「風雷之獄」、「火車之獄」、「金剛之獄」、「溟冷之獄」、「奸回之獄」、「不忠內臣之獄」、「天爵之府」結構之圖，參考小野四平著‧施小煒等譯，《中國近代白話短篇小說研究》（上海：上海古籍出版社，1997年），頁143-144。

胡母迪在遊歷地獄的過程中，雖然沒有上述幾篇作品那樣出現坐化的具體死亡現象，但其精神層面已覺悟天道公平且擺脫肉體死亡的執著，並抱持著超然的人生態度，所以他才能「修身樂道，再二十三年，壽六十六，一日午後，忽見冥吏持牒來，迎迪赴任。」雖然表現佛教教義的方式和其他篇不同，但追求的終極目標是一致的。主角必須突破現實舊有觀念思想、價值意義的束縛才達到解脫境界，而且必須遭受嚴重的舊我死亡經驗，才引起明哲精神的覺悟。他在完全堅定的意念之下，超越現世的生死、富貴、功名，而皈依於「醒悟」的境界。

以上觀察《三言》中有關佛教死亡思惟的主要作品。佛教的超越死亡觀主要目標在於從現實束縛解脫，從而覺悟前世、現世、來世的輪迴轉生，進入涅槃境界。作品中完全符合佛教超越死亡觀的作品不多，因為作品中的人物多數不是修行的和尚，而是俗世凡人經歷平常生活中的獨特經驗來領悟人生的價值意義。人物覺醒前後的精神變化相當明顯，原本價值觀的動搖就使他們產生希望透過歸於佛門得到倚靠與安慰。這種精神覺悟歷程，各有獨特性，會因各自的生活環境、人生歷程、心理狀態而異，呈現出覺悟動機、過程的不同面貌。雖然他們追求的人生目標和價值具有差別，可是在情節上，同樣藉由人生中最關鍵性的重要事件，來引起心理上的巨大變化，並且心理衝擊的強度雖有不同，但切入接近覺悟的過程中，卻有共同的特質：

其一，作品的人物首先經過開悟過程之後，加以繼續修行才踏入解脫境界。進入坐化過程之前，首先受到現實上強大的精神衝擊，而引發他重新思考人生意義，深刻的省察死亡議題。精神覺悟是指之前未明真理的舊我已死亡，而新的自我就此誕生，於是產生了全新的價值觀。從作品描述的「坐化」過程來看，「坐化」境界是象徵該角色已超越現實所有限制，而歸於「空」的境界，即能明辨「真假」、「你我」、「是非」之區別毫無意義的極高精神理想，因而頓悟之後能立刻解離肉體生死的拘束而享受永遠自由的理想。〈明悟禪師趕五戒〉（喻30）的蘇軾、〈梁武帝累修歸極樂〉（喻37）的武帝是覺悟之後，經過一段時間修行而坐化，這只是時間早晚的差異，在精神覺醒的程度上則沒有太大差別。雖然作品的主要人物在覺悟的內容與修煉的過程，以及有無現實修行過程等狀況都不同，但他們在進入坐化之前，都共同經歷過覺悟的階段，從而使精神覺醒。精神覺悟最後達到的地方，就是宗教的解脫，他們歸於宗教的精神覺悟模式而脫離現實限制，獲得超越生死的能力。

其二,覺悟過程中都有深刻的親身歷程。現實的事件帶給他們肉體、心理上深重的打擊;例如,〈白娘子永鎮雷峰塔〉(警28)中的許宣與白娘子原本彼此深情相愛,而許宣最終出家。許宣抑制與白娘子的愛情,心中產生強烈的掙扎和猶豫,覺悟的過程對許宣而言,是深刻的人生經驗。〈鬧陰司司馬貌斷獄〉(喻31)、〈遊酆都胡母迪吟詩〉(喻32)這類以遊歷地獄、見證輪迴為主題的作品中,對人物而言,地獄遊歷不是夢中經驗,而是比實際還逼真的歷程,親自目睹地獄之過程,使他們的世俗觀念受到很大的動搖,這樣的衝動使他們決心歸於宗教而從塵世中解脫。

其三,作品中不管覺悟的形式、程度和過程如何,都有宣揚佛教超越死亡的觀念,如因果報應、輪迴轉生、因緣業報等。因此主要人物經過現實歷程而覺悟之後都皈依佛門。尤其值得注意的部分,在於佛理是他們覺悟的重要動因。他們領悟現實中種種人生歷程,全都與前世的輪迴、轉生關係密切,因而看破人生,即刻頓悟。作品中覺悟的根本目標,涉及人生、生死、是非、三世、萬物的本質,且超越拘束,實現精神理想的標準。

佛教達到精神覺悟的方式,就是脫離現實所有束縛,看破對世界的疑惑。因而獲得不區分「你我」、「是非」、「真假」,自我與萬物融合為一,視現世生死存亡為「空無」的精神覺悟。經過精神覺醒而皈依佛門之後,對現實人生的價值觀、生死觀具有變化,再也不因執著於喜怒哀樂而憂鬱、懊惱,更接近解脫之境界。

第三節　結語

自古無人能避免「死亡」直接而無情的威脅,生命的現實意義自然而然地凸顯。人物因而將視線由死的彼岸世界轉向生的此岸世界,或追求「無我」境界,使自己的身心脫離現實,而享受精神悟境。因此人類常以超越性的宗教意識來面對死亡、尋求永生。人類通常以道德觀念來實現理想,克服現實的挫折與憂思,呈現超越死亡的面貌。但以超越的深意來看,其意義不在於超越生命與死亡的表面現象,而是從現實的拘束與執著解脫中,覺悟人生存在的價值。因此在宗教的修行過程中,精神覺悟具有重要的意義。精神覺悟可說是消滅舊我、產生新自我的過程。舊我的死亡使一個人的人生態度,不能但轉為趨向真實生命,坦然

面對死亡，這一切變化關鍵在於舊我的死亡促使個人自覺與再生。

　　《三言》中人物在現實生活因佛道思想影響，而導引到精神覺醒為主要情節結構的作品，頗具特色。這些作品主要以各種方式突破現實生命有限的限制，並試圖創造進入仙境、佛境的途徑。雖然故事內容明顯受到道教、佛教的影響，但情節中有關「死亡」的細節並不全與死亡直接聯繫，反而共同表現在體會人生意義而不斷累進超越死亡的修程。

　　在道教思想中，超越有限生命才能享受真正永恆的生命，而此境界則在延長現實生命中可以達到。不過，要達到長生不老的境界，必須要超越執著於現世生死的關卡才能實現；而欲達到仙境，須斷絕現實上所有拘束。所以長生不老的境界不只體現於外在仙境，也在內在精神世界展現的仙境。佛教的死亡觀念與現實中呈現仙界的道教思想不同，它是在死後以生前罪惡善行的程度分判來生的富貴榮華，以輪迴轉生不斷積累的「業」來決定來生的命運。佛教死亡觀的最高境界是「涅槃」，達到「涅槃」的境界，表示此人已超越生命的長短、死亡的恐懼，以及放下對現實生活的掙扎，享受於毫無拘束、歸於「無我」之境的自在狀態。破除了「我」，因而才通達「無我」，品德和人格才由此得到圓滿與完善，心靈才會得到充實淨化。

　　《三言》中以活著成仙而逍遙自在的方式來超越現實有限生命的作品，都以道教的「養生求仙」、「長生不死」觀念為基本架構，追求仙境的彼岸世界。而「覺悟而坐化」的佛教死亡觀作品，則強調「輪迴轉生」、「因緣說法」、周遊「地獄」，著重於解脫現實苦惱的「醒悟」過程。道教是透過現實考驗，經歷某種試煉之後覺悟，但其主要意義並不在強調覺悟過程，而是在頓悟之後成仙的結果。所以作品內容的重點在於經過考驗之後，超越現實拘束而進入神仙境界，或繼續修道、作神丹服食，以成就長生不死的理想。道教超越死亡而達逍遙境界的主要目的，不只在於現實的永生，也在覺悟人生的限制與現實的真假。然而佛教的覺悟過程與道教不同，其主要目標在於從現世「解脫」，達到「涅槃」，不同於著重於現實的「長生不老」；而是在皈依「無我」，了悟「四大皆空」。道教與佛教覺的悟過程中，無論是自己直接經驗輪迴、無常的生命歷程，或目睹別人坐化、自我頓悟，都具有超越死亡、自我覺悟的過程，其主要的內涵還是以超越現實為基礎。

　　《三言》作品中以「超越死亡」來表示「覺悟」的最終狀態，可分為「逍遙自在」與「佛門坐化」兩種形式。作品人物得到悟境之前，皆經過道教、佛教

式的磨練，然後產生出全然不同的自我，其人生意義和精神價值就此大為改變，將現實中追求功名富貴之心和生死存亡之事，全轉化為「無常」與「空虛」。雖然作品人物成仙、圓寂的過程皆有所不同，但都以自身獨特的方式來突破堅固的現實束縛，而實現超越死亡的境界。

第五章　結論

　　人們往往帶著哀傷的情緒與惜別的淚珠，看待他人和自身必死的命運。死亡與永恆形成鮮明的對照，人的生命如此脆弱，我們留下許多未竟之事，對於人生的疑問尚未得到解答，就不得不面對死亡。誰都無法消除生與死的矛盾兩重性，只能以各種方式來克服它，以人的意志或文化來理解、超越它，各種有關的意識形態、文化價值都被用來處理這兩種矛盾。人們努力尋求一種高於死亡的精神，企圖把被死亡割裂的生活、經驗組合成為一個有機的整體。這決定了人們對於自我和經驗世界的觀念與態度，也驅使著人們去建立各種文化價值秩序，加深對於死亡的把握與認知。

　　人們出自本能畏懼死亡，因為死亡意味著人的生命不可逆轉地永遠消逝。在中國的傳統思想中，儒家思想迴避談死；道家、道教思想中的「生死如一」、「長生不死」；佛教思想中的「四大皆空」、「生死涅槃」等，皆以不同方式來超越對於死亡的畏懼。但人們對死亡的畏懼並非一成不變，而是在特定的時代風氣和社會環境之下，或在一定的政治思想與道德倫理的規範中，人們往往會一反常態，勇敢表現出對死亡無所畏懼的精神風貌和英勇氣概。

一、「重義赴死」的道德理想

　　在歷史事件或現實生活中，往往出現無畏死亡，甚至於樂意選擇死亡的人和事。並且依據死亡主體的身分、經歷、思想文化背景差異，在面臨死亡處境時所反應的方式，以及賦予死亡的價值也有所不同。故「勇於死亡」這一文學主體即便在意蘊與形象上產生一些差異，但「捨生取義」的道德理想是一致的。

　　《三言》作品中呈現「重義」死亡觀的各種面貌，如堅持行俠仗義、重視忠烈孝義、呈現結交之義等，雖然實踐方式不同，但共同點都是以行義作為生死存亡的標準，視行義為最高價值理想。因此他們在行義的過程中，慷慨赴死更凸顯情感可貴，克服死亡恐懼並捨離對生命的執著。若為行義犧牲，則人生的價值就更為發揚，生命內涵也更光輝閃耀。

　　《三言》中俠義、忠孝、信義的主題與死亡有關的作品相當豐富，而且作品裡的人物在死亡表現形式也十分多樣。〈趙太祖千里送京娘〉（警21）的趙匡胤、〈萬秀娘仇報山亭兒〉（警37）的尹宗；〈汪信之一死救全家〉（喻39）的汪革、〈任孝子烈性為神〉（喻38）任珪；〈羊角哀捨命全交〉（喻7）的左伯桃與羊角哀、〈范巨卿雞黍死生交〉（喻16）范巨卿與張劭、〈俞伯牙摔琴謝知音〉（警1）的俞伯牙與鍾子期等，他們的死亡觀也不純粹為了發揚俠義、忠孝、友誼，而是以重義觀念為基礎，實踐高尚的道德理想。自身採取重義而犧牲的信念；而對不義之人則強烈執行處罰的念頭，或不惜犧牲生命以堅持忠孝而的精神意志；或以死亡來呈現對信義的思考、珍重友誼的態度，這些都在行義上形成了獨特的「重義死亡觀」。

　　雖然以死亡形式所呈現的思考面向不同，但這些作品在主題思想上具有共同特點：首先，為了實踐「重義」思想，抉擇以犧牲性命來表現高尚人格的面貌。其次，作品中的人物皆與人有誓約、信義、受恩的關係，不管其輕重、大小都盡力以「行義為重」為首要觀念。再者，充滿義氣的俠客、受恩必報的義士、生死與共的親友，都以「生死不負」的信念來鞏固雙方的精神聯繫，都能為了實踐報恩、信義的信念而輕易選擇死亡。

　　《三言》中許多作品，無論從正面上或負面都強調出俠義、忠孝、信義的主題思想。在危及生命的極端情況下，以從容就死來實現重義的德性。他們人生存在的意義就在於實踐俠義、忠孝、信義，以「重義」作為人跟人之間相處最寶貴的道德意念。人生的意義不在勉強維持生命，而在堅持自己的信念，以及如何實現「義」的道德價值，以達成人生的理想。他們在實踐自我理念時，當內心面臨義與不義相衝突時，皆能誠懇地選擇重義的層面。人不能保障生命，但可以藉由自己抉擇邁向死亡，來成就其生命崇高的價值，在此死亡的意義是寄託於崇高理想之上。作品人物將所有生命意志投注於「行義」上，他們相信這樣的道德理念，會使他們再生而得到永恆的生命價值。例如，〈任孝子烈性為神〉（喻38）任珪、〈羊角哀捨命全交〉（喻7）左伯桃與羊角哀、〈范巨卿雞黍死生交〉（喻16）范巨卿與張劭等，死後再生而成神，或由後人不斷拜祭悼念。由「捨生取義」、「重義赴死」而獲得永恆生命，這是《三言》中重要的死亡處理方式。雖然沒有在現世上得到肉體的再生，但這比人間的復活更能襯托生命的意義與價值，更能達到精神不滅的永恆理想。

二、愛中付出超越生死的曙光

　　人具有豐富的情感，而「愛情」更是人類情感活動的高峰之一。自從人類社會出現男女愛情後，男性或女性為了實現愛情，經常不惜一切，甚至犧牲生命。愛與死的關係，與人類的婚姻制度、傳統倫理的觀念密切相關。在中國傳統社會中，理想的愛情生活往往受到傳統婚姻制度、社會倫理規範和制約而遭到破壞與阻隔。既然活著不能實現愛，就在死亡中實現，「死亡」因此成為實現愛的極端形式。

　　在《三言》「愛與死」的故事中，常有因追求愛情而發生的種種與傳統社會道德觀念衝突的情況，最終必須以死亡來克服現實障礙。這些故事能超越舊道德枷鎖，凸顯出「情」的價值意義，也是以死亡來表現對愛情的堅定，以達到追求愛情圓滿的願望。在「死而求愛」主題作品中，主角以堅強意志來實現理想愛情為主要特色。例如〈小夫人金錢贈年少〉（警16）中的小夫人對張勝不能當面傳達心中愛戀，但她死後達成跟張勝在一起的精神快樂，足以解除當初苦求愛情不得的苦惱；〈崔待詔生死冤家〉（警8）中的秀秀，則和崔寧私奔而成就其愛情，不巧又被咸安郡王破壞幸福而遭遇身亡，但她成為鬼魂之後仍想再實現跟崔寧的愛情，終究領崔寧走向死亡；〈金明池吳清逢愛愛〉（警30）中的盧愛愛變為亡魂之後，才實現對吳清的戀情；〈鬧樊樓多情周勝仙〉（醒14）中的周勝仙也是先失去肉體生命，終於以夢為媒介，與范二郎在獄中實現重會的愛情等。在此冷酷的現實條件下，她們迫切地尋求其他方式來成就內心渴望。這種滿足自我心理的方式，由生者來看似乎沒有重大意義，但對她們而言，其中意義則不可小覷。

　　「死而求愛」主題作品中重要的特質之一，是主導愛情者皆為女性。她們在社會倫理與傳統道德觀念中被逼迫順從，但追求自由愛情的態度卻十分堅決而強烈。在她們心中，愛情的價值高於生存價值，為了追求愛情理想，可以超越對死亡的恐懼。死亡不能阻擋渴求愛情實現的願望，任何價值觀念、道德倫理的限制也都不妨礙此決心，但她們實現愛情理想必得先通過生與死的考驗。從「死而求愛」的勇敢女性形象而言，雖然人鬼殊途的現實考驗層層阻隔了愛情圓滿結合的理想，但她們藉由死亡之後的獨特方式，和對方建立精神聯繫來實現愛情理

想，圓滿達成愛情心願。

「非愛冤死」死亡主題的作品，重要特徵是女性對愛情真誠的態度比男性更鞏固，所以當她們受到致命的衝擊時，也愈容易喪失生命意志，直接邁進死亡之路。當她們追求愛情不成而選擇死亡以後，各自有心中的憤恨要解決。例如，〈王嬌鸞百年長恨〉（警34）中的王嬌鸞表達出對愛情的熱烈追求，卻因周廷章負心而喪失愛情實現的機會，故她選擇死亡之後，同時也要置對方於死地。她以死表示對愛情落空的憤怒，也呈現對負心之人強大的怨念。〈楊思溫燕山逢故人〉（喻24）中的鄭意娘已為貞節自刎而死，其鬼魂跟丈夫一同返鄉，但後來再遭丈夫拋棄。她的愛情理想被破壞，便決絕地使負心人同歸於盡。〈王嬌鸞百年長恨〉（警34）、〈楊思溫燕山逢故人〉（喻24）的「非愛冤死」情節中也有「冤」的因素，且其中都包含「仇恨」的情感。〈杜十娘怒沉百寶箱〉（警32）中的杜十娘則在追求愛情的過程中，體會到愛情失敗而產生怨恨，並轉化成「憤怒」的情緒。因對愛情的冤恨而失去生命意志，就投水而死。如何消除人物心中的怨恨，使愛情理想圓滿解決，是作品裡不可忽略的重要因素，這也是理解「非愛冤死」死亡主題的關鍵。愛情失敗不一定與肉體死亡、精神傷害劃上等號，但她們的死亡過程，有自己的困惑需要突破，死亡是追求圓滿解決的心理慾望的迫切表現。

「生死恩情」所包含的辭意，重點在於愛情與死亡兩者間的聯結關係。情愛的成就過程中，肉慾激情的因素固不可忽略，但「生死愛情」已然凌駕於肉慾性愛而進入追求精神交感的愛情境界。在《三言》「生死恩情」主題作品中，因社會環境、生活環境之不同，愛情實現的過程也有差別，其中最普遍表現堅持愛情態度的形式仍是「生前之情，死後之戀」。因對已故戀人的想念，終使自己漸漸接近死亡，從前愛情的程度愈強，往後想念的程度也愈迫切，甚至逼近死亡之境。例如，〈錢舍人題詩燕子樓〉（警10）中的關盼盼、〈眾名姬春風弔柳七〉（喻12）中的謝玉英等，因念念不忘情人生前恩情，終究使之哀傷致死。勇於爭取愛情理想，不顧生命而選擇死亡也是重要例子，如〈樂小舍拚生覓偶〉（警23）中的樂和、〈陳多壽生死夫妻〉（醒9）中的陳多壽與朱多福等的「生死恩情」，選擇跟隨死亡的情人共赴黃泉。另一種情形是情人早已身亡，未亡人勉強維持生命，一生守節並專注教導兒子、想念丈夫，如〈閒雲菴阮三償冤債〉（喻4）中的陳玉蘭，雖無實際肉體死亡的現象，但已受到強大的心理創傷。

這些作品的主要人物在心理層面上，無論生前的愛情程度如何，情人亡故

之後，都堅持對情人不變的心意。這就跨越了肉慾性愛，轉而邁向精神交感的愛
情狀態。至死不渝的強烈意志，藉長恨、弔喪、同心等種種傷感行為表現出內在
複雜的心理情感。這種表達方式是把內在的愛情信念，在面臨死亡時積極地外顯
出來。

　　「生離死別」也如同「生死恩情」，可謂比肉體死亡更痛苦的一種心理傷
痕。〈范鰍兒雙鏡重圓〉（警12）中范希周與呂順哥一起追求理想的愛情而私
奔，卻遭「生離死別」；〈白玉孃忍苦成夫〉（醒19）的白玉孃與程萬里，在生
死不保的緊急情況之下，不得不分離求生；〈張舜美燈宵得麗女〉（喻23）的張
舜美與劉素香，一起渡過愛情的困境後，就產生了生離的悲劇等，「生離死別」
的心理死亡過程，最少三年、最多二十餘年，或一輩子，雙方互相不斷懷念而盼
望重會。其中產生的悲哀難以形容，使他們易於選擇自盡來跳脫殘酷的現實。在
實現愛情過程中所發生不得不分離的事件，讓當事人心中受到強大的衝擊而留下
深刻的傷痕。在漫長的時間裡，持續因憂思而悲傷，是和肉體死亡一樣嚴重的心
理死亡過程。在這樣的過程中，他們已脫離肉慾愛情層次，而以更高尚的精神來
維持感情。往後雙方重逢時，離別時的激情雖已不在，但期間的精神聯繫卻更為
鞏固，建立起比「離別」之前更完整的情感交流。

　　「愛與死」主題思想作品中，人物透過死亡來實現愛情願望，其中主角追
求的理想愛情，都是希望與喜歡的情人團圓。她們以自己獨特的方式實現愛情，
雖然身死，可這些女性對愛情的崇高意志已經凌越死亡的悲哀，呈現出追尋愛情
理想的精神價值。「愛與死」的重要觀念以堅持愛情的精神上為基礎，形塑「同
生共死」、「死中求愛」信念而獲得再生。「愛與死」不只是為愛而死，而是超
過生死持續進行著精神愛情，所以他們終得通過愛情考驗，享受理想愛情永恆的
果實。

三、解脫生死而進入悟境

　　人類否定死亡而追求不朽，是自古以來最強烈的一種衝動。追求不朽即超
越死亡，它在根本上來自於人不願相信死亡之必然命運，也是對死亡至深的恐
懼，不甘讓死亡奪去希望的要求。所以使人能從死亡陰影解脫，成為人類文化
創造的根本動力之一。然而現實上不可避免死亡來臨，所以人類試圖以「超越

死亡」的宗教意識來面對死亡，尋求精神安慰。若偏重「超越死亡」的辭義而言，通常只關注到人們以道德觀念實現理想，但這只是超越死亡的面貌之一。若以「超越死亡」的深意來論，其意義不只限於超越生命與死亡的表象，而是從所有現實中的拘束、執著和觀念中解脫，自然覺悟人生存在的意義，看破世界的本質。因此在宗教的修行歷程中，得到精神覺悟，在解脫死亡的境界上，有著相當重要的意義。從死亡的角度來看，覺悟過程中的自我意識，就是產生新的自我體認，也是舊我死亡、消逝的過程。

　　《三言》作品中以「長生不死」為主要觀念的人物，最終都歸於仙界享受逍遙。「逍遙自在」的人生哲學本與道家的「生死如一」、「超越世俗」的思想觀念關係密切。因此《三言》中，大部分以道教「長生不死」觀念來連結道家思想，呈現「逍遙自在」的人生態度。在道教思想中，人要超越有限生命才可以享受真正永恆的生命，達到長生不老的理想，而此境界將在延長現實生命中達到。這類生死超越觀，雖然集中於延長實現生命的考量，但要進入長生的境界則必須要超越生死關卡才能成就，且欲到仙境，一定要斷絕現實所有執著的拘束。而長生不老的境界不只限於外在具體的仙境，同時人在自我超越生死的時候，內在自然也會產生仙境般的曠達境界。

　　「逍遙自在」的人生態度是依靠自己本性，擺脫萬物拘束，與自然和諧完成。「逍遙自在」與「長生不死」的願望，以成仙的理想形象來具體化，暗示成仙之後，可享受逍遙自在的境界。《三言》中有關道教作品之人物，在成為神仙升天時，即享受著無限生命的喜樂與逍遙自在的境界。如〈一窟鬼癩道人除怪〉（警14）中的吳洪、〈灌園叟晚逢仙女〉（醒4）中的秋先、〈薛錄事魚服證仙〉（醒26）中的薛偉與顧夫人、〈盧太學詩酒傲公侯〉（醒29）中的盧柟，〈張道陵七試趙昇〉（喻13）中的張道陵與趙昇等等。他們成仙之前，都須經歷獨特的覺悟歷程，雖然各自修道的方式不同，但最終都歸於「神仙升天」。

　　《三言》中強調逍遙自在的作品裏，其描述成仙的過程具有共同點：其一，要達到舊我死亡，讓精神醒悟，都須經過一種困難。無論考驗過程是上天故意安排，或者是人生歷程的自然遭遇，都在經歷中試煉其精神意志。無論考驗的嚴格程度與時間的長短如何，能否通過試煉都成為人物是否能得到逍遙自在的重要關鍵。考驗程度強烈時，心理遭受致命創傷，但這樣的傷害作用，反而促使人物覺悟哲理。其二，作品人物在經過考驗後，需通過「看破」的過程，才獲得精神覺悟而進入神仙境界。因為歷經滄桑之後的「看破」，覺悟才能升到

更高的境界。

　　《三言》中有關佛教超越生死觀的作品不少，而作品人物無論是修行僧或凡人，都須從生活中經歷考驗來體悟人生的價值意義，對世界作深刻的省察。例如，〈陳可常端陽仙化〉（警7）、〈白娘子永鎮雷峰塔〉（警28）、〈明悟禪師趕五戒〉（喻30）、〈梁武帝累修歸極樂〉（喻37）等，透過生活種種歷程，覺悟佛教的「輪迴轉生」、「因緣說法」不假；〈鬧陰司司馬貌斷獄〉（喻31）、〈遊酆都胡母迪吟詩〉（喻32）等，都藉由強調地獄苦楚而凸現佛教說理的意味。這些作品人物在覺悟前後的精神變化相當明顯，內在衝突動搖他們固有的價值觀，使他們不得不以皈依佛門的方式尋求精神倚靠與安慰。隨著人物生活環境、人生歷程、心理狀態各異，他們的精神覺悟過程也各有獨特的經驗，因而呈現不同面貌。雖然他們原本追求的人生目標有別，但他們都在人生中遭遇關鍵性的事件，使人生產生轉折，引起精神巨大的變化。

　　作品人物在覺悟過程中有其共相：其一，他們首先經過開悟過程後，需加以修行才進入解脫境界。進入坐化之前則經歷過重大的精神衝擊，引發重新思考人生意義、世界真假的動機，進而對生死之事深沈地省察。其二，覺悟過程中都有深刻的親身歷程。現實經歷造成人物在肉體與心理的雙重巨變。其三，無論作品在人物覺悟形式、程度和內容如何，都宣揚佛教的超越死亡觀。故多數主角頓悟之後都皈依佛門。特別值得注意的是，覺悟的重要動因和現實種種歷程，全部都與該人物前世今生的輪迴、轉生有密切關係，因而使他看破累世紅塵，喚起精神醒悟。

　　覺悟的根本目標，不僅涉及對人生、是非、生死的本質反思，且要超越因時間、空間而產生來自所有萬物的束縛。「超越生死」主題思想的作品，以各種考驗來導引人物邁向醒悟，其覺悟的目的是能夠在「有限生命」的現實中享受「無限生命」的永恆。能夠在現實困頓、生死掙扎與憂思的纏擾中解脫而享受理想境界，是人類必然的憧憬。但若要達到此境界必得通過舊我死亡的覺悟過程。舊我死亡是超脫有限生命而享受超越境界的關鍵因素，即經過精神覺悟、讓部分舊有生命死亡，才能開啟全新的生命內涵。因此作品人物經過精神覺悟之後，對現實人生的價值觀和死亡觀已有全新變化，再也不因執著於喜怒哀樂，達到超越生死的理想境界。

參考書目

一、古籍文獻（依作者先後排列）

（宋）羅燁，《醉翁談錄》，臺北：世界書局，1972年。

（宋）李昉編，《太平廣記》，臺北：文史哲出版社，1987年。

（宋）朱熹，《朱子文集》，《叢書集成新編》，第74冊，「文學類」，臺北：新文豐出版公司，1984年。

（明）李贄，《焚書・續焚書》，臺北：漢京文化事業有限公司，1985年。

（明）洪楩編輯、石昌渝校點，《清平山堂話本》，江蘇：江蘇古籍出版社，1994年。

（明）馮夢龍，《情史類略》，湖南：岳麓書社，1984年。

（明）馮夢龍編、徐文助校注、繆天華校閱，《喻世明言》，臺北：三民書局，1998年。

（明）馮夢龍編、徐文助校訂、繆天華校閱，《警世通言》，臺北：三民書局，1992年。

（明）馮夢龍編、廖吉郎校訂、繆天華校閱，《醒世桓言》，臺北：三民書局，1995年。

（明）湯顯祖，《湯顯祖集》，臺北：洪氏出版社，1975年。

（明）湯顯祖，《牡丹亭》，北京：人民文學出版社，1994年。

（清）張廷玉等，《明史》，臺北：鼎文書局影印中華書局點校本，1975年。

王明，《抱朴子內篇校釋》，北京：中華書局，1988年。

楊明照，《抱朴子外篇校箋》，北京：中華書局，1991年。

無名氏著・程毅中、程有慶校點，《京本通俗小說》，江蘇：江蘇古籍出版社，1994年。

《諸子集成（8冊）》，北京：中華書局，1996年。

二、近人專著（依出版先後排列）

（1）《三言》及相關小說專書

Maren Elwood著・丁樹南譯，《人物刻劃基本論》，臺北：學生書局，1969年。

孫楷第，《日本東京所見中國小說書目——附大連圖書館所見中國小說書目》，臺
　　北：鳳凰出版社，1974年。

孫楷第，《中國通俗小說書目》，臺北：鳳凰出版社，1974年。

柳存仁，《倫敦所見中國小說書目提要》，臺北：鳳凰出版社，1974年。

王秋桂編，《韓南中國古典小說論集》，臺北：聯經出版事業公司，1979年。

柯慶明、林明德主編，《中國古典文學研究叢刊——小說之部（二）》，臺北：巨
　　流圖書公司，1979年。

羅盤，《小說創作論》，臺北：東大圖書股份有限公司，1980年。

劉子清編，《中國歷代著名小說史話》，臺北：黎明文化事業公司，1980年。

王利器輯錄，《元明清三代禁毀小說戲曲史料（增訂本）》，上海：上海古籍出版
　　社，1981年。

靜宜文理學院中國古典小說研究中心編，《中國古典研究小說專集2》，臺北：聯經
　　出版事業公司，1981年。

靜宜文理學院中國古典小說研究中心編，《中國古典研究小說專集5》，臺北：聯經
　　出版事業公司，1982年。

賈文昭、徐召勛合著，《中國古典小說藝術欣賞》，臺北：里仁書局，1983年。

胡士瑩，《話本小說概論》，臺北：丹青圖書有限公司，1983年。

譚嘉定編，《三言兩拍資料》，臺北：民主出版社，1983年。

侯健，《中國小說比較研究》，臺北：東大圖書有限公司，1983年。

馮夢龍，《情史類略》，湖南：岳麓書社，1984年。

岳麓書社編，《中國古典小說戲劇欣賞》，長沙：岳麓書社，1984年。

蔣瑞藻編，《小說考證（上下）》，上海：上海古籍出版社，1984年。

聶石樵、鄧魁英合著，《古代小說戲曲論叢》，北京：中華書局，1985年。

吳功正，《小說美學》，江蘇：江蘇人民出版社，1985年。

崔奉源，《中國古典短篇俠義小說研究》，臺北：聯經出版事業有限公司，1986年。

朱一玄編，《古典小說版本資料選編（上下）》，山西：山西人民出版社，1986年。

孫遜，《明清小說論稿》，上海：上海古籍出版社，1986年。

馬幼垣，《中國小說史論集稿》，臺北：時報文化出版公司，1987年。

蔡國梁，《明清小說探幽》，臺北：木鐸出版社，1987年。

陸樹全，《馮夢龍研究》，上海：復旦大學出版社，1987年。

段啟明、陳周昌、沈伯俊合著，《中國古典小說新論集》，重慶：西南師範大學出
　　版社，1987年。

郭箴一，《中國小說史》，臺北：臺灣商務印書館，1988年。

金健人，《小說結構美學》，臺北：木鐸出版社，1988年。

王定天，《中國小說形式系統》，上海：學林出版社，1988年。

魯德才，《中國古代小說藝術論》，天津：百花文藝出版社，1988年。

吳士余，《小說形象新論》，上海：學林出版社，1989年。

談鳳梁，《古小說論稿》，杭州：浙江古籍出版社，1989年。

周英雄，《小說，歷史，心理，人物》，臺北：東大圖書股份有限公司，1989年。

吳小如、曦鐘、于洪江合著，《小說論稿合集》，北京：北京大學出版社，1989年。

朱一玄編，《明清小說資料選編》，濟南：齊魯出版社，1990年。

孫遜、孫菊園編，《中國古典小說美學資料匯粹》，臺北：大安出版社，1991年。

馬振方，《小說藝術論稿》，北京：北京大學出版社，1991年。

靜宜文理學院中國古典小說研究中心編，《中國古典研究小說專集1》，臺北：聯經
　　出版事業公司，1991年。

崔永清編，《海峽兩岸明清小說論文集》，南京：河海大學出版社，1991年。

吳士余，《中國小說美學論稿》，上海：上海三聯書店，1991年。

齊裕焜，《中國古代小說演變史》，蘭州：敦煌文藝出版社1991年。

陳炳熙，《古典短篇小說藝術新探》，上海：華東師範大學出版社，1991年。

歐陽健，《明清小說采正》，臺北：貫雅文化事業有限公司，1992年。

周先慎，《古典小說鑑賞》，北京：北京大學出版社，1992年。

郭豫適，《中國古代小說論集》（修訂三版），上海：華東師範大學出版社，
　　1992年。

樂蘅軍，《意志與命運——中國古典小說世界觀綜論》，臺北：大安出版社，
　　1992年。

黃清泉、蔣松源、譚邦和合著，《明清小說的藝術世界》，武漢：華中師範大學出

版社，1992年。

伊恩・P・瓦特著・高原、董紅鈞譯，《小說的興起》，北京：三聯書店，1992年。

內田道人編・李慶譯，《中國小說世界》，上海：上海古籍出版社，1992年。

李悔吾，《中國小說史漫稿》，湖北：湖北教育出版社，1992年。

孫遜、孫菊園編，《明清小說叢稿》，臺北：中國文化大學出版部，1992年。

陳洪，《中國小說理論史》，安徽：安徽文藝出版社，1992年。

魯迅，《中國小說史略》，臺北：風雲時代出版有限公司，1992年。

王枝忠，《古典小說考論》，寧夏：寧夏人民出版社，1992年。

周中明，《中國的小說藝術》，廣西：廣西教育出版社，1992年。

陳大康，《通俗小說的歷史軌跡》，湖南：湖南出版社，1993年。

陳平原，《小說史：理論與實踐》，北京：北京大學出版社，1993年。

繆咏禾，《馮夢龍和三言》，臺北：萬卷樓圖書有限公司，1993年。

陳永正，《三言二拍的世界》，臺北：遠流出版公司，1994年。

胡萬川，《話本與才子佳人小說之研究》，臺北：大安出版社，1994年。

夏志清，《中國古典小說導論》，安徽：安徽文藝出版社，1994年。

王鴻泰，《三言二拍的精神史研究》，臺北：國立壹灣大學出版委員會，1994年。

楊義，《中國歷朝小說與文化》，臺北：業強出版社，1994年。

葉朗，《中國小說美學》，臺北：里仁出版社，1994年。

何滿子，《中國愛情與兩性關係：中國小說研究》，臺北：臺灣商務印書館，
　　1995年。

陳平原，《千古文人俠客夢──武俠小說類型研究》，臺北：麥田出版有限公司，
　　1995年。

歐陽代發，《世態人情說話本──悲歡離合》，臺北：亞太圖書出版社，1995年。

方祖燊，《小說結構》，臺北：東大圖書有限公司，1995年。

楊義，《中國古典小說史論》，北京：中國社會科學出版社，1995年。

徐斯年，《俠讀蹤跡──中國武俠小說史論》，北京：人民文學出版社，1995年。

E.M・Forster著・李文彬譯，《小說面面觀》，臺北：志文出版社，1995年12月 修
　　訂版。

張振軍，《傳統小說與中國文化》，廣西：廣西師範大學出版社，1996年。

俞汝捷，《人心可測──小說人物心理探索》，北京：中國青年出版社，1996年。

王平，《中國古代小說文化研究》，濟南：山東教育出版社，1996年。

孫一珍，《明代小說的藝術流變》，四川：四川文藝出版社，1996年。

康來新，《發跡變泰——宋人小說學論稿》，臺北：大安出版社，1996年。

孟瑤，《中國小說史（上下）》，臺北：傳記文學出版社，1996年。

歐陽代發，《話本小說史》，武漢：武漢出版社，1997年。

齊裕焜，《明代小說史（中國小說叢書）》，杭州：浙江古籍出版社，1997年。

程國賦，《唐代小說嬗變研究》，廣東：廣東人民出版社，1997年。

傅惠生，《宋明之際的社會心理與小說》，北京：東方出版社，1997年。

小野四平著・施小煒、邵毅平等譯，《中國近代白話短篇小說研究》，上海：上海
　　古籍出版社，1997年。

徐朔方，《小說考信編》，上海：上海古籍出版社，1997年。

王昕，《話本小說的歷史與敘事》，北京：中華書局，2002年。

蕭欣橋、劉福元，《話本小說史》，浙江古籍出版社，2003年。

金明求，《虛實空間的移轉與流動——宋元話本小說的空間探討》，臺北：大安出
　　版社，2004年。

金明求，《宋元明話本小說「入話」之敘事研究》，臺北：大安出版社，2009年。

金明求，《修辭與敘事：宋元話本小說的修飾書寫》，臺北：秀威資訊，2020年。

（2）文學與社會文化

王雲五，《明代政治思想》，臺北：臺灣商務印書館，1970年。

陶希聖、沈任遠合著，《明清政治制度》，臺北：臺灣商務印書館，1972年。

薩孟武，《中國社會政治史》，臺北：三民書局，1975年10月初版。

梁漱溟，《中國文化要義》，臺北：里仁書局，1982年9月初版。

孫寶琛，《知識、理性與生命》，臺北：東大圖書有限公司，1984年。

羅光，《生命哲學》，臺北：學生書局，1985年。

馮天瑜，《明清文化史教論》，武昌：華中工學院出版社，1986年。

淡江大學中文系主編，《晚明思潮與社會變動》，中國社會與文化學術研討會論
　　集，臺北：弘化文化事業有限公司，1987年。

曾祖蔭，《中國古代文藝美學範疇》，臺北：文津出版社，1987年。

楊國樞主編，《中國人的心理》，臺北：桂冠圖書股份有限公司，1988年。

拉爾夫・皮丁頓著・潘智彪譯，《笑的心理學》，南海：中山大學出版社，1988年。

孫昌武，《佛教與中國文學》，上海：上海人民出版社，1988年。

劉安彥，《社會心理學》，臺北：三民書局，1988年。

鄭志明，《中國社會與宗教》，臺北：學生書局，1989年。

張法，《中國文化與悲劇意識》，北京：中國人民大學出版社，1989年。

趙樸初、任繼愈等，《佛教與中國文化》，臺北：國文天地雜誌社，1990年。

錢谷融、魯樞元主編，《文學心理學》，新學識文教出版中心，1990年。

陳石文，《明清政治社會史論》，臺北：學生書局，1991年。

于民雄，《道教文化概說》，貴州：貴州人民出版社，1991年。

卿希泰主編，《道教與中國傳統文化》，福建：福建人民出版社，1992年。

吳康，《中國古代夢幻》，長沙：湖南文藝出版社，1992年。

劉澤華、葛荃編，《中國古代政治思想史》，天津：南開大學出版社，1992年。

陳鵬翔、張靜二合編，《從影響研究到中國文學》，臺北：書林出版有限公司，
　　1992年。

鄭志明，《中國文學與宗教》，臺北：學生書局，1992年。

陳山，《中國武俠史》，上海：新華書店，1992年。

李亦因、楊國樞合著，《中國人的性格》，臺北：桂冠圖書股份有限公司，1993年。

沈宗憲，《宋代民間的幽冥世界觀》，臺北：千華圖書出版公司，1993年。

劉翔，《中國傳統價值觀念詮釋學》，臺北：桂冠出版社，1993年。

高覺敷、燕國材、楊鑫輝編，《中國心理學史》，北京：人民教育出版社，1993年。

余英時，《中國思想傳統的現代詮釋》，臺北：聯經出版事業公司，1993年。

淡江大學中文系編，《俠與中國文化》，臺北：學生書局，1993年。

方立天，《中國佛教與傳統文化》，臺北：桂冠圖書有限公司，1994年。

曹正文，《中國俠文化史》，上海：上海文藝出版社，1994年。

馬美信，《晚明文學新探》，桃園：聖環圖書有限公司，1994年。

王立，《中國古代文學十大主題——原型與流變》，臺北：文史哲出版社，1994年。

夏咸淳，《晚明士風與文學》，北京：中國社會科學出版社，1994年。

中國古典文學研究會主編，《文學與佛教關係》，臺北：學生書局，1994年。

楊鑫輝，《中國心理學思想史》，南昌：江西教育出版社，1994年。

瞿同祖，《中國法律與中國社會》，臺北：里仁書局，1994年。

張志和、鄭春元合著，《中國文史中的俠客》，北京：中國社會科學出版社，
　　1994年。

楊國樞、余安邦編，《中國人的心理與行為：文化、教化及病理篇（一九九二）》，
　　臺北：桂冠圖書有限公司，1994年。

廖可斌，《明代文學復古運動研究》，上海：上海古籍出版社，1994年。

淡江大學中文系主編，《人物類型與中國市井文化》，臺北：學生書局，1995年。

許進雄，《中國古代社會──文字與人類學的透視》，臺北：臺灣商務印書館，
　　1995年2月，修訂版。

陶慕寧，《青樓文學與中國文化》，北京：東方出版社，1995年。

鄭培凱，《湯顯祖與晚明文化》，臺北：允晨文化事業有限公司，1995年。

王景琳，《鬼神的魔力──漢民族的鬼神精神》，北京：三聯書店，1996年。

葛兆光，《道教與中國文化》，上海：上海人民出版社，1996年。

王宏維，《命定與抗爭──中國古典悲劇及悲劇精神》，北京：三聯書店，1996年。

關文發、顏廣文合著，《明代政治制度研究》，北京：中國社會科學出版社，
　　1996年。

李慶，《中國文化中的人的觀念》，上海：學林出版社，1996年。

《文史知識》編輯部編，《儒、佛、道與傳統文化》，北京：中華書局，1996年。

關永中，《愛、恨與死亡──一個現代哲學的探索》，臺北：臺灣商務印書管，
　　1997年。

馬小紅著・饒鑫賢審定，《中國古代社會的法律觀》，鄭州：大象出版社，1997年。

錢志熙，《唐前生命觀和文學生命主題》，北京：東方出版社，1997年。

洪淑苓等，《古典文學與性別研究》，臺北：里仁書局，1997年。

恩斯特・卡西勒著・甘陽譯，《人論》，臺北：桂冠圖書股份有限公司，1997年。

弗洛姆著・孟祥森譯，《愛的藝術》，臺北：志文出版社，1998年。

史鳳儀，《中國古代的家族與身分》，北京：社會科學文獻出版社，1999年。

賈二強，《神界鬼域──唐代民間信仰透視》，陝西人民教育出版社，2000年。

劉良明、劉方，《市井民風──「二拍」與民俗文化》，哈爾濱：黑龍江人民出版
　　社，2003年。

汪玢玲、陶路，《俚韻惊塵──「三言」與民俗文化》，哈爾濱：黑龍江人民出版
　　社，2003年。

（3）有關「生死」研究論著

郭于華，《死的困惑生的執著》，臺北：洪葉文化事業有限公司，1993年。

康韻梅，《中國古代死亡觀之探究》，臺北：國立臺灣大學出版委員會，1994年。

約翰・鮑克著・商戈令譯，《死亡的意義》，臺北：正中書局，1994年。

E・雲格爾著・林克譯，《死論》，香港：三聯書店，1995年。

鄭小江編，《中國死亡文化大觀》，南昌：百花洲文藝出版社，1995年。

傅偉勳，《死亡的尊嚴與生命的尊嚴》，臺北：正中書局，1995年。

張三夕，《死亡之思》，臺北：洪葉文化事業有限公司，1996年。

段德智，《死亡哲學》，湖北：湖北人民出版社，1996年。

Robert Kastenbaum著・劉震鐘、鄧博仁譯，《死亡心理學》，臺北：五南圖書出版公司，1996年。

袁陽，《生死事大——生死智慧與中國文化》，北京：東方出版社，1996年。

黃應全，《死亡與解脫》，北京：作家出版社，1997年。

肯內斯・克拉瑪著・方蕙玲譯，《宗教的死亡哲學》，臺北：東大圖書有限公司，1997年。

路易斯・波伊曼著・江麗美譯，《生與死——現代道德困境的挑戰》，臺北：桂冠圖書有限公司，1997年。

路易斯・波伊曼編著・陳瑞麟等譯，《今生今世——生命的神聖、品質和意義》，臺北：桂冠圖書有限公司，1997年。

林素英，《古代生命禮儀中的生死觀——以《禮記》為主的現代詮釋》，臺北：文津出版社，1997年。

李向平，《死亡與超越》，上海：上海文化出版社，1997年。

A Π・拉夫林著・成都科技翻譯研究會譯，《面對死亡》，成都：內蒙古出版社，1997年。

鄭曉江，《生死智慧》，臺北：漢欣文化事業有限公司，1997年。

楊鴻台，《死亡社會學》，上海：上海社會科學出版社，1997年。

趙遠帆，《死亡的藝術表現》，北京：群言出版社，1997年。

顏翔林，《死亡美學》，上海：學林出版社，1998年。

靳風林，《窺視生死線——中國死亡文化研究》，北京：中央民族大學出版社，
　　1999年。

三、學位論文與期刊論文（依出版先後排列）

（1）學位論文

樂蘅軍，《宋代話本研究》，國立臺灣大學中國文學研究所碩士論文，1967年5月。
胡萬川，《馮夢龍生平及其對小說之貢獻》，國立政治大學中國文學研究所碩士論
　　文，1973年5月。
杜奕英，《短篇話本小說的文學論》，東海大學中國文學研究所碩士論文，1978年
　　4月。
李淑均，《三言主題研究》，私立輔仁大學中國文學研究所碩士論文，1979年5月。
咸恩仙，《三言愛情故事研究》，私立輔仁大學中國文學研究所碩士論文，1983年
　　5月。
李騰淵，《話本小說之世界觀研究》，私立輔仁大學中國文學研究所碩士論文，
　　1985年5月。
崔桓，《三言題材研究》，國立臺灣大學中國文學研究所碩士論文，1985年5月。
郭靜薇，《三言獄訟故事研究》，私立輔仁大學中國文學研究所碩士論，1990年5月。
柳之青，《三言人物研究》，國立臺灣師範大學國文研究所碩士論文，1991年5月。
顏美娟，《明末清初的時事小說研究》，私立中國文化大學中國文學研究所博士論
　　文，1992年6月。
王靖芬，《明代白話短篇小說中「反禮教」的思想》，國立臺灣大學中國文學研究
　　所碩士論文，1994年6月。
黃明芳，《馮夢龍編作三言的社會經濟基礎》，國立中山大學中國文學研究所碩士
　　論文，1994年6月。
劉灝，《「三言、二拍、一型」中的婦女形象研究》，私立中國文化大學中國文學
　　研究所，1995年5月。
林麗美，《三言二拍中的女性研究》，國立中央大學中國文學研究所，1995年6月。
柯瓊瑜，《三言教化功能之研究》，國立臺灣師範大學國文研究所碩士論文，1995
　　年6月。

蔡蕙如，《《三言》中的婚姻與戀愛》，國立高雄師範大學國文研究所碩士論文，
　　1995年6月。
霍建國，《三言公案小說的罪與法》，國立政治大學中國文學研究所碩士論文，
　　1995年6月。
王吟芳，《三言「發跡變泰」題材之研究》，國立臺灣師範大學國文研究所碩士論
　　文，1996年6月。

（2）期刊論文

范寧，〈馮夢龍和他編撰的《三言》〉，《文學遺產》增刊1卷13期，1963年2月。
夏志清著・林耀福譯，〈中國舊白話短篇小說裡的社會與自我〉，《純文學》2卷1
　　期，1967年7月。
杜若，〈宋人的白話小說〉，《自由談》32卷2期，1970年2月。
巨煥武，〈明代律例有關官吏出人入罪的規定〉，《政大法學評論》23期，1970年
　　6月。
杜若，〈明朝的白話短篇小說〉，《臺北月刊》22卷7期，1970年8月。
陳致平，〈讀史談信義〉，《中央月刊》第3卷第2期，1970年12月。
杜奕英，〈談中國短篇小說中話本的藝術〉，《東海文藝》2期，1971年1月。
周質平，〈論晚明文人對小說的態度〉，《中外文學》2卷12期，1972年5月。
徐文助，〈馮夢龍古今小說研究〉，《國文學報》12期，1972年6月。
張淑香，〈從小說的角度設計──看賣油郎與花魁娘子的愛情〉，《中國文選》66
　　期，1972年10月。
于斌，〈生與死，愛與恨〉，《中華文化復興月刊》8卷2期，1973年2月。
王拓，〈中國愛情小說中的女鬼〉，《中華文化復興月刊》第9卷6期，1976年6月。
胡萬川，〈馮夢龍所編話本小說「三言」的版本與流傳〉，《中華文化復興月刊》9
　　卷6期，1976年6月。
韓南著・吳璧婉譯，〈「蔣興哥重會珍珠衫」與「杜十娘怒沈百寶箱」撰述考〉，
　　《中外文學》5卷1期，1976年6月。
Kern Jean E 著・張艾茜譯，〈中國通俗小說《三言》、《二拍》、《今古奇觀》中
　　的個人與社會〉，《中華國學》第1期，1977年1月。
馬幼垣著・宋秀雯譯，〈話本小說裡的俠〉，《中外文學》6卷第1期，1977年6月。

葉慶炳，〈禮教社會與愛情小說〉，《幼獅文藝》第45卷6期，1977年6月。

張健，〈淺析《三言》和《聊齋》〉，《書評書目》第58期，1978年2月。

胡萬川，〈從智囊、智囊補看馮夢龍〉，《中國古典小說研究專集》（臺北：聯經出版事業公司）1期，1979年8月。

胡萬川，〈馮夢龍與復社人物〉，《中國古典小說研究專集》（臺北：聯經出版事業公司）1期，1979年8月。

董金裕，〈廿五史忠義列傳研究〉，《中華文化復興月刊》第12卷12期，1979年12月。

周舸岷，〈《三言》《二拍》反映的明代後期物價和市民經濟生活〉，《浙江師大學報》，1980年第1期。

胡萬川，〈三言敘集眉批的作者問題〉，《中國古典小說研究專集》（臺北：聯經出版事業公司）2期，1980年6月。

胡萬川，〈從馮夢龍編輯舊作的態度談所謂宋代話本〉，《古典文學》（臺北：學生書局）第2集，1980年12月。

陳致平，〈讀史談信義〉，《中央月刊》第3卷第2期，1980年12月。

宋瑞，〈中國文學中的俠義觀念〉，《文壇》第247期，1981年1月。

程千帆、吳新雷，〈關於宋代的話本小說〉，《社會科學戰線》，1981年3月。

袁世碩，〈文學中的「情」與「理」〉，《文史哲》，1981年第2期。

趙潤海，〈京本通俗小說中的女性與愛情〉，《東海文藝季刊》第2期，1982年1月。

王世德，〈也談文藝創作中的情與理〉，《文史哲》，1982年第1期。

徐朔方，〈《三言》中的馮夢龍作品考辨〉，《杭州大學學報》，1982年3月。

江宗賢，〈《喻世明言》的本事及影響〉，《中國戲劇集刊》第3期，1982年6月。

徐文助，〈馮夢龍之生平及其《警世通言》〉，《師大學報》27期，1982年6月。

小野四平著・魏仲佑譯，〈關於馮夢龍〉，《中國古典小說研究專集》（臺北：聯經出版事業公司）5期，1982年11月。

胡萬川，〈關於三桂堂刊本《警世通言》第四十卷〉，《中國古典小說研究專集》（臺北：聯經出版事業公司）5期，1982年11月。

李威熊，〈中國神仙信仰的形成與談仙文學〉，《中華文化復興月刊》16卷3期，1983年3月。

林樟杰，〈《三言》市民意識淺探〉，《上海師大學報》，1983年第3期。

楊國祥，〈《三言》人物塑造的藝術特色〉，《北方論叢》，1983年第3期。

王麗娜，〈《三言二拍》與《今古奇觀》海外藏本、外文翻譯及研究著作〉，《中華文史論叢》，1984年1月。

苑坪玉，〈論馮夢龍對話本的編撰〉，《貴州文史叢刊》，1984年第1期。

方文，〈論馮夢龍的文學觀〉，《中川學刊》，1984年2月。

范寧，〈爭艷鬥奇的明代小說〉，《文史知識》，1984年3月。

馮天瑜、涂文學，〈《三言》《二拍》所表現的明代歷史的新變遷〉，《史學集刊》，1984年第2期。

吳紅，〈中國古代話本小說的典型塑造淺探〉，《社會科學研究》，1984年第6期。

楊仁蓉、張稼仁，〈《三言》《二拍》對商人的描寫及其反映的經濟思想〉，《齊齊哈爾師院學報》，1985年第1期。

何寅，〈明代哲學思潮與《三言》中的明代擬話本〉，《山西師大學報》，1985年第2期。

馬興榮，〈馮夢龍及其創作〉，《華東師範大學學報》，1985年4月。

胡萬川，〈乍看不起眼的那些角色：傳統小說人物試論之一〉，《古典文學》（臺北：學生書局）第7集（下冊），1985年8月。

歐陽健，〈「三言」「二拍」中「發跡變泰」主題新說〉，《文史哲》（山東大學學報），1985年第5期。

南炳文，〈從《三言》看明代奴僕〉，《歷史研究》，1985年第6期。

江寶釵，〈神仙思想之始源初探〉，《中華文化復興月刊》第18卷12期，1985年12月。

魏同賢，〈馮夢龍的生平、著述及其時代特點〉，《中華文史論叢》，1986年2月。

楊國祥，〈一代名臣屬酒人一輪《三言》中發跡變泰的故事〉，《社會科學戰線》，1986年第2期。

魏同賢，〈馮夢龍、凌濛初和《三言》《二拍》〉，《文史知識》，1986年第2期。

王凌，〈《三言》為文學史提供了那些東西〉，《福建論壇》，1986年第2期。

暴鴻昌，〈明朝對僧道的管理〉，《北方論叢》，1986年第5期。

元健，〈宋元話本與明清擬話本敘事體制之比較〉，《明清小說研究》（北京：中國文聯出版公司），1986年12月第4輯。

方勝，〈「情」與小說創作——明清小說理論研究之一〉，《明清小說研究》（北京：中國文聯出版公司），1986年12月第4輯。

寧稼雨，〈論《三言》對通俗文學典文人文學的融合〉，《南開大學學報》，1987

年5期。

陳遼，〈從《三言》看馮夢龍的儒釋道思想〉，《社會科學研究》，1987年第6期。

徐志平，〈從《三言》看明代僧尼〉，《嘉義農專學報》第17期，1988年4月。

陳萬益，〈馮夢龍「情教說」試論〉，《漢學研究》第6卷第1期，1988年6月。

漆俠，〈《三言》《二拍》與宋史研究〉，《河北大學學報》，1988年第3期。

劉芝芬，〈人物形象及其語言〉，《瀋陽師院學報》，1988年第3期。

謝桃坊，〈中國白話小說的發展與市民文學的關係〉，《明清小說研究》，1988年
　　第3期。

魏子雲，〈馮夢龍與金瓶梅〉，《漢學研究》第6卷第1期（上冊），1988年6月。

張志合，〈馮夢龍小說理論與《三言》〉，《四川師大學報》，1988年第4期。

繆咏禾，〈《三言》二題〉，《文學評論》，1988年第4期。

于平，〈試論宋元話本中市民意識的兩重性〉，《明清小說研究》，1988年第5期。

王立，〈略論中國古代文學中的生死主題〉，《雲南社會科學》，1988年第4期。

方志遠，〈明代小說與明清社會〉，《文史知識》，1988年12月。

林繼中，〈試論盛唐田園詩的心理依據〉，《文史哲》，1989年4期。

汪玢玲、羅叢秀，〈《三言》市民文學特色〉，《東北師大學報》，1989年第4期。

鄭土有，〈仙話：神仙信仰的文學〉，《中外文學》19卷7期，1990年12月。

李雪濤，〈「三言」與佛教〉，《內明》226期，1991年1月。

謝桃坊，〈宋代瓦市技藝與市民文學的興起〉，《社會科學研究》，1991年第3期。

高國藩，〈馮夢龍《古今小說》中的梁祝故事——兼談江蘇省民間梁祝故事〉，
　　《民俗曲藝》72-73期，1991年7-9月。

鄧仕樑，〈說俠義——試論中國文學裏的俠義精神〉，《國文天地》7卷2期，1991
　　年7月。

周中明，〈論《醒世恆言》在思想和藝術上的新發展〉，《明清小說研究》，1991
　　年第4期。

周中明，〈重評馮夢龍對《三言》的貢獻〉，《明清小說研究》，1992年第2期。

劉智民，〈論游俠與游民〉，《史學薈刊》36期，1992年6月。

余崇生，〈謫仙醉草嚇蠻書——從神仙傳說到意識轉化〉，《國文天地》，1992年
　　6月。

黃仁宇，〈明朝：一個內向的國家〉，《歷史月刊》55期，1992年8月。

黃仁宇，〈晚明一個停滯但注重內省的時代〉，《歷史月刊》56期，1992年9月。

王邦雄，〈逍遙遊〉，《鵝湖月刊》第18卷第6期，1992年12月。

程似錦，〈談「醒世恆言」的成書集其中兩卷所反映的明代社會〉，《法商學報》
　　27期，1992年12月。

傅佩榮，〈人與超越界的適當關係〉，《哲學雜誌》第3期，1993年1月。

張瓅，〈《三言》中婦女形象與馮夢龍的情教觀〉，《漢學研究》第11卷第2期，
　　1993年2月。

洪寶蓮，〈把握現在、展望未來——談存在主義的死亡觀點〉，《學生輔導通訊》
　　第25期，1993年3月。

段啟明，〈試說古代小說的概念與實績〉，《明清小說研究》，1993年4期。

項退結，〈中國古代的「義」、「均」、「分」與多瑪斯的正義觀〉，《哲學與文
　　化》20卷4期，1993年4月。

張三夕，〈生死幼槃說探討——佛教的死亡意識分析〉，《海南大學學報（社科
　　版）》，1993年第4期。

陳遼，〈論中國古小說中的情愛小說、性愛小說和性小說〉，《書目季刊》27卷2
　　期，1993年9月。

王鴻泰，〈「三言二拍」中的情感世界——一種「心態史」趣味的嘗試〉《史原》
　　19期，1993年10月。

吳承學，〈生命之喻——論中國古代關于文學藝術人化的批評〉，《文學評論》，
　　1994年1期。

安娜·瑪麗亞·阿瑪羅（Ana Maria Amaro），〈中國古代的生/死禮儀〉，《文化雜
　　誌》（澳門文化司署出版）18期，1994年。

李霖生，〈支離其形，以養天年——《莊子》內篇生死觀〉，《哲學雜誌》第8期，
　　1994年4月。

李豐楙，〈臺灣民間禮俗中的生死關懷〉，《哲學雜誌》第8期，1994年4月。

林美青，〈精誠不散，那論生死——「七世夫妻」中的永生〉，《哲學雜誌》第8
　　期，1994年4月。

夏爾瑪，〈生、死與再生〉，《哲學雜誌》第8期，1994年4月。

孫振青，〈西洋哲學家的生死輪迴觀〉，《哲學雜誌》第8期，1994年4月。

高大鵬，〈輪迴思想面面觀〉，《哲學雜誌》第8期，1994年4月。

陸達誠，〈一個天主較神父看《前世今生》〉，《哲學雜誌》第8期，1994年4月。

傅佩榮，〈死亡觀與輪迴問題——兼評《前世今生》〉，《哲學雜誌》第8期，1994

年4月。

項退結，〈一位天主教哲學工作者眼中的死亡〉，《哲學雜誌》第8期，1994年4月。

賴顯邦，〈古代印度的生死輪迴觀〉，《哲學雜誌》第8期，1994年4月。

關永中，〈愛與死亡──與馬賽爾懇談〉，《哲學雜誌》第8期，1994年4月。

鳳文學、陳憲年，〈宋詞：死亡情結的感性呈現〉，《海南大學學報（社科版）》，1994年第3期。

王立，〈表悼文化與中國古代復仇文學主題〉，《社會科學戰線》（長春），1994年第3期。

李歐，〈論型意象──「俠」的三層面〉，《四川師範學院學報（哲社版）》，1994年4期。

王立，〈古代女性在復仇中的作用試探──四論女性與中國古代復仇文學主題〉，《龍江社會科學》（哈爾濱），1995年第5期。

簡光明，〈莊子在小說中的形象──淺談王應遴《逍遙遊》〉，《國文天地》10卷8期，1995年1月。

楊洪承，〈中國古典人情世態小說的文體建構與宗教意象〉，《貴州社會科學》，1995年第1期。

丁肇琴，〈唐代再生類小說初探〉，《輔大中研所學刊》第4期，1995年3月。

陳清俊，〈生與死的關懷──中國詩人對死亡的凝視〉，《中國學術年刊》第16期，1995年3月。

翁麗雪，〈魏晉小說俠義精神考略〉，《嘉義農專學報》第41期，1995年5月。

沈毅，〈人對死亡的態度及其意義〉，《浙江學刊》，1995年第5期。

汪治平，〈東漢末的「死義」現象〉，《海軍軍官學校學報》第5期，1995年10月。

陳瑞麟，〈從海德格的死亡觀點論自殺〉，《哲學與文化》23卷2期，1996年2月。

湯一介，〈中國哲學中和諧觀念的意義〉，《哲學與文化》第23卷第2期，1996年2月。

羅光，〈生命哲學〉，《哲學與文化》第23卷第2期，1996年2月。

李豐楙，〈白蛇傳說的「常與非常」結構〉，《中國神話與傳說學術研討會論文集》，1996年3月。

林秀珍，〈莊子「逍遙遊」的超個人心理分析〉，《鵝湖月刊》第21卷第9期，1996年3月。

康韻梅，〈《三言》中婦女的情欲世界及期意蘊〉，《臺大中文學報》8期，1996年

4月。

駱水玉，〈桃花流水窅然去——「灌園叟晚逢仙女」、「盧太學詩酒傲王侯」中的花園與園主〉，《中國文學研究》10期，1996年5月。

蔣美華，〈馮夢龍史籍著作考述〉，《國立彰化師範大學國文系集刊》1期，1996年6月。

王立，〈不受恩報與受恩必報——恩報倫理與俠文學主題〉，《通俗文學評論》（武漢），1996年第4期。

顏翔林，〈論莊子的詩亦與審美的死亡觀〉，《江海學刊》（南京），1996年第6期。

張燕梅，〈飛越死亡的幽谷——儒家的生死智慧〉，《中國文化月刊》201期，1996年12月。

陳建樑，〈莊子「逍遙」義闡論〉，《中國文化月刊》第201期，1996年12月。

崔積寶，〈醒人進而醒世——評杜十娘的「怒」和李甲的「狂」〉，《學習與探索（哈爾濱）》，1997年第1期。

周絢隆，〈從文言到白話：古典敘事的演變——論「三言」對神道小說的改編〉，《山東大學學報（哲社版）》（濟南），1997年第1期。

謝真元，〈古代小說中婦女命運的文化透視〉，《重慶師院學報哲社版》，1997年第1期。

王立，〈古代悼亡文學的艱難歷程——兼談古代的悼夫詩詞〉，《社會科學研究》（北京），1997年2期。

沈銘賢，〈「生死俱善，人道畢矣」——中國古代的生死觀及其現代意義〉，《上海社會科學院術季刊》，1997年2期。

朱志方，〈赤裸裸的黑幫邏輯——評《水滸》的忠義觀〉，《鵝湖月刊》22卷9期，1997年3月。

張文初，〈從死亡學層面看中國古代詩哲薄人事厚自然的審美襟懷〉，《鄭州大學學報（哲社版）》，1997年第3期。

范鵬白奚，〈「禮」、「忠」、「孝」的現代註釋〉，《孔子研究》（北京），1997年第4期。

孫遜，〈釋道「轉世」、「謫世」觀念與中國古代小說結構〉，《文學遺產》，1997年第4期。

錢志熙，〈論中古文學生命主題的盛衰之變及其社會意識背景〉，《文學遺產》，1997年第4期。

呂蓓蓓，〈《牡丹亭》中的生死情愫〉，《臺北技術學院學報》第30之2期，1997年9月。

林保淳，〈中國古典小說中的「女俠」形象〉，《中國文哲研究集刊》第11期，1997年9月。

孫麗華，〈論《三言》、《二拍》的通俗文學品性〉，《中國社會科學院研究生院學報》，1997年第5期。

劉興漢，〈「因果報應」觀念與中國話本小說〉，《吉林大學社會科學學報》（長春），1997年第5期。

李永平，〈游仙詩死亡再生母題〉，《陝西師範大學學報（哲社版）》26卷4期，1997年12月。

李承貴，〈「忠」之歷史演變及期現代啟示〉，《孔孟月刊》（臺北）第36卷第4期，1997年12月。

段德智，〈試論孔子死亡思想的哲學品格及其當代意義——與蘇格拉底死亡哲學思想的一個比較研究〉，《中州學刊》，1997年第6期。

林嘉怡，〈明代文人「情」概念之遞變探究〉，《中國文化月刊》第215期，1998年2月。

李承貴，〈「貞節」觀念的歷史演變及其現代啟迪〉，《孔孟學報》（臺北）第75期，1998年3月。

王宏圖，〈慾望的凸現與調控——對「三言」「二拍」的一種讀解〉，《中州學刊》，1998年第2期。

魏義霞，〈死亡哲學：靈魂不死的歷史追溯與深層思考〉，《北方論叢》，1998年第3期。

劉建軍，〈傳統文化中的信仰概念〉，《中國人民大學學報》，1998年第5期。

語言文學類　PG2521　文學視界126

反思「死亡」：
《三言》的死亡故事與主題研究

作　　者 / 金明求
文字整理 / 李筱涵
責任編輯 / 許乃文
圖文排版 / 蔡忠翰
封面設計 / 劉肇昇

發 行 人 / 宋政坤
法律顧問 / 毛國樑　律師
出版發行 / 秀威資訊科技股份有限公司
　　　　　114台北市內湖區瑞光路76巷65號1樓
　　　　　電話：+886-2-2796-3638　傳真：+886-2-2796-1377
　　　　　http://www.showwe.com.tw
劃撥帳號 / 19563868　戶名：秀威資訊科技股份有限公司
　　　　　讀者服務信箱：service@showwe.com.tw
展售門市 / 國家書店（松江門市）
　　　　　104台北市中山區松江路209號1樓
　　　　　電話：+886-2-2518-0207　傳真：+886-2-2518-0778
網路訂購 / 秀威網路書店：https://store.showwe.tw
　　　　　國家網路書店：https://www.govbooks.com.tw

2021年4月　BOD一版
定價：300元
版權所有　翻印必究
本書如有缺頁、破損或裝訂錯誤，請寄回更換

國家圖書館出版品預行編目

反思「死亡」:《三言》的死亡故事與主題研究 /
　金明求著. -- 一版. -- 臺北市 : 秀威資訊科技
　股份有限公司, 2021.04
　　　面 ;　公分. -- (語言文學類 ; PG2521) (文學視
界 ; 126)
　BOD版
　ISBN 978-986-326-895-6(平裝)

　1.章回小說 2.文學評論

857.41　　　　　　　　　　　　110004367

讀者回函卡

感謝您購買本書,為提升服務品質,請填妥以下資料,將讀者回函卡直接寄回或傳真本公司,收到您的寶貴意見後,我們會收藏記錄及檢討,謝謝!
如您需要了解本公司最新出版書目、購書優惠或企劃活動,歡迎您上網查詢或下載相關資料:http:// www.showwe.com.tw

您購買的書名:_____

出生日期:_____年_____月_____日

學歷:□高中 (含) 以下　　□大專　　□研究所 (含) 以上

職業:□製造業　□金融業　□資訊業　□軍警　□傳播業　□自由業
　　　□服務業　□公務員　□教職　　□學生　□家管　□其它_____

購書地點:□網路書店　□實體書店　□書展　□郵購　□贈閱　□其他

您從何得知本書的消息?

　□網路書店　□實體書店　□網路搜尋　□電子報　□書訊　□雜誌
　□傳播媒體　□親友推薦　□網站推薦　□部落格　□其他_____

您對本書的評價:(請填代號　1.非常滿意　2.滿意　3.尚可　4.再改進)

　封面設計____　版面編排____　內容____　文/譯筆____　價格____

讀完書後您覺得:

　□很有收穫　□有收穫　□收穫不多　□沒收穫

對我們的建議:_____

_____

_____

_____

11466
台北市內湖區瑞光路 76 巷 65 號 1 樓

秀威資訊科技股份有限公司　　　收

BOD 數位出版事業部

⋯⋯⋯⋯⋯⋯⋯⋯⋯⋯⋯⋯⋯⋯⋯⋯⋯⋯⋯⋯⋯⋯⋯⋯⋯⋯

（請沿線對折寄回，謝謝！）

姓　　名：＿＿＿＿＿＿＿＿＿＿　年齡：＿＿＿＿＿　性別：□女　□男

郵遞區號：□□□□□

地　　址：＿＿＿＿＿＿＿＿＿＿＿＿＿＿＿＿＿＿＿＿＿＿＿＿

聯絡電話：(日)＿＿＿＿＿＿＿＿＿＿＿(夜)＿＿＿＿＿＿＿＿＿＿＿

E - m a i l：＿＿＿＿＿＿＿＿＿＿＿＿＿＿＿＿＿＿＿＿＿＿＿＿